池波正太郎　隆 慶一郎 ほか

軍師の生きざま

実業之日本社

実業之日本社文庫

軍師の生きざま　《目次》

異説　晴信初陣記

――板垣信形――

新田次郎

新田次郎《にったじろう》（一九一二〜一九八〇）

長野県生まれ。無線通信講習所を卒業後、中央気象台に勤務。気象学者としての業績も大きく、一九六三年から始まった富士山気象レーダーの建設では責任者を務めている。気象台在職中から小説の執筆を開始、『強力伝』で直木賞を受賞する。『槍ヶ岳開山』、『八甲田山死の彷徨』などの山岳小説（ただし本人は山岳小説という呼称を嫌っていたという）だけでなく、推理小説、ＳＦ、ジュブナイルなど幅広い作品を発表している。郷土の英雄を主人公にした『武田勝頼』、『新田義貞』などの歴史小説もあり、『武田信玄』で吉川英治文学賞を受賞している。

一

天文五年（一五三六）十一月半ばをすぎて甲府に雪が降った。この地方としてはめずらしく、積雪の深さ二尺に達し、しばらくは往還の人がたえたほどだった。

武田《たけだ》の宿老、板垣信形《いたがきのぶかた》は愛馬にまたがって雪の道を、武田信虎《のぶとら》の館へ向っていた。信形の馬の前後を数名の郎党が槍を持って歩いていた。彼等が蹴ちらす、雪の粉が朝日に輝いていた。風はなく、意外なほどあたたかい朝だった。

「この雪は根雪となるであろうのう」

板垣信形は馬上から石和甚三郎《いさわじんざぶろう》に声をかけた。

「はい、おそらく根雪となると存じますが、それにしても今朝のあたたかさはまるで春のようでございます」

石和甚三郎は馬上の主人を仰ぎ見ながら言った。

「いかにもあたたかい、雪のあしたははだかで洗濯ということわざどおりだ。しかしこのあたたかさも今日一日で、夕刻からは寒くなる。すべて、明日あたりからは、西風が吹き出す、寒い冬になるぞことしは……」

あとのほうを板垣信形はひとりごとのように言った。躑躅《つつじ》ヶ崎《さき》の武田の館は小高い丘の上にあった。杉の木立にかこまれているので丘の下からは見えなかった。奥の方はひっそりとしていたが、館に通ずる道の雪は多数の人によって踏みつけられていた。

板垣信形は丘の下まで来ると、馬の手綱をひかえた。前後の武士たちも立ち止って申し合わせたように馬上の信形を見上げた。

「どうかなさいましたか」

石和甚三郎が馬上の主人を見上げて言ったが、信形はそれには答えず、こわいように緊張した眼を、館へ登る道と直角に交わっている小道にそそいでいた。その小道は丘の裾を廻って、近所の村へつづく道だった。歩いた足跡がついていた。

「その足跡をなんと思う」

信形は石和甚三郎に言った。なんと思うといっても、それはただの足あとで、別にどうということはなかった。どう思うと、言われて見れば、いささか足幅が広いくらいのものであった。

「あの雪の中の足跡でございますか」

石和甚三郎は足あとをゆびさして言った。

「そうだ、その足跡だが、尋常のものが歩いたとは思われぬ。百姓どもが歩いたとすれば、あれほど歩幅を取る必要もなかろう。猟師が歩いたとしても少々おかしい。その足跡はひどく身軽な男が、雪の中をひょいひょいと走っていったあとだ」

そう言われて見ると、そのようにも見えた。石和甚三郎はなるほどとうなずいた。

「そこでだ、なぜ雪の中を走っていったのだろうかな、それほど急ぐなにかの理由があったとしたら、それはなんであろうか」

甚三郎には答えようがなかった。主人がなにを考えてこんなことを言っているのかもよく分らなかった。

「それは間者《かんじゃ》の足跡だ、百姓や猟師の歩いた足跡ではない。よく見ろ、間者特有のそなえ足で歩いている」

「そなえ足?」

石和甚三郎はいよいよ分らないという顔をした。彼は二十五歳である。まだまだ知らないことはいくらでもある。間者が使う手については若干は知ってはいたが、歩き方までは心得ていなかった。

「そなえ足というのは、歩いていながら、いつ敵に襲われても、それに対処できる姿勢のことをいうのだ。よく足あとを見るがいい、百姓町人の歩き方と違うだろう」

そこまで言われて見ると、なるほどどこか違っていた。歩幅が広いことと、雪に残された足型がいくらか外側を向いている。極端にいえば八の字をさかさにしたような足の踏み方であるが、これにしても、足癖に類すると考えれば、それほど異様とは思えない。結局石和甚三郎にはその足跡が間者のものかどうかを見きわめる自信はなかったのである。

「甚三郎、すぐその足跡を追え。おそらく近くに間者はひそんでいるに違いない。足跡を追ってどこまでもいくのだ。殺してはいけないぞ生捕りにして館へつれてまいれ。それから追跡の途中に出会った者があればなにびとによらず捕えるのだぞ」

そして、ひとりで雪の中へ飛び出していこうとする甚三郎を呼びとめて、郎党三人をつけさせた。

「さあ、真直《まっす》ぐ館へ向っていそぐのだ。前を向って歩きながらみどもの言うことをよっく聞くのだぞ」

信形は、石和甚三郎にかわって、馬の轡《くつわ》を取った塩津与兵衛《しおつよへえ》に言った。

「足跡を見ると、あの間者はかなり腕の立つ奴に相違ない。甚三郎が追っても容易につかまる相手ではない。しかし、甚三郎のことだ、たとえつかまらなくとも足跡のあるかぎり、あとを追うだろう」

板垣信形はひといき入れて、

「間者は甚三郎に追われていると分ったならば、おそらく、その辺の百姓か猟師のような顔をして同じ道を引きかえして来るに違いない。甚三郎に会って聞かれたら、あやしい奴があっちへ逃げたなどと嘘を言うに違いない、が、甚三郎のことだ、会った奴は一応吟味するという態度でのぞむだろう、そうなるときゃつは、甚三郎に背を向けて雪の中を突走る……」

「逃げるのですか」

塩津与兵衛は思わず声を出した。

「そうだ逃げる。甚三郎にはとても及ばないほどのはや足で逃げる。その逃げる方向だが、きゃつはおそらく、このお館の背後をぐるりと廻って、お館の前へ逃げて来るに違いない。つまりここへ再びもどって来るのだ。ここまで来れば踏み跡はいっぱいある。もう足跡をつけられる心配はなくなる。甚三郎の追求はここで頓挫するのだ」

信形は大きな声で笑った。館の大門に向って両側に生えている杉の木立から雪が音を立てて落ちた。

「そこで、与兵衛、お前たちの出番になるのだ。お前たちは、このお館の入口にある地蔵堂のかげで待ちぶせていて、くせものを生捕りにするのだぞ、だが今直ぐ地蔵堂へ行ってはならぬ、間者のことだ、どこでわれら一行の動きを見ているかもわからない。一度はお館へ入ってからすぐ引きかえして地蔵堂へ行け、いいな」

それからの主従は黙ったままで、真直ぐに館へ向って進んでいった。

「お館様がたいへんお待ち兼ねでございます」

武田信虎の側近古川《ふるかわ》小兵太《こへいた》が信形の前に手をつかえて言った、たいへんというところに力が入っていた。待たせられて立腹していますから、御注意のほどをと、暗に、主君信虎の御機嫌を武田の宿老板垣信形に知らせたのである。

武田信虎は勇将でもあり、たしかに智将でもあった。同族相食《あいは》む争いに打ち勝って、甲州を統一し、駿河《するが》、信州へもその食指を動かすまでの武田軍を造り上げていた。今《いま》川《がわ》と結び、北条《ほうじょう》と和を通じ、まず自国の安定をはかり、時の将軍足利義晴《あしかがよしはる》にも筋を通して、甲斐《かい》の領主たることを認めさせていた。信虎は野心の絶頂にいたといってもいい。ここまで来たら、信州、駿河を一飲みにして、更に今川の勢力までもおし倒して、一気に上洛することまで考えていた。自分で自分をおさえる力がなくなって、いたずらに自信過剰がかれにしばしば狂暴とも思われるほどのことをさせた。信虎が武田の宿老、馬場虎貞《ばばとらさだ》、山県虎清《やまがたとらきよ》などに切腹を命じたのはついせんだってである。二人が主君のために諫言《かんげん》したという、ただそれだけの理由だった。

信虎は老虎だった。虎としての外見は備えていても、既に虎としての本質を失っていた。重臣内藤相模守《ないとうさがみのかみ》、三藤下総守《みふじしもうさのかみ》を手討ちにしたことなど狂気の沙汰であった。

古川小平太がお館様が待ち兼ねていると板垣信形に伝えたのは、小平太にしても、やはり、信虎のふるまいについて憂慮している証拠だった。古川小平太にかぎらず、武田の家臣の主だった者のことごとくは精神的に信虎から離反しつつあった。逆らえば、馬場虎貞のような運命になることは分っていた。そうかといってこのまま放っておけば武田の運命がきわまることもまた明らかであった。家臣たちは家を愛した、主君信虎よりも、武田の家を、彼等の故郷甲斐という国を愛していた。

「お館様は御立腹かな」

信形はおだやかな眼で小平太に聞いた。

「それほどでもございませぬが、さいぜんから、しきりに御酒を……」

いけないなと、信形は首をふった。

二

武田信虎は荻原昌勝《おぎわらまさかつ》を前にして、ひとりで大盃をあふっていた。さすがに軍《いくさ》を論ずる席であるから女どもはいなかったが、酒のにおいはしめきった部屋に充満していた。肴《さかな》はなかった。信虎は中ほどのくびれた壺の酒を、かわらけになみなみとついでは、まるで水でも飲むように飲んでいた。斗酒《としゅ》も辞さない信虎のことだから、少々ぐらいの酒を飲んでも顔に出るようなことはないが、問題はこういう席で、酒を飲むということ自体にあった。以前にはないことだった。おれは酒を飲みながらも軍を論ずることができるのだという、信虎の態度は、既に一国をおさめる器の資格を逸脱したものであった。

信虎の前に坐らせられた荻原昌勝は、思いつめたような青い顔をしていた。

「いま荻原昌勝にも申しつけているところだが、信形も出陣の用意をせい。この雪のことだから、平賀源心《ひらがげんしん》め、すっかり安心していることだろう。そこを狙って一挙に海《うん》の口《くち》城を攻め落すのだ、海の口が落ちれば海尻《うみじり》城はすぐ落ちる。この二つの城が手に入れば佐久《さく》はわがものとなるであろう」

信虎は酒を飲んではいたが古川小平太の言ったように機嫌が悪いようには見えなかった。機嫌が悪くとも、信形だけにはいくらか遠慮しているのかも知れないし、初めのうちは機嫌の悪いのをかくしていて、話の途中で爆発的に不機嫌ぶりを見せるかも知れない。それがほんとうはこわいのだ、馬場虎貞、山県虎清が信虎に切腹を命ぜられたのは、こんなようなふんいきの時だった。

信形は、信虎の前に平伏した。

「信形、即刻進発だぞ、分ったな」

即刻といってもそれは無理である。海の口攻撃にでかければ、当然、抵抗は受けるに違いない。海の口城は天然の要害、そう簡単に陥落するものではない。とすれば、長期戦となり問題は兵糧の補給にかかって来る。わかったかと言われながらも信形は即答ができず頭の中で、軍兵、兵糧、海の口までの里程のことなどを考えていた。

「返事がないところを見ると、信形はこの軍《いくさ》に反対なのか」

語気は少々荒くはなって来たが、信虎はまだ自制しているようだった。しかし、反対ならばその理由を言うがいい、反対にかわるべきうまい献策があったならば聞いてやるぞというほどの寛容さのないことは重々わかっている信形にすれば、いよいよ答に窮して頭をさげるしかなかった。彼は困った眼を荻原昌勝の方に向けた。昌勝は信形の視線を受けとめたまま動かなかった。まるで、眼を開いたまま眠っているように動かない昌勝の眼の中に、よく見るとなにかが燃えはじめていた。はげしく燃えあがろうとするものをおさえにおさえている輝きだった。おさえても、燃えあがろうとするものは、どこからともなく炎のかげをちらつかせていた。昌勝の眼が大きくひとつまばたきをした。炎は消えた。と同時に、開かれた昌勝の眼の隅に冷たい光のかげが見えた。昌勝がまた眼をつぶった。今度は前よりも眼をつぶっている時間が長かった。

「出陣ことしかと承知つかまつりました」

信形はそのことばを信虎にではなく、昌勝の眼に答えたのである。昌勝が、おれも出陣を承知したからお前も承知した方がいいだろうという、あきらめの眼に応じたのである。信虎は、板垣信形が案外あっさりと出陣に同意したことをむしろ意外に思っているようだった。信虎は拍子抜けした顔で、

「出陣ときまれば、その陣がまえと策戦だが……」

信虎は彼の前にひろげてある地図をゆびさして言った。

「さようでございます。このような厳寒の戦いゆえ、陣がまえはもっとも慎重になさ

るべきかと存じます」

荻原昌勝が口に出した。策戦にかけては武田家随一と言われている荻原昌勝はいままでも軍のたびに策を献じた。だが最近は信虎の独断が多くなっていて、以前のように諸将を列しての軍議もなさずこんどのようにいきなり、出陣を命令するような場合が多くなった。信虎の自惚《うぬぼれ》が宿将を軽視する傾向になったのである。荻原昌勝と板垣信形を呼んだのはむしろ最近における例外ともいえた。やはり寒中の出陣に、信虎も少々気がとがめたに相違なかった。

「なにか陣がまえについて策があるか」

信虎が言った。

「厳寒の出陣ゆえ、十分の糧食を持参しなければ、寒に負けるということも考えられますので、その用意こそ第一と存じます。もともと、寒中に兵を動かすことは難しいのですから、そのへんのところを充分考えねばならないと存じます」

わかったと信虎は言った。にがい顔だった。

「つぎに、この厳寒に軍《いくさ》をするにつけては、士気を鼓舞するに充分な大義名分がなければならないと存じます。戦いの意義がはっきりしていないと、兵の動きもひっきょうにぶくなるものです」

荻原昌勝がそう言ったとき、信形は昌勝がなにを考えているかがわかった。

「大義名分は平賀源心を討ち取ることだ、きまっているではないか」

信虎が言った。そのとおりでございますと、今度は信形が口を出して、

「いかにも平賀源心をほろぼすことでありますが、ほかにもっと大きな、たとえば武田興隆の火の手となるような旗印をかかげたらいかがかと存じます」

なにっ、武田興隆の火の手となるもの、信虎にはそれがわからなかった。信虎の迷いの中に一本楔《くさび》を打ちこむように今度は荻原昌勝が言った。

「信形殿の言われる武田家の興隆の火の手となるものは、晴信《はるのぶ》様初陣《ういじん》を以《もっ》てすればよいかと存じます。晴信様は十六歳元服されたばかりでござります。その晴信様の初陣となれば、従軍の将兵ことごとくお世継晴信様のためにふるいたち、手柄を立てようとすること明らかでございます」

たわけものめと言う信虎の罵声がとんだ。

「晴信の初陣と大義名分となんの関係があるのだ。ばかなことを言うな、いかにも晴信は元服した。元服はしたが、あいつにはまだいくさはできぬ。元服はしないが、次《じ》郎信繁《ろうのぶしげ》の方が勇気もあり、いくさには適している」

信虎は長男の晴信より次男の信繁の方を重んじていた。なにかにつけて晴信をうとんじ、信繁を可愛がっていた。

「いかにも、信繁様は勇武な方でございます。元服なさらずとも、今度の戦いに御出

陣なさることはしごくもっともかと存じます。晴信様信繁様と御兄弟初陣となれば、もはや、このたびの戦い、わが軍大勝利のこと疑いの余地はありません」

信形の言は利いた。いくら信虎が次男の信繁をかわいがっていたとしても、長男の晴信を置いて、元服しない信繁に初陣の機会を与えるわけにはいかなかった。信虎は信繁、晴信の初陣をやっとみとめた。

信虎の前を引きさがった、荻原昌勝と板垣信形は館を出たところで、顔を見合わせた。

「なにか策をお持ちかな」

荻原昌勝が信形に訊ねた。

「いや、ない。昌勝殿こそ、策をお持ちかと心得ていましたが」

ふたりは、すぐ馬に乗らずに、肩をならべて歩きながら、どちらともなく、立ち止って、今度新築された晴信の館の方へ眼をやってから、

「だが、今度の戦いが晴信様を盛り立てるのに絶好の機会であることには間違いないな」

昌勝が言った。それに対して信形は、深くうなずいているだけだった。

塩津与兵衛が信形を見かけて走って来た。

「かの者。確かに捕えました」

「捕えたか。よし、屋敷へひっぱっていくがいい、直接調べてやる」

杉の枝につもった雪がつづけ様に落ちて大きな音を立てた。

三

「いつごろから間者の仲間に入ったのだ」

板垣信形は、両手をうしろにくくられて、そこに坐らされている男に言った。

「三年前……」

まだ十七、八にしか見えない、目鼻だちがととのった男で、間者の名から想像されるような者ではなかった。

「たった三年で、それほどの腕前になれるのはたいしたものだ。誰にたのまれて、武田の館を探りに来たのだ」

と言って置いて信形はすぐ、

「いや、これにはおそらく答えられまい。無理に言えといったら舌でもかまねばなるまい。そのことは聞かないことにしよう」

信形はしげしげと男の顔をみていたが、なんと思ったか、男のうしろに廻って、しばられた男の縄を解くと、すぐもとのところに坐り直して、

「痛かったろう、大力無双《だいりきむそう》の塩津与兵衛にしばられたのだからな、だがもう縄は解いた、ということはお前を自由にしてやりたいからだ。しかし多少なりとも武田の館をうかがった敵の間者をただで逃がすことはできない。逃げるなら、自分の力でこのおしごめを抜け出すのだ、抜け出して、平賀源心のところへかえったら、武田信虎は大軍をひっさげて数日後に海の口へ向っておし出す準備中だと報告せい。信虎の嫡子晴信の初陣の場として海の口を狙っているのだと報告するがいい。これは神明に誓っていつわりのないことだから、そのまま伝えるがよいぞ」

男は板垣信形の顔を怪訝そうな顔をして見上げていた。

「驚いたろう。お前も驚いたが、わしもお前の顔を見たときには、数年前お館様が手討ちにされた大月八兵衛《おおつきはちべえ》が生きかえったのかと思った。大月八兵衛とは若いころから懇意だったから尚更のことなつかしくもあった。八兵衛は兵法百般に通じたあっぱれな男だった。忍びの術にも長じていた。さっき雪の中に、足がまえを見たとき、あの歩き方はまさしく、八兵衛が考えだした天幻流の忍びの術の一つと見たのだ。大月八兵衛は平賀源心との和平策の交渉に当ったがその結果がお館様の思うようにいかなかったのでお手討ちになった。むごいなされ方だった。おそらく大月八兵衛は死んでも死に切れない気持だったにちがいない」

そこまで信形が話すと、見開いている男の眼からぱらぱらと涙がこぼれた。

「大月八兵衛には今年十八歳になる男子がいるはずだ。おそらくお館様をうらんでいよう。しかし、大月八兵衛は、代々武田家に仕えている武士だ、この甲斐の人間だ、信虎殿こそ恨んではいるが、武田家そのものを恨んではおるまい。もしその子息が武田家を恨んでいるとすれば少々筋違いではなかろうか。わしがもし、八兵衛の子だったら、晴信様にお味方申して、一日も早く晴信様の天下になるようにつくすつもりになるだろう。どうだな、わかるかな」

信形の話をじっと聞いていた男は次第に頭《こうべ》をたれていった。

「思案はその方の心次第だ。このおしごめを抜け出して平賀源心のもとにかえって報告し、ふたたびここに戻ったら、わしの屋敷に夜陰忍んでまいれ。そのとき、あらためて名乗り合って、主従の誓をしてもよし、このまま平賀源心のもとにかえり、源心とともに滅亡してもそれはお前の好き勝手だ」

信形はおしごめ部屋を出ると戸締りを充分にして外へ出た。石和甚三郎と塩津与兵衛がそこに待っていた。

「なかなかしぶとい男だからもうしばらくああしておけ」

信形はそうとぼけていた。

一日置いて、ひどく寒い夜のことである。書院で読書をしていた信形はふと灯のゆれるのに気がついて書から眼を離して雨戸の方へ気を配っていると、背後の方でことりと音がした。ふりかえると、いつどこから入って来たのか、そこに町人姿の男が両手をついていた。

「どこから入ったのだ」

「明るいうちにこの家へしのびこんで夜の更《ふ》けるのを待っておりました」

「なるほど、さすが大月八兵衛の一子、大月平左衛門《へいざえもん》みごとなものであるな」

信形は男に言った。

「大月平左衛門、板垣信形様のために命を捨てる所存でまいりました」

その挨拶に信形は、

「わかればいい、挨拶は抜きにしよう。実は、今が、ほんとうのところ武田興亡の瀬戸際なのだ。貴公にはぜひ晴信様のために働いて貰わねばなりますまい。晴信様は賢明なお方である。大器たるべき素質を持っておられる方だが、まだ若いし、なにかと言えば信虎公に臆病者だとか、たわけ者だとか言われて、延びる芽をつまれそうになっている。したがって、なにかにつけて自信がないのだ。晴信様は元服なされた。もう大人だ。ここで自信さえ持たれるようにならば、あとは晴信様ひとりの裁量で武田家は再び前の武田にかえることができる。それをいそがないと、武田家の老臣ことごとく山県虎清や、馬場虎貞のように切腹をおおせつかったり、お手討ちにあってしまう。今のお館様はもはや常人ではないのだ。わかったかな大月平左衛門」

信形は顎をつき出した。

「信虎公乱心気味のことはわかりましたが……」

「晴信公に自信を持たせる役をお前が引き受けることの方はどうだ」

「どうしたらよいのでしょうか」

「まず晴信様居室にしのびこんで、ゆえあって名前は申せぬが、晴信様にお味方申し上げると告げて来るのだ。それから後のことはその都度教えてやる。お前は、あくまでも平賀源心の間者としての行動を取りながら、海の口城の内部を逐一、こちらに通報してまいればいいのだ」

信形の声は落ついていた。

四

晴信は人の気配を感じた。

誰かいる、誰かが部屋のどこかで、じっと自分をみつめているような気がしてならない。この深夜にどこからか曲者《くせもの》が忍びこんで来たのであろうか。しかし、不思議に殺気は感じられなかった。誰かがこの部屋のどこかにいるが、その者は、晴信に危害を加えようとはしていない。それはいささかおかしなことだった。危害を加えないというならば、なんの目的でこの部屋にひそんでいるのだろうか、もの取りであろうか、それもおかしい、盗まれておしいようなものはここには一つもない。晴信の眼は冴えて来た。夜気のつめたさから察すると夜明けのおとずれは近い。朝の光が戸の隙間からさしこんで来るようになれば、曲者はもうここにかくれておられなくなるだろう、それまで、闇をへだてて曲者と対決しているか、それともこちらから声をかけるか。声をあげれば、寝所の隣りにいる武士がおっとり刀でとびこんで来るだろう。曲者は捕えられて斬られるかもしれない。そうは思いながらも晴信は声を上げなかった。なにかが、彼の気持をおさえていた。

晴信は起き上って、用心のために枕元の大刀をつかんだ。

「ゆえあって晴信様にお味方申すものでございます」

晴信が大刀に手をかけると同時に静かな声が部屋の隅から聞えた。

晴信はその声の方を睨んでつぎのことばを待った。しかしつぎのことばは聞えず、その声のあたりにひそんでいるとおぼしい者との距離が、抗することのできない力で、おしちぢめられていくような感じがした。晴信はなんどか声を立てようとして、一方ではそれをこらえながら、曲者の近くにずるずるひきこまれていく自分を感じた。大刀を持った手に力を入れて見ても、いっこうに力が入らないし、立ちあがろうとしても、まるで腰が抜けたように身体中がだるかった。ねむいのだなと思った。起きているつもりでも、夢うつつの境地を彷徨しているのかもしれない。

（夢か、そうか夢を見ているのか）

そう思うと、曲者がひそんでいると思いこんだり、声を聞いたりしたのもすべて夢かも知れない。

夢だと結論をつけると、それまで感じなかった大刀の重みが、こんどこそほんとうに晴信の眼を覚めさせたのである。あかるさが、雨戸の隙間から晴信の寝所を照らしはじめていた。

「やはり夢だったのか」

晴信は声に出して言った。夢にしては、あの声はあまりにはっきりしていた。晴信はいそいで、戸をあけた。彼の寝所のどこかに異状がないかどうかを見るためだった。晴信の机の上に、見馴れない紙が置いてある。厚さがあるから、広い紙をいくつかに折りたたんだように思われた。

晴信はすぐにはそれに手を出さずに眺めていた。やがて明るさが増して来て、そこには闇の人間によって贈られたもの以外に、なに者も潜んではいないことをたしかめてから晴信はその紙に手を延ばした。

それは海の口城の地図であった。千曲川《ちくまがわ》にそって建てられたその出城は天険の要害であった。真正面から攻めるとすれば千曲川から断崖をよじ登っていかねばならない。

城の背後は急傾斜の原生林がある、木を切り、道を作って攻めこむことはほとんど不可能に近い。したがって攻める道はただひとつ、城門に通ずる、小道をひたおしに押していって門を破るしかないが、その道は人ひとりがやっと通れるぐらいのせまい道で、大人数をさし向けられる道ではない。たとえ、城の門へ近づいたところで、城壁から射かけて来る矢の餌食《えじき》になるだけのことである。結局こういう城は、まともに奪取すべき城ではない。長いこと囲んでいて、城中の糧食が尽きるのを待つ以外にはない。だが、そうしているうちには敵の本隊が救援に来るから、結局寄せ手は攻めあぐんだすえ引き上げるというのがそれまで何度かくりかえされて来た、この城の歴史だった。

平賀源心はこれまでこの城で、武田の軍を三度迎え、三度とも、村上《むらかみ》の援軍を待って撃退していた。

晴信は海の口城について、概念的な話を聞いてはいたが、これほどくわしい絵図を見たのははじめてであった。

晴信はほとんど一刻あまり絵図面に見入っていた。絵図面の中のものはすべて晴信の頭の中に入っていた。まだ見たことのない海の口城が、彼の頭の中にできあがり、その城の大広間に、多くの家来にかこまれている平賀源心の顔まで見えた。

（ゆえあって晴信様にお味方申すもの）

晴信はあの声を思い出した。なにはともあれ、誰かが晴信に味方するためにこの詳細な絵図面をとどけてくれたと考えるか、もう一つは、敵の謀略と考えられないこともない。謀略だとすれば、その地図の中に嘘があって、嘘へ晴信を誘導しようというよくある手だが……、晴信は、もう一度地図を見た。

城に通ずる道は一本だが、抜け道があった。それは、城の内部から掘り下げていって、千曲川の河原へ出る道だった。どの城にも、たいていこのような秘密の抜け道はあるけれど、それを知っているものはごく僅かな人でしかない。

「この抜け道がほんとうにあるかどうかを探れば、この地図がほんものかにせものかが分る」

晴信はそうつぶやきながら、地図をたたんだ。その朝、信虎の前で、海の口城攻撃の軍議がなされることになっていた。軍議以前に海の口城の地図を見たことは晴信にとってたいへんありがたいことであった。

軍議には武田の諸将が列したが、軍議の始まる以前から、すでに諸将のあいだに沈滞した空気が流れていた。勝てるいくさではなかった。何千何万の軍をつぎこんだところで、おしつぶせるという城ではなかった。まして深雪の降ったあとの悪条件を考えれば、この出陣がいかにばかばかしいものであるかがわかっているから、諸将は、あきらめに似た表情で黙っていた。諫言したら、腹を切れと怒鳴る主君に楯つく者もいなかった。不成功と知っていながらも出陣して、でれでれと長いこと陣の中にいて、いよいよ、どうにもならないと、信虎があきらめて引き返すのを待つより手がなかった。

「さて先陣だが」

信虎が先陣と言ったのを待っていたように板垣信形が口を出した。

「晴信様は元服された直後でございます。先陣はお世継晴信様にお命じ下さいますように」

晴信のことを口に出すと、信虎がけっしていい顔をしないのを知り切っていての信形の進言だった。

「なに晴信に先陣だと……、晴信にどれだけ、いくさが分るというのか、合戦は先陣如何《いかん》によって決するものだ、先陣の将は智勇共にすぐれたものでなければならぬ」

信虎は、前にひかえている晴信の顔をじろりと睨んだ。晴信は知らん顔をしていた。

その晴信のすました顔が信虎には癪《しゃく》だった。

(こやつは、すでにおれの跡目を継いだような顔をしている)

そう思うと憎悪がこみ上げて来る。晴信は長子だが、晴信にはあとをゆずりたくなかった。

「晴信、近うまいれ、この絵図を読んで見ろ。この海の口城の絵図面によって、どのような攻め方をするか言って見るがいい」

信虎の声で武将たちは思わず顔をあげた。それはひどい、元服したばかりの晴信様に城の攻め方を言えといっても――武将たちは心配そうな眼を晴信に向けた。

しかし晴信はたいして動揺することもなく、父信虎の前へ進んでいって、海の口城の絵図面と対決した。無言。その時間が長びけば長びくほど信虎の顔は輝き出し、武将たちの顔は暗くなっていった。

「なにか、方策があるのか言って見るがいい」

信虎はなかば軽蔑を面《おもて》に浮べて言った。

「このような要害にある城は尋常な攻め方をしても落ちるとは思いません」

「なにっ！」

信虎は晴信の意外の答え方にびっくりした。

「ではどのように攻める」

「攻めはいたしません、攻めればいたずらに将兵を失うばかりです。囲みます。囲んでおいて、敵の動ずるのを待って、少数精鋭の兵を向けて一挙に攻めおとします」

それは、このような城攻めの定法だった。それをすらすらと言ってのける十六歳の晴信に武将たちはほっとしたような顔をあげた。

「お見事なおこたえ！」

板垣信形がそばで讃《ほ》めたのが信虎の機嫌をそこねた。

「臆病者め、武田にお前のような臆病者が生れたことをおれは恥ずかしく思う。晴信、生命がおしいのか、生命がおしいので、戦いをさけて囲むなどと言うのだろう」

「いかにも、生命をおしみます。生命は一つ、無駄に捨てたくありません。このたびの戦さにしても、勝つ目算のたつまではこらえるつもりです。たとえば、この海の口城の絵図面にしても、不完全過ぎます。もっとくわしく調べてからでないと、うかつに兵を動かすことはできません」

絵図面が不完全といった晴信のことばに、老臣の甘利虎泰《あまりとらやす》が、むっとしたような顔をした。その絵図面は、甘利虎泰の手の者が苦心して調べあげたものであった。

「絵図面に不完全な点と申されますと」

虎泰はつるつるに禿げた頭をつき出して言った。

「この城に通ずる道は一本しかない。この一本の道以外には容易に近づくことのできない要害である。守るにやすく、攻めるにむずかしい城だ。だがこの城は本城ではない、はじめから出城として作られたものである。本城と連絡しながら寄せ手を翻弄するのが出城の役目である。その連絡路がどこかにある筈だ。つまり抜け穴か抜け道があるに違いない。それが書いていない。すなわち、この絵図面は不完全である」

晴信はいささかのよどみなく、それだけ言うと信虎の顔を見た。信虎の顔にあきらかに狼狽《ろうばい》があった。晴信のおそるべき洞察力に対しての畏怖が、憎しみを越えた対立感となって、信虎の眉間のあたりをぴくぴくさせていた。

「まことに、まことに晴信様の申されるとおりでございます。虎泰、生命にかけても、海の口の抜け穴を探索して参るでございましょう」

虎泰が晴信の前に手をついて言った。あとの方は感情が激して言葉になっていなかった。席に連なる武田の宿将たちの間からも賞讃の息吹が静かなつなみのように信虎に向って押しよせていった。

信虎は手をふった。

「やめろ、もはや軍議は終った。即刻出陣だ。よいか晴信、戦いは理屈ではない殺し合うことだ。是が非でも、あの城はおとすという気持にならねば落ちるものではない。一ヵ月の余裕を与える。一ヵ月以内に見事先陣をつとめて、海の口城をおとせ、後見役は板垣信形と甘利虎泰に命ずる」

信虎は席を立った。

五

『武田三代記』や『甲陽軍鑑』によると海の口城の攻撃は天文五年十一月二十六日か

ら開始されたと書いてある。武田軍八千、海の口城には平賀源心が三千の兵とともにこもっていたと書いてあるが、かなり誇張されて書いた形跡がある。厳寒期であること、海の口城はもともと海尻城の出城であること、信州の諏訪《すわ》氏、村上氏、小笠原《おがさわら》氏等の勢力配置と武田氏との関係等から見て、まず寄せ手が千人、海の口の守備隊が二百か三百というのが至当な見方ではないかと思う。

晴れた寒い日が続いた。十一月二十六日に海の口城をかこんで攻撃をしかけて、十日間というもの、ほとんど連日のように風が吹いた。西片に八《やつ》ヶ岳《たけ》連峰、東方に秩父《ちちぶ》山塊がつらなり、その境界を流れる千曲川ぞいに吹いて来る北風は身を切るようにつめたかった。午前中は比較的静かだが、午後になると、必ず、北風が吹き出し、飛雪が、寄せ手の方へ、雪炎となって襲っていった。そしてその風は夜になるとおさまり、とぎすました鎌のような月が出た。ぴしっぴしっと鞭《むち》をふるような音がどこからともなく聞えて来る。いわゆる寒走りの音である。夜になって、気温が降下するとともに、大地が、雪面が、水たまりが、ありとあらゆるものが凍る音だった。

武田の将卒は焚火を囲んで暖を取りながら、城の監視をつづけ、予備隊は、附近の民家を徴発して寝るのだが、この寒さからは完全にのがれることはできなかった。

海の口城はひっそりとしていた。まるで無人の城のように灯のかげもない。それなのに、武田軍が少しでも動きを見せると、それに呼応して城中に人気《ひとけ》がよみがえって来るのである。

信虎の命によって、早朝を期して攻撃したことがあった。城の門への一本道をたどえ一千人の軍勢が、おしすすんでいっても、城から見れば、先頭の一人が当面の敵だった。城に近づいていく兵は一人ずつ順序よく射すくめられていった。信虎は気狂いじみたところのある男だったが、勝味のないいくさをやたらにくりかえすほど、ばかではなかった。信虎は城を囲むことにした。

夜が明けると風が吹き、日が暮れると風がやみ、寒走りの夜を迎えるというくりかえしが、長いこと続いてから、雪があった。雪が降っている間はあたたかかったが、雪が止んでからは、以前にも増して寒さが増した。海の口城を囲んで二十日になった。その間、本城の海尻から、援軍が攻めよせる気配もないし、信州の小笠原、村上、諏訪の三氏いずれも動く気配はなかった。

武田の軍勢は戦いに見放されたように雪の中に消耗を強いられていた。なにか変化があれば、その変を利用して軍を動かすこともできるけれど、それらしい兆候はどこにも起らず、かえって変は武田の陣に起きた。連日の寒さにより、兵たちは凍傷にかかり、風邪をひき、肺炎になって死んでいく者がつぎつぎとできていった。兵ばかりでなく、智将荻原昌勝も風邪をひいて高熱を発した。

板垣信形が信虎に退陣を進言したのは、いよいよ暮もおしせまった十二月二十五日であった。

「なに退けというのかばかな、攻め手も苦しいが、城中はもっとつらいぞ、この寒さに暖が取れない。おそらく城中の炭もつきたろう、焚木ももうないころだ、糧食も欠乏して来るころだ。冬の戦さは、空腹ではどうにもならない。もうしばらくの辛抱で敵は降伏するだろう」

さすがに信虎は先を見こしていた。

「おおせのとおりだと存じます。前もって間者によって調べたところから推算すると、燃料、食糧ともに、かなり苦しくなったころだと存じます。もうひとつきかふたつき囲めば、城は落ちるでしょう。しかし、この段階まで来れば、敵の戦力はもはやたいしたことはございません、城中の三百の兵をかこむには三百で充分です。城に通ずる道はただひとつ、敵がひもじさのあまり打って出たら、それこそもうけものでしょう」

なるほどと信虎はうなずいた。

「三百ほど残すか、それはいい策だ。それなら、その囲みの軍の大将は晴信にさせよう、信形も献策した以上ここに残って陣中で正月を迎えるがいいだろう」

信虎はひさしぶりで笑った。信形が困った顔をすると、ますます上機嫌になって笑うのである。晴信、信形は三百の兵とともに、この雪原で正月を迎え、へたをすると春まで、とどまることになるかも知れない。少《すく》なくとも、情勢の変化があるまで動くことはできない。信虎は晴信を呼んで言った。

「あとをたのむぞ、鼠一匹ものがれ出ないように見張るのだ」

信虎は軍を率いて、その日のうちに大門《だいもん》峠をこえて平沢《ひらさわ》へ撤退した。その夜、三百の兵は篝火《かがりび》を囲んでだまりこくっていた。今日退陣していった連中は故郷で正月を迎える。だがわれわれはそれができない。彼等は沈み切った顔で信州の夜空を見上げていた。

「元気を出せ、今宵は特に寒いから、寒さしのぎに、少々の酒と、下戸《げこ》には餅をくばれとの晴信様のお声がかかったぞ」

その触れ声が伝わって、兵たちはやっと顔をあげた。寒さしのぎの酒だったが、酒で兵たちは気勢があがった。晴信様は若いが話が分るなどと大きな声でしゃべっている者もいた。

晴信はひとりで外へ出たらならないと板垣信形に言われていたが、半ばくずれかけたような民家の囲炉裏《いろり》に坐って夜をみつめるのは若い彼には耐えられないことだった。

晴信は、用便に立つような恰好で外へ出た。

槍を持った兵がこっちに背を向けて立っていた。

「ゆえあって晴信様にお味方申すものでございます」

槍を持った男はそのままの姿勢で言った。

「海の口城内は武田軍本隊の撤退で沸き立っております。武田軍の本隊が引きあげたことによって、警戒も手薄となったゆえ、早速、抜け穴を利用して、食糧と燃料の補給をはじめることと存じます。また敵将平賀源心殿も、おそらく、機を見て、抜け穴をしのび出て海尻城へいかれるものと存じます。本城の海尻城におられる奥方様が発病なされ、今日明日のいのちでございますれば必ずや平賀源心殿は……」

槍を持った武士は、ちょっと言葉を切ってから、

「抜け穴の出口は千曲川河原の蛙石《かえる》でございます」

槍を持った武士はそれだけ言うと、人の足音を聞きつけたのか闇の中に姿をかくした。板垣信形が、石和甚三郎と、塩津与兵衛をつれて来たのである。

「甘利虎泰殿を呼んでくれ」

出会いがしらに晴信が言った。そして石和甚三郎が、すぐかけ出そうとする背後から、

「出陣前の軍議のとき、甘利虎泰は、命にかけても、海の口城の抜け穴を探し出すと言っていたが、その後どうなったか聞いてくればいいのだ」

そういう晴信を板垣信形はたのもしそうな顔をして眺めていた。

「ひどく今宵は寒うございますな、われわれもいっぱい、いただきましょうか」

炉端に坐るとすぐ信形が言った。

「ばかをもうせ、ここは陣中だ。たとえ寒いからといって将たるものが酒を飲むわけにはまいらぬぞ」

晴信は十六歳とも思えぬような口を利きながら外の音を聞いていた。間もなく甘利虎泰と石和甚三郎が、きゅっきゅっと雪の踏み音を立てながら入って来た。

「抜け穴については、あらゆる調査をいたしましたがございません。ないと見て至当かと存じます。さすれば、われわれは城に通ずる道一本を守ればそれでよいのでございます」

甘利虎泰は自信あり気に言った。

「千曲川を調べたか」

晴信が言った。

「はっ、千曲川？」

「抜け穴を掘るとすれば、おそらく千曲川の河原に掘り抜けるだろう。夏にしろ、冬にしろ川の中を歩けば、足跡はみつからない。千曲川の両岸には氷が張り出しているが、なかほどまでにはいたっていない。水はいまでも音を立てて流れているぞ、水はつめたいが、水量も少いことだし、歩いて歩けないことはない。川に伝わって上流にいき、そこから海尻城へ入るのはわけのないことだ」

晴信に言われて、虎泰ははっとしたような顔をした。

「おそれ入りました。そこまで気がつきませんでした。早速調べさせて」

待てと晴信はやや声を大にして言った。

「うかつに調べにいったら敵に気づかれる。敵が抜け道を利用するのは、おそらく今夜おそくなってからだろう。海尻城と、海の口城との間を遮断していた武田の本隊が引きあげたので今夜からは、川の中を歩いていきさえすれば海尻へいける、気の効いた者を出して千曲川ぞいに見張っていたら、きっと見つかる。特に大きな石のあるところに気をくばれ。抜け口を見つけても二、三日は黙っているのだ」

虎泰は晴信のことばを聞きながら頭を下げた。その虎泰に晴信はたたみかけるように言った。

「海尻城の城下にくばってある間者に連絡して、城内にかわりがあったらどんなささいなことがあっても、知らせてよこすように言ってやれ」

六

十二月二十七日は風がなくめずらしくあたたかい日であった。兵たちは、適当な場所を探して日向《ひなた》ぼっこをしたり、衣類をつくろったりしていた。高台に出ると八ヶ岳がよく見えた。いつもなら頂上を吹く強風のために雪煙が見えるのだが、その日は嘘のように静かだった。

外はしごくのんきな様相をしていたが、晴信の陣所は緊張した空気に包まれていた。板垣信形、甘利虎泰、武田晴信が炉をかこみ、石和甚三郎と塩津与兵衛の二人が少し離れたところにひかえていた。

「晴信様の慧眼《けいがん》にはおそれ入りましてございます。まさしく、抜け穴は千曲川の河原、通称蛙石の附近にございます。ここより川を歩いてのぼり、海尻へ通ずるようになっております。今のところ、毎夜、二十人ほどの人数がこの抜け穴を利用してひそかに糧食を運び入れておりまする模様」

虎泰はさらにくわしくその状況説明にかかった。

「糧食運搬だけか」

「きのうまでは、さように見うけられましたが、今朝、夜明け前に、抜け穴を出て海尻に出た五人の者がありました。風体から見て、どうやらこの五人のうち二人は身分あるもの、そのひとりは平賀源心殿ではないかという情報が入りました」

ううむ、と信形が唸《うな》った。

「平賀源心殿だという証拠は？」

信形が口を出した。

「はっきりした証拠はないが、平賀源心殿は衆に勝《すぐ》れた体格の持主である。それに、海尻の城下にしのばせてある間者の報告によると、平賀源心殿の奥方様の病が厚く、今日明日のいのちということである。平賀源心殿は、奥方をことのほか愛されていた。急を聞いて、海尻へ行くことは考えられる」

すると、海の口城には平賀源心はいないことになるのだなと、信形はひとりごとのように言った。そのことばに誘い出されるように晴信が口を開いた。

「敵将がいないとしても、海の口城はそう簡単に落ちる城ではない。だが、平賀源心殿がいないとあらば、だまって見ていることもあるまい」

「やはり攻撃を」

甘利虎泰は無謀でございますと言いかねない顔で言った。

「いや、攻撃をしかける様子を示すのだ。三百の兵のうち、五十騎を出して、佐久往還を行ったり来たりさせるのだ。あとの兵を二つに分け、一方には梯子《はしご》を作らせ、一方には、松明《たいまつ》、火矢の準備にかからせる。敵はこれを見て、武田が新しい攻撃をしかけると見るだろう。もし平賀源心殿が海尻に行っているとしたら、必ずその間道を伝わって海の口城へ引きかえして来るに違いない。そこを討ち取るのだ」

晴信がその策を披露すると、信形がまずそこに手をつき、つづいて虎泰が手をついた。

虎泰は、

「まことに名策、明察のほどおそれ入ります。晴信様の御器量まことに武田家の御大将として仰ぐにふさわしく、ただただ、うれしく……」

虎泰は涙をぽろぽろ流して言った。

「喜ぶのは早い。平賀源心殿を討ち取るまでは、どうなるか分ったものではない」

晴信は虎泰を制しておいて、

「海尻城の様子をよくさぐれ、平賀源心殿、奥方様逝去と分ったら、ただちに今のような策戦を取れ。源心殿も心が乱れておられる。必ず、策にひっかかるだろう。源心殿討ち取りの役は石和甚三郎、塩津与兵衛に命ずる。それぞれ十名ずつ、粒よりの腕達者を引きつれて、千曲川の河原に待ち受けておるのだ」

炉の火は燃えつづけていた。晴信はつぎつぎと策が頭に浮び、それが口に出ていくのを不思議に思っていた。だが、甘利虎泰の言うように自分が大武将の器であるとは思いたくなかった。騎馬を以て、佐久往還を行ったり来たりするのも、梯子を作るのも、篝火や火矢を用意するのも、すべて兵書の受け売りである。ただ受け売りでないものは、千曲川抜け穴の発見だけである。

（ゆえあって晴信様にお味方申すものでございます）

あの低いが錆《さび》の利いた声が、まさしく、味方であるならば源心は討ち取れるであろう。しかし、こうして、敵のふところ深く誘いこんで、今度はこちらが罠にかかるという手を警戒せねばならぬ。晴信は策を建てたものの、単純な気持で喜んでいる虎泰の気持にはなれなかった。

炉の火の中でぱちぱちとなにかが音を立ててはねた。

二十八日の朝になって平賀源心の奥方が確実に死んだという情報が入った。平賀源心の奥方は既に二十五日の日に死んでおり、二十八日に葬儀をすましたのである。

「よし、ただちにかねての手筈のとおりのことを始めるのだ。兵たちには、甲府より本隊が引きかえして来て、ふたたび海の口城攻撃にかかるのだと言っておけ」

二十七日にはあれほど天気がよかったが、二十八日になると、また北西の風が吹き出した。その風の中を武田軍の兵馬はあわただしく動きはじめた。梯子作りも始まった。城壁に立つ物見の人数も増えた。新しい合戦の前触れとなるものはすべて出そろっていた。

その夜石和甚三郎と塩津与兵衛はそれぞれ兵十名をしたがえて、千曲川の河原に別々に分れてひそんでいた。

夜更けてから、荷を背負った者がひとりふたりと千曲川の中を歩いておりて来て、蛙石の裏側から抜け穴に消えていった。夜半を過ぎるまでにその数は二十三名に達したが、平賀源心の一行とおぼしきものは通らなかった。

待つ身はつらかった。寒さが身にしみた。じっとしていると、そのまま凍死しそうだった。

「間者のなかに平賀源心を知っている者がいる。もし平賀源心が現われたならば、ころあいを見計らって狼煙《のろし》を上げるからそれまで、迂闊《うかつ》に動いてはならぬ」

石和甚三郎と塩津与兵衛は板垣信形にかたく言い含められていた。その間者がどこにひそんで見張りをつづけているやらも分らなかった。石和と塩津の二隊はそれぞれつめたい星を見ながら、身体をよせ合わせてひたすらに待っていた。源心が、夜明け近くの海の口城の抜け穴を出て海尻へ行ったという事実からおして、海の口城へ引きかえすのも夜明けを選ぶだろうということは想像されたが、待つ身にはそれが長い時間だった。

夜明け前には気温が急降下する。それとともに押しよせて来る睡魔が、彼等を、深いところに引きずりこんでいこうとする。

ぴしりっと音がした。氷の張る音である。その音で石和甚三郎は眼を上げた。つづいて、なにか小石でも落下するような音がした。彼は腰の刀に手をかけた。音はそれだけだったが、なにか、変化が現われる予感がしたのである。彼は、隣りに坐って居眠りをしている男のももをつねった。その男が同じようにして次の男を起す。

あるかなしかの弱い風が千曲川に沿って吹いていた。そのつめたい風に顔をそむけるようにしている十名の武士たちの前に、狼煙《のろし》が上った。天にかけた梯子をよじのぼるように赤い火はするすると延びていってその頂点において四方に散った。それは平賀源心の終末にそなえた花のように美しかった。

平賀源心は五人の供をしたがえて千曲川の河原沿いにおりて来る途中で狼煙を見た。

「計られたぞ」

源心は言った。海尻城へ引きかえすか、海の口城への抜け穴へのがれこむか二つに一つ。源心の一行は上へ逃げた。そこには塩津与兵衛等十人の武者が待っていた。千曲川を下へ逃げようとすると、石和甚三郎を先頭に十人の武者が刀を抜いて待っていた。

五対二十の戦いはたちまちにして終った。平賀源心は教来石景政《きょうらいいしかげまさ》に討ち取られた。

七

平賀源心討死の第一報は板垣信形の子信厚《のぶあつ》が、若神子《わかみこ》に滞陣中の武田信虎に知らせた。

「平賀源心が晴信のはかりごとに破れたと？」

信虎は信じられないという顔であったが、更に、晴信主従三百が源心の首級をさげて引きあげて来ると聞いて二度びっくりした。

晴信は平賀源心を討ち取ると早速兵をひきいて海の口城をあとにした。平賀源心なきあとは放って置いても佐久は武田のものになると見たのである。平賀源心が討たれたと聞けばその残党どもは海の口城と海尻城の総力をあげてかかって来るにちがいなかった。三百でそれに向うのは危険だった。

「臆病者め、なぜ海の口城へ入らなかった。海の口城を占領しないで、源心の首ひとつさげて、よくものこのこと帰ってこられたものだ」

信虎は晴信を諸将の前で叱った。初陣に功を立てた晴信を讃めずに、臆病者と叱りとばしたときに、信虎は武田の宿将たちに見はなされていた。

「おことばでございますが」

甘利虎泰が前にすすみでて、晴信がどのような策を立てて源心を討ち取ったかを説明した。

「まさしく、晴信様は武田家お世継にふさわしいおん大将」

と荻原昌勝が絶讃した。こうなるとそこにいならぶ、諸将のことごとくが、晴信を讃めたたえた。

信虎は諸将の顔を見た。馬場虎貞も山県虎清も諌言をしたという理由で切腹を命じた。三藤下総と大月八兵衛は職務怠慢という理由で手討ちにした。いまここで、晴信を臆病者ではないといって、信虎にさからった部将を処罰するとすれば武田の武将ことごとくその罪の座に置かねばならなかった。

信虎は自分が既に武将たちから見はなされ、武田累代の宿将たちの心は晴信に向っていることを知った。

「源心の首は厚く葬ってやるがいい」

信虎はそう言って席を立った。

晴信は諸将から讃辞の言葉を与えられた。それにいちいち会釈しながら、

「いや、あれは信形と虎泰の建てた策だ。この晴信は初陣といっても、ただ炉端に坐っていたにすぎない」

そう言って、二人の老将の武勲をたたえたのである。十六歳の少年としては、でき過ぎた芸当であった。

その夜晴信は板垣信形を相手に盃を手にした。みんなに、おめでとうと言われ、大器だとたたえられ、武田の世継にふさわしいとおされながらも晴信はけっして楽しい気持になれないのは、この勝利のもととなったあの陰の声である。

(ゆえあって晴信様にお味方申すものでございます)

あれはいったい誰であろうか。

「晴信様、初陣に勝利を得た気持はいかがなものでございましょうや」

信形が聞いた。

「正直言ってあまりうれしくもないな。なぜかといえば、この勝利の陰でさいはいをふるった者がはっきり分らないからだ」

晴信は信形の顔をさぐるように見て言った。

「すると、ゆえあって晴信様にお味方なさる者がほかにいるということでございましょうか」

なにっと晴信が言った。晴信の眼が光った。

「信形、もう一度今言ったことを言って見てくれ」

晴信は、信形に同じことをもう一度言わせてから膝を叩いて言った。

「やはり、信形の采配だったのだな。ゆえあって晴信様にお味方なさるという言葉は、信形があの影の男に教えたのだな」

晴信はそう言うと今度こそほんとうに嬉しそうな顔をして笑った。

「晴信様の彗眼にはおそれ入れました。あの陰の男は大月八兵衛の一子大月平左衛門」

その男を呼びましょうかと言ったが晴信は首をふって、

「陰の男は今後とも陰に置いて欲しい」

と言った。その瞬間晴信の顔に殺気のようなものが走ったが、すぐ消えて、

「信形、父上のこと充分気をつけてくれよ」

晴信は、父信虎がその夜から、もう父ではなく、身近い敵として対峙しなければならない宿命を自覚していた。

それから五年後の天文十年（一五四一）六月十四日甲府盆地に小さい政変が起きた。武田信虎はその子晴信と武田家累代の宿将たちの手によって、駿河へ追放された。その日から武田信玄《しんげん》の時代が始まったのである。

梟雄《きょうゆう》

——斎藤道三——

坂口安吾

坂口安吾《さかぐちあんご》　（一九〇六～一九五五）

新潟県生まれ。東洋大学印度倫理学科卒。一九三一年、同人誌「言葉」に発表した「風博士」が牧野信一に絶賛され文壇の注目を浴びる。太平洋戦争中は執筆量が減るが、一九四六年に戦後の世相をシニカルに分析した評論「堕落論」と創作「白痴」を発表、〝無頼派作家〟として一躍時代の寵児となる。純文学だけでなく『不連続殺人事件』や『明治開化安吾捕物帖』などのミステリーも執筆。信長を近代合理主義者とする嚆矢となった『信長』、伝奇小説としても秀逸な「桜の森の満開の下」、「夜長姫と耳男」など時代・歴史小説の名作も少なくない。

京の西《にし》の岡《おか》というところに、松波基宗《まつなみもとむね》という北面の武士が住んでいた。乱世のことであるから官給は至って不充分で、泥棒でもしなければ生活が立たないように貧乏である。

子供も何人かあるうちで、十一になる峯丸《みねまる》というのが絵の中からぬけでたように美しいばかりでなく、生れつきの発明、非凡の才智を備えていた。

才あって門地のない者が、その才にしたがい確実に立身する道は仏門に入ることである。そこで松波は妙覚寺《みょうかくじ》の白善《はくぜん》上人にたのんで、峯丸を弟子にしてもらった。

峯丸の法蓮房《ほうれんぼう》は持前の才智の上によく勉強して、たちまち頭角をあらわし、顕密の奥旨をきわめたが、その弁舌の巧者なことに至っては対する者がただ舌をまいて引き退《さが》るばかりで凡人の近づきがたい魔風があった。鋭すぎたのである。

同門の小坊主どもは法蓮房に引き廻されて快く思わなかったが、それは才器に距《へだ》たりがありすぎたせいでもあった。

ただ一人南陽房《なんようぼう》という弟々子が彼に傾倒して勉強したが、これも利発だったから、やがて諸学に通じ、法蓮房とともに未来の名僧と仰がれるようになった。

南陽房は美濃《みの》の領主土岐《とき》氏の家老長井豊後守《ながいぶんごのかみ》の舎弟であった。

長井は弟が名僧の器と人に仰がれるようになったので、自分の装飾によい都合だと考えた。そこで折にふれて妙覚寺へ寄進などもするようになり、今後とも南陽房をよろしくと礼をつくすから、寺でも南陽房を大切にする。近代無双の名僧の器であると折紙をつけて強調するようなことも当り前になってしまった。兄貴分の法蓮房は影が薄くなった。

かねて法蓮房に鼻面とって引き廻されていた坊主どもは、これをよい気味だと思った。

「人品の格がちがう。南陽房にはおのずからの高風がある。それに比べて法蓮房は下司《げす》でこざかしい。一は生来の高徳であるが、一は末世の才子にすぎない」

こういう評価がおのずから定まった。学識をたたかわす機会は多数の意志で自然に避けられるようになり、法蓮房の腕の見せ場はなくなった。

これに反して儀式の行事は南陽房が上の位置で厳粛に執り行う。その動作には品格と落付きがあって、名僧の名にはじなかった。

法蓮房は美男子であり、犀利白皙《さいりはくせき》、カミソリのようであるが、儀式の席では一ツ品格が落ちる。下司でこざかしいと云えば、それが当てはまらないこともない。法蓮房は無念だと思った。そして、それを根にもつと、強いて下司でこざかしい方へ自分を押しやるような気分になった。

やがて南陽房は兄にまねかれ、美濃今泉《いまいずみ》の名刹常在寺《じょうざいじ》の住職となった。一山の坊主は寄りつどい、近代無双の名僧に別れを惜んで送りだしたのである。すべては昔に戻り、近代無双の名僧の名はどうやら再び法蓮房のものとなる時が来たようであった。

けれども、法蓮房はバカバカしくなってしまったのである。井の中の薄馬鹿な蛙のような坊主どもの指金《さしがね》できまる名僧の名に安住する奴も同じようなバカであろう。坊主などはもうゴメンだと思った。

乱世であった。力の時代だ。時運にめぐまれれば一国一城の主となることも天下の権力者となることもあながち夢ではない。

彼は寺をでて故郷へ帰り、女房をもらい、松波庄五郎《しょうごろう》と名乗って、灯油の行商人となった。

まず金だ、と彼は考えたのだ。仏門も金でうごく。武力の基礎も金だ。人生万事、ともかく金だ。

彼は奈良屋又兵衛《ならやまたべえ》の娘と結婚したが、それは商売の資本のためであった。灯油行商の地盤ができると、女房は不要であった。一所不住は仏門の妙諦《みょうてい》である。

彼は諸国をわたり歩き、辻に立って油を売った。まず一文銭をとりだして、弁舌をふるうのである。

「およそ油を商う者は桝にはかって漏斗《ろうと》から壺にうつす。ところが私のはそうではない。漏斗を使う代りに、この一文銭の孔《あな》を通して一滴もこぼさずに桝から壺にうつしてしまう。そればかりではない。一文銭の孔のフチに油をつけることもなくうつしてみせる。もしちょッとでも一文銭に油がついたら代はとらぬぞ。さア、一文銭の油売り。買ったり」

ひそかにみがいていた手錬の妙。見事に一滴も一文銭に油をつけずにうつしてしまう。これが評判となって、人々は一文銭の油売りを待ちかねるようになり、ために他の油屋は客が少《すくな》くなってしまった。彼はこの行商で大利をあげ、多額の金銀をたくわえた。

行商で諸国を歩きつつ、彼は諸国の風俗や国情や政情などに耳目をすませた。また名だたる武将の兵法や兵器や軍備についても調査と研究を怠《おこた》らなかった。一文銭の孔に油を通す手錬なぞは余技だった。彼は自分の独特の兵法をあみだした。

それはまったく革命的な独創であった。それは後日織田信長《おだのぶなが》がわがものとして完成し、それによって天下を平定した兵法であった。元祖は一文銭の油売りだ。

その兵法の原理は単純である。最も有利な武器の発見とそれを能率的に使用する兵法の発見とである。

それは兵法の一番当り前の第一条にすぎないけれども、とかく発見や発明に対する本当の努力は忘れられているものだ。そして常人の努力は旧来のものを巧みにこなすことにだけ向けられている。それは新しい発見や発明が起るまではそれで間に合うにすぎないものだ。

まず彼が発見した有利な武器は、敵の物よりも長い槍であった。普通短槍で一間余、大身の槍で二間どまりのところであるが、彼は普通人の体力で三間、さらに三間半まで可能であると考えた。

その長槍は丁々発止と打ち合うには不向きであったが、彼はその槍で打ち合うような戦争の方法を考えていなかった。

野戦に於《おい》て、主力との正面衝突が行われるとき、両軍はまず槍ブスマをそろえて衝突するのが普通だ。そのとき、敵よりも長い槍の槍ブスマが敵の胸板を先に突き刺すにきまっている。

さてその槍を再び構えて丁々発止とやれば今度は不利であるけれども、再びその槍を構える必要はないではないか。最初の衝突で敵の胸板を突きぬいたとき、長槍の任務は終っているのだ。あとは刀をぬいて接近戦にうつってよかろう。

この原理は槍に限ったことではなかった。後日鉄砲が伝来すると、あらゆる武将がこの革命的な新兵器に注目した。云うまでもなく、鉄砲の前では長槍も弓矢も問題ではなかった。

けれども、当時の鉄砲は最初の一発しか使いものにならなかった。タマごめや火をうつすのに技術を要しまた時間を要するから、二発目の発射までに敵に踏みこまれてしまう。技術的に短縮しうる時間だけでは、それを防ぐことができない。また機械の改良によって時間を短縮することは、当時の科学水準ではまったく絶望であった。

そこで鉄砲は最初の一発しか使用できないということは当時の常識であり、武将たちは敵の二発目を許さずに突入する歩兵の速度を鉄砲対策の新戦術として研究した。

彼だけはアベコベだった。彼はあくまで鉄砲に執着した。二発目も三発目も、否、無限に鉄砲を射ちまくることに執着したのである。そして、その方法を発見した。彼は鉄砲組を三段に並べることを考えた。三段でなくて、四段でも五段でもよいけれども、技術的に三段まで短縮することができたのだ。

つまり、第一列目が射つ。次に第二列目が射つ。次に第三列目が射つ。その時までに第一列目のタマごめが完了する。かくて彼の鉄砲はつづいて何発も射つことが可能となった。

この鉄砲戦術も後日信長が借用してわがものとする。信長はさらに改良を加え、野戦に特殊な鉄砲陣地を構築する。ザンゴーを掘り、竹矢来をかまえ、その内側に三段の鉄砲組を構えるのだ。騎兵の突入を防ぐには、ただの三段の鉄砲陣では防ぎきれないからだ。そこで信長の鉄砲組は、鉄砲のほかに竹矢来用の竹と穴掘り道具を持って出陣する。この戦法は信長が完成したが、元祖は一文銭の油売りであった。

一文銭の油売りは多額の金ができたので、そろそろサムライになってもよいころだと考えた。

サムライになるにも、なり方がある。いかに乱世でも出世のツルが諸方にころがっているわけではない。

諸国を廻游《かいゆう》した結論として、手ヅルがなければロクな仕官ができないことを知った。そして、美濃の国では南陽房の舎兄がよい顔であることを知った。

彼は常在寺に昔の南陽房を訪ねた。

「オレはサムライになりたいと思うが、今の武士に欠けている学問があって、諸国の事情にも通じている。オレのようなのを用人に召抱えて側近に侍《はべ》らせておけば、その主人が一国はおろか何国の大守になっても、諸侯との交渉談判儀礼通商に困るということはない。将軍に出世しても、まだオレの智恵学問が役に立つぞ。貴公はそう思わないか。そう思ったら、貴公の兄上にたのんで、オレを然《しか》るべき人の用人に世話をしてもらいたい」

南陽房は師の僧のヒキや同輩の後援によって法蓮房の上に立ったが、元々彼だけは他の小坊主とちがって法蓮房の実力を知り、傾倒して見習い、また教をうけてもいるのだ。

いかに傾倒していても鼻面とって引き廻されてる時にはおのずから敵意もわいて、法蓮房の上に立つことが小気味よかった時もあったが、今となれば、もはや敵意などはない。そこで兄にたのんでやった。

美濃の領主は土岐氏であるが、そのころ斎藤妙椿《さいとうみょうちん》という坊主あがりの家来が実権を奪っていた。土岐氏は名目上の殿様にすぎなかった。したがって、土岐氏の家来の家老長井長弘《ながひろ》も斎藤妙椿の家来の顔をして励まなければならない。油売りの庄五郎はこの長井長弘のスイセンで妙椿の用人となることになったが、そのとき長弘が庄五郎に語るには、

「貴公は南陽房が兄とたのんだほどの学識ある器量人だから、事理に暗い筈はない。美濃は古来から土岐氏所領ときまっているが、近代になって臣下の斎藤妙椿が主公を押しのけて我意のままにふるまっている。我々は妙椿を倒して再び昔のように土岐公を主人にむかえたいと思っているが、貴公がこれに賛成してくれるなら、貴公を妙椿の用人にスイセンしようと思う」

「なるほど。私はこの土地の者ではありませんから、どなたに味方しなければならないという義理も人情もない筈ですが、仰有《おっしゃ》るように、私が強いて味方を致すとすれば正しい事理に味方いたしましょう。土岐公が古来この地の領主たることは事理の明《あきら》か

なるものですから、その主権を恢復《かいふく》したいと仰有ることには賛成です」

「それは甚《はなは》だ有りがたい。実は妙椿に二人の子供がおって、これが仲わるく各々派をなして後釜を狙っている。妙椿が死ねばお家騒動が起って血で血を洗い、斎藤の勢力は一時に弱まるに相違ない。その機に乗じて斎藤を亡《ほろぼ》し主権を恢復する考えであるが、貴公は彼の用人となってその側近に侍り、我々とレンラクしてもらいたい」

そこで妙椿の用人にスイセンしてくれた。主人を押しのけて所領を奪うほどの妙椿には、内外の敵と戦う用意が必要で、たのみになる側近が何より欲しいところだ。

見るからに鋭敏そうな才子。しかし絵の中からぬけでたような好男子で、いわゆる白皙の容貌。詩人哲人然たる清潔さが漂っている。学識は南陽房の兄貴分だという。妙椿は一目見て惚れこんだ。そして、たちまち重用するに至ったのである。

長井は家柄のせいで反妙椿派の頭目と仰がれているが、とうてい妙椿に対抗しうる器量ではなく、彼が陰謀を画策して味方を集めしきりに実行をあせっていることは、味方の者にも次第に危ぶまれるようになりつつあった。

彼らは長井に一味したことを後悔しはじめていた。彼のためにやがて彼らも破滅にみちびかれることを怖れるようになっていたのだ。妙椿の勢力は時とともに堅くなりつつある。彼らは長井にたよるよりも、今さら長井を重荷に感じはじめていたのである。その重荷から無事に解放してくれる者は救世主にすら見えるかも知れない内情だった。

庄五郎は妙椿の信用がもはやゆるぎないことを見たので、いかにも神妙に長井の陰謀を告白した。

「この約束をしなければ仕官ができませんので、一応長井に同意の様子を見せた次第です。日夜告白の機をうかがい、ひとり悩んでおりました」

妙椿は庄五郎の忠誠をよろこんだ。

「お前長井を討ちとることができるか」

「お易い御用です。心ならずも長井に一味の様子を見せたお詫びまでに、長井の首をとって赤誠《せきせい》のアカシをたてましょう」

簡単に長井をだまし討ちにした。そして自ら長井の姓をとり、長井新九郎《しんくろう》と改名して、家老の家柄になりきってしまった。彼が長井氏の正しい宗家たることを認めない一族に対しては、長井宗家の名に於て遠慮なく断罪した。

「長井の血に於て異端を断つ」

それが罪状の宣告である。正義とは力なのだ。

妙椿は長井新九郎のやり方が面白いようにも思ったが、なんとなく大人げないようにも思った。

「長井にこだわりすぎやしないか。お前はお前であった方が、なおよいと思うが」

「お前と仰有いますが、長井新九郎のほかの者はおりません。拙者は長井新九郎」

「なるほど」

坊主あがりの妙椿は、新九郎が禅機を説いているのだなと思った。痴人なお汲むナントカの水という禅話がある。痴人にされては、かなわない。

「拙者は長井新九郎」

新九郎は腹の底からゆすりあげるように高笑いした。

法蓮坊の屈辱をいま返しているのかも知れなかった。売僧《まいす》をも無双の名僧智識に仕立てることができたであろう長井の門地はいま彼自身である。

妙椿は新九郎がたぶん禅機を還俗《げんぞく》させたようなシャレを行っているのだろうと思っていた。そして、彼の本心を知ったならば、身の毛のよだつ思いがしたかも知れない。なぜなら、新九郎は自分の血管を流れはじめた長井の血を本当に見つめていたからである。彼を支えているものは、その新しい血でもあった。

妙椿は自分の無能に復讐される時がきた。新九郎が毒を一服もったのである。妙椿はわけの分らぬ重病人になった。そして死んだ。

妙椿の家族はお家騒動を起しはじめた。すると新九郎は死せる妙椿の名に於て彼らを誅伐《ちゅうばつ》し、その所領をそっくり受けついでしまったのである。ついでに、斎藤の家と、その血をも貰った。彼は再び改名して、斎藤山城守利政《やましろのかみとしまさ》となった。後に剃髪《ていはつ》して、斎藤山城入道道三《ドーサン》と称した。

新しい血がまた彼の血管を流れている。道三はそれを本当に見つめているのだ。古い血はもはやなかった。道三はそれを確認しなければならないのだ。

美濃一国はまったく彼のものであった。全ての権力は彼にあった。しかし土民たちは美濃古来の守護職たる土岐氏の子孫を尊敬することを忘れなかった。

道三は腹を立てた。そして、その子孫たる土岐頼芸《よりよし》を国外へ追放した。しかし、すでに無能無力だった土岐氏の家名や血を奪う必要はなかった。その代り、頼芸の愛妾を奪って自分の女房にしたのである。

道三は新しい血をためすために、最大の権力をふるった。その血は、彼の領内が掃き清められたお寺の院内のように清潔であることを欲しているようであった。

院内の清潔をみだす罪人を——罪人や領内の人々の判断によるとそれは甚しく微罪であったが——両足を各の牛に結ばせ、その二匹の牛に火をかけて各々反対に走らせて罪人を真二ツにさいたり、釜ゆでにして、その釜を罪人の女房や親兄弟に焚かせたりした。

道三の悪名はみるみる日本中にひろまった。日本一の悪党という名は彼のものである。彼ぐらい一世に悪名をもてはやされ、そして誰にも同情されなかった悪党は他の時代にも類がなかったようである。

しかし、彼は戦争の名人だった。彼が多くの長槍と多くの鉄砲をたくわえ、特に鉄砲については独特な研究に没入していることは諸国に知れていたが、兵法の秘密はまだ人々には分らなかった。彼の戦法は狡猾で、変化があった。近江《おうみ》の浅井《あざい》、越前《えちぜん》の朝倉《あさくら》、尾張《おわり》の織田氏らはしばしば彼と戦ったが、勝ったあとでは手ひどくやられる例であり、そのやられ方は意外な時に意外の敗北を喫しているだけの正体のハッキリしない大敗北であった。

彼が罪人を牛裂きにしたり釜ゆでにしたりするのに比べると、それほど積極的に戦争を好んでいるようにも見えなかった。実際は天下に悪名が高いほど牛裂きや釜ゆでに入れあげていたわけでもなかった。お寺の中をいくら掃き清めてもつもる埃《ほこ》りは仕方がないように、浜のマサゴはつきないことを知っていた。敵の数も浜のマサゴと同じようにつきないことを知っていたのだ。三国や四国の敵を突き伏せてみても、それでアガリというわけではない。してみれば、戦争も退屈だ。彼はそう考えていた。ムリに入れあげるほど面白い遊びではない。やってくる敵は仕方がないから、せいぜい鉄砲の稽古を怠るわけにいかないような次第であった。

こうして、彼は次第に老境に近づいていった。しかし彼が年老いても、彼を怖れる四隣の恐怖は去らないばかりか、むしろ強まるばかりであった。彼の腹の底も知れないし、彼の強さも底が知れなかった。いつになってもその正体がつかめないのだ。

彼は大国の大領主ではなかったが、彼が老いて死ぬまでは誰も彼を亡すことができないように見えたのである。

ところが彼が奪った血が、彼の胎外へ流れでて変な生長をとげていたのだ。そして意外にも、彼が奪った血によって、天の斧のような復讐を受けてしまったのである。

土岐頼芸を追放してその愛妾を奪ったとき、彼女はすでに頼芸のタネを宿していた。したがって最初に生れた長男の義龍《よしたつ》は、実は土岐の血統だった。

もっとも、この事実の証人はいなかった。ただ義龍がそう信じたにすぎないのかも知れない。道三はそれに対して答えたことがなかった。

義龍は生れた時から父に可愛がられたことがない。長じて、身長六尺五寸の大男になった。いわば鬼子《おにご》である。しかし、道三はそうは云わない。

「あれはバカだ」

と云った。

ところが、義龍は聡明だった。衆目の見るところ、そうだった。その上、大そう努力勉強家で、軍書に仏書に聖賢の書に目をさらし、常住座臥《じょうじゅうざが》怠るところがない。父道三を憎む以外は、すべてが聖賢の道にかなっているようであった。

道三は義龍の名前の代りに六尺五寸とよんでいた。

「生きている聖人君子は、つまりバカだな。六尺五寸の大バカだ」

道三はそう云った。そして次男の孫四郎《まごしろう》と三男の喜平次《きへいじ》とその妹の濃姫《のひめ》を溺愛した。

「孫四郎と喜平次は利発だな。なかなか見どころがある」

道三は人にこう云ったが、次男と三男は平凡な子供であった。彼は下の子ほど可愛がっていた。

天文十六年九月二十二日のことであったが、尾張の織田信秀《のぶひで》が美濃へ攻めこんだ。稲葉《いなば》城下まで押し寄せて町を焼き払ったまではよかったが、夕方突然道三の奇襲を受けて総くずれになり、五千の屍体をのこして、わずかに尾張へ逃げ戻ったのである。尾張半国の領主にすぎない織田信秀にとって五千の兵隊は主力の大半というべきであった。この損失のために信秀の受けた痛手は大きすぎた。イヤイヤ信秀に屈していた尾張の諸将のうちにも、信秀の命脈つきたりと見て背くものも現れはじめた。

信秀は虚勢を張って、翌年の暮に無理して美濃へ攻めこんだ。もっとも、稲葉城下へ攻めこんだわけではなく、城から遠い村落を焼き払って野荒ししたにすぎないのである。

ところが天罰テキメン。無理な見栄は張らないものだ。野荒しの留守中に清洲の織田本家の者が信秀に敵の色をたて、信秀の居城古渡《ふるわたり》を攻めて城下を焼き払って逃げたのである。

信秀は慌てて帰城して対策を考えたが、清洲の織田本家はいま弱くても、とにかく家柄である。これを敵に廻してモタモタしていると、味方の中から敵につくものがどんどん現れてくる可能性がある。

清洲の本家が信秀から離れるに至ったのは落ち目の信秀がいずれ美濃の道三に退治されてしまうと見たからであろう。

清洲の本家ともまた美濃の道三とも今はジッと我慢して和睦あるのみ。こう主張して、自らこの難局を買ってでたのは平手《ひらて》政秀《まさひで》である。

平手は直ちに清洲との和平を交渉するとともに、一方美濃へ走った。道三に会って、信秀の長男信長のヨメに道三の愛嬢濃姫をいただきたい、そして末長く両家のヨシミを結びたいと懇願したのである。平手は信長を育てたオモリ役であった。

軽く一ひねりに五千の尾張兵をひねり殺して信秀の落ち目の元をつくったのは道三だ。その道三は益々快調、負け知らず、美濃衆とよばれて天下の精強をうたわれている彼の部下は充実しつつあるばかりだ。

信秀が負け犬の遠吠えのように美濃の城下を遠まきに野荒しをやって逃げたのも笑止であるが、腹が立たないわけではない。しかるに、野荒しのあとに、三拝九拝の縁談とは虫がよすぎるというものだ。

ところが道三は意外にも軽くうなずいた。

「信長はいくつだ」

「十五です」

「バカヤローの評判が大そう高いな」

「噂ではそうですが、鋭敏豪胆ことのほかの大器のように見うけられます」

「あれぐらい評判のわるい子供は珍しいな。百人が百人ながら大バカヤロウのロクデナシと云ってるな。領内の町人百姓どもの鼻ツマミだそうではないか。なかなかアッパレな奴だ」

「ハア」

「誰一人よく云う者がないとは、小気味がいい。信長に濃姫をくれてやるぞ」

「ハ？」

「濃姫はオレの手の中の珠のような娘だ。それをやる代りに信秀の娘を一人よこせ。ウチの六尺五寸のヨメにする。五日のうちに交換しよう」

「ハ？」

平手は喜びを感じる前に雷にうたれた思いであった。怖る怖る道三の顔を仰いだ。老いてもカミソリのような道三の美顔、なんの感情もなかった。

「濃姫のヒキデモノだ」

道三は呟《つぶや》いた。

両家の娘を交換する。それは対等の同盟を意味している。しかるに今の道三と信秀は全然対等ではなかったのである。平手は七重の膝を八重にも曲げて懇願しなければならない立場だ。しかるに道三が対等の条件にしてくれた。それが最愛の娘濃姫を与える大悪党のヒキデモノであった。

年内に濃姫は信長のオヨメになり、織田家からは妾腹の娘が六尺五寸殿にオヨメ入りした。信秀の本妻には年頃の娘がなかったせいだが、これでは対等を通りこして、道三の方が分がわるい。しかし道三は平気であった。

難物と目された美濃との和平は一日で片がつき、弱小の清洲との和平に一年かかった。清洲の条件が高いのだ。そして、折れなかった。それほど信秀は落ち目であった。ところが道三は落ち目のウチの鼻ツマミのバカ伜に愛する娘をヨメに与えたのである。

その四年後に、織田信秀は意外にも若く病死してしまった。落ち目の家をついだのは、いま評判のバカヤローであった。

信長は父の葬場にハカマもはかずに現れて、香をつかんで父の位牌に投げつけた。バカはつのる一方だった。

信長の代りに弟の勘十郎《かんじゅうろう》を立てようとする動きが露骨になった。しかし、その動きは信長にとっては敵であっても、織田家を守ろうとする動きである。背いてムホンするものは日ましに多くなった。

平手はたまりかねバカを諌めるために切腹して死んだ。信秀のあとは、もう信長では持ちきれないと思われた。

その時である。道三が信長に正式の会見を申しこんだ。道三は濃姫をくれッ放しで、二人はまだ会見したことがなかったのである。

「信長のバカぶりを見てやろう」

道三は人々にそう云った。

会見の場所は富田《とみた》の正徳寺《しょうとくじ》であった。正式の会見だから、いずれも第一公式の供廻りをひきつれて出かける。

道三は行儀作法を知らないという尾張のバカ小僧をからかってやるために、特に行儀がいかめしくてガンクビの物々しい年寄ばかり七百何十人も取りそろえ、これに折目高の肩衣袴《かたぎぬばかま》という古風な装束をさせて、正徳寺の廊下にズラリとならべ、信長の到着を迎えさせる計略であった。

こういう凝った趣向をしておいて、自分は富田の町はずれの民家にかくれ、戸の隙間から信長の通過を待っていた。いかに信長がバカヤローでも人に会う時は加減もしようから、誰に気兼ねもない時のバカヤローぶりを見物しようというコンタンであった。

信長は鉄砲弓五百人、三間半の長い槍が五百人、自分の家来殆《ほと》ど全部ひきつれて、木曾《きそ》川を渡ってやってきた。兵隊の数は多くはないが、装備は立派なものである。

ところがその行列のマンナカへんに馬に乗ってる殿様がものすごい。頭は茶センマゲと云って、髪を一束にヒモで結えただけの小僧ッ子の頭である。その日のヒモはモエギであった。このバカ小僧はマゲを結ぶヒモの色に趣味があって、モエギかマッカの色のヒモしか使わないというのはすでに評判になっている。明衣《ゆかたびら》の袖を外して着ている。大小に荒ナワをまいて腰にさし、また火ウチ袋を七ツ八ツ腰にぶらさげている。腰に小ブクロをたくさんつけてるのは当時猿マワシの装束がそうだった。信長の様子はその猿マワシにそっくりだった。

ところがこの火ウチ袋は信長の魂こめた兵法の必然的な結果であった。それは彼に従う鉄砲組の腰を見れば分るのだ。みんな七ツ八ツの火ウチ袋をぶらさげているのだ。袋の中には多くのタマと火薬などが入っていた。

知らない人々が解釈に苦しむのは無理もない。彼らにとっては、鉄砲とはただ一発しか射てないものだと相場がきまっていたからである。多くのタマや火薬を腰にぶらさげる必要なぞ考えることもできなかったのである。そして猿マワシに似たカッコウを笑うことしか知らなかった。

しかし、道三に袋の意味が分らぬ筈はなかった。

信長はまるで風にもたれるように馬上フラリフラリと通って行く。虎の皮と豹の皮を四半分ずつ縫い合せた大そうな半袴をはいていた。どこからどこまで悪趣味だった。道三は笑いがとまらない。必死に声を殺すために腹が痛くなるのであった。

ところが、信長は正徳寺につくと、一室にとじこもり、ビョウブをひき廻して、ひそかに化粧をはじめた。カミを折マゲにゆう。肩衣に長袴。細身の美しい飾り太刀。みんな用意してきたのだ。

ビョウブを払って現れる。家来たちもはじめて見る信長の大人の姿であった。水もしたたるキンダチ姿であった。

信長は本堂へのぼる。ズラリと物々しいガンクビが居並んでいる。知らんフリして通りすぎ、縁の柱にもたれていた。

やがて道三がビョウブの蔭から現れて信長の前へ来た。信長はまだ知らんフリしていた。道三の家老堀田《ほった》道空《どうくう》が――彼はこの会見の申し入れの使者に立って信長とはすでに見知りごしであるから、

「山城どのです」

と信長に云った。すると信長は、

「デアルカ」

と云って柱からはなれ、シキイの内へはいって、それからテイネイに挨拶した。ただちに別室で舅《しゅうと》と聟《むこ》の差向い。堀田道空の給仕で、盃ごとをすませ、湯漬けをたべる。二人は一言も喋らなかった。

道三は急に不キゲンになった。毒を食ったような顔になって、

「また、会おう」

スッと立って部屋をでてしまった。

世間へもれた会見の様子はこれだった。

ところが、この日を境《さか》いにして、道三と信長はその魂から結び合っていたのである。信長が正徳寺の会見から帰城すると、その留守中を見すまして、亡父の腹心山口《やまぐち》がムホンし、しきりに陣地を構築中であった。

つづいて多くの裏切りやムホンが起った。彼らは道三が大バカヤローの聟に見切りをつけて、バカの領地は遠からず道三の手中に帰するだろうと考えたのである。

ところがアベコベだ。彼らがムホンする。兵力の少い信長はほとんど全軍をひきつれて討伐にでなければならない。すると道三が部下に命じて兵をださせ、信長の留守の城を守ってくれるのであった。

その援兵は、もし欲すれば、いつまでも留守城を占領することができた。そして、

信長を亡し、所領を奪うことができたのである。

信長はそれを心配したことがなかった。いつもガラあきの城を明け渡して戦争にでかけるのだ。しかし、信長の敵たちはまだ道三の心を疑っていた。そんな筈は有りッこないと思ったのである。今に信長はやられるだろうと考えていた。一年たち、二年たった。信長はやられない。

人々は仕方なしに大悪党のマゴコロを信じなければならなくなった。薄気味わるくなってきた。やられるのは信長ではなくて、信長の敵の自分たちかも知れないと感じるようになったのである。ウッカリ信長に手出しができなくなってしまった。失われた信長の兵力は少しずつ恢復しはじめた。

義龍にライ病の症状が現れた。

「六尺五寸のバカでライ病。取り柄がないな」

道三は苦りきった。

義龍はひそかに自分の腹心を養成し、また寄せ集めた。マジメで、行いが正しくて、学を好み、臣下を愛した。全てが道三のやらないことであった。

「六尺五寸もあって、それで人前で屁をたれることも知らないバカだ」

道三の毒舌は人々を納得させるよりも、むしろ人々を義龍に近づけ彼らの団結を強くさせる役に立った。その勢力は次第に大きくなった。

「義龍公は土岐の血統だ。美濃の主たる正しい血だ」

その声は次第に公然たるものになってきた。

稲葉城は大きい城であった。しかし一ツの城の中に、その城の主人と、主人を仇敵と狙う子供がそれぞれの部下をかかえて一しょに同居していることは、差し障りがなければならない。

ところが道三は案外平気であった。

「六尺五寸の化け物め。いまにオレが殺されるぞ」

義龍が土岐の血統と名乗るようになったのは、まだ二十の頃からでもう十年ちかくなるのである。彼が土岐の血統なら、道三は彼の父ではなくて、仇である。当り前の結論だ。

道三は自分の立身出世のために人を殺す機会には、機会を逃さず、また間髪をいれず、人を殺してきたものだった。彼は人の顔を見るたびに考える。いまこの人間を殺すこともできるな、と。人間どもが平気な顔で彼と対座しているのが奇妙な気持になることもある。オレの心を見せたいなと思った。

むろん義龍を殺す機会はあった。非常に多くあった。これからも有りうる。信長を殺す機会がいつでもあると同じように。

いつでも殺せるが、オックウだった。なんとなく、そんな気持ですごすうちに、今のようになってしまった。今ではその腹心が堅く義龍をとりまいていて、殺すのも大仕事になってしまったようである。

しかし、早いうちなら義龍を簡単に殺せたろうかと考えると、これも案外そうでないような気がするのだ。

むろん殺す実力はある。今でも殺す実力はある。しかし、実力の問題ではなく、それを決行しうるかどうかという心理的な、実に妙な問題だ。

信長に濃姫を与えたのはナゼだろう？　そのころ信長は評判の大バカ小僧であった。自分の領内の町人百姓の鼻ツマミとは珍しい若様がいるものだ。

なぜ鼻ツマミかというと、町では店の品物を盗む。マンジュウとかモチとか、大がい食物を盗むのだ。野良でも人の庭の柿や栗や、腹がへるとイモや大根もほじくって食ってしまう。畑の上で相撲をとる。走りまわる。鼻ツマミとは無理がない。

むろん頭はバカではない。よその殿様の子供のやらないことだけやってるようなバカなのだ。

そのバカが、たしかに道三の気に入ったのは事実なのだが、ナゼ気に入ったかと考えてみると、その裏側に彼と対しているのが、クソマジメで、勉強家で、聖人ぶって、臣下を可愛がって、むやみに殿様らしい様子ぶったことをしたがる義龍という存在だろう。トドのつまりは、そうらしい。

つまり道三にとっては、義龍という存在が、どうやら心理的に殺すことができない存在なのかも知れない。信長という対立的なものを選んで味方にしたところを見ると、自分でもそんな気がするのであった。何か宿命的なものが感じられた。

そして、義龍を殺すことよりも、義龍に殺されるかも知れないということをより多く考えるようであった。いつでも義龍を殺せるうちから、すでにそうだった。

むろん、義龍に殺されるのが心配で、対立的な信長を味方にしたわけではないのである。しかし、今になって、結果から見ると、まるでその予算を立てて信長を濃姫の聟に定めたようなことになっている。あるいは、そういう秘密の気持があったのに、自分ではそれに気付かなかったのかも知れないと考えたりするのであった。

それはまったくフシギな心だ。なぜなら、今だって義龍を殺すことができないわけではないじゃないか。

「どうも、まったく、目ざわり千万な奴だ。六尺五寸もあって、モッタイぶって、バカで、ライ病だ」

しかし、すべてが、オックウだ。六尺五寸のライ病殿に関する限り、すべてがオックウの一語につきる。そして、ふと気がつくと、

「あの化け者めにオレの寝首をとられるか」

そう考えているのであった。久方の光がしず心なく降るが如《ごと》くに、そう考えているのであった。

その年の秋、三男の喜平次を一色右兵衛大輔《いっしきうひょうえだいすけ》とした。これにいずれは後をゆずる腹であった。道三は下の子ほど可愛いのだ。

「喜平次はオレも及ばぬ利口者」

こう云って崇敬したが、誰もその気になってはくれなかった。しかし道三は大いに喜平次を崇敬して満足であった。

そして、十一月二十二日、例年通り山下の館で冬を越すために城を降りた。

義龍は十月十三日から病気が重くなって、臥《ふ》せっていた。道三が冬ごもりから戻るころには大方死んでいるだろうという話であった。道三もそれを疑わなかった。要するに、そんなものか、と城を降りたのである。

しかるに義龍の病気は仮病であった。道三が山下へ降りたので、道三の兄に当る長井隼人正《はやとのしょう》が義龍の使者となり、喜平次と孫四郎を迎えにきた。

「義龍が死期がきて、いまわに言いのこすことがあるそうだから」

伯父が使者だから二人も疑わない。そして兄の病室へはいったところを、待ちぶせた人々に斬り殺されてしまったのである。

この報をきくと、道三はただちに手兵をまとめて美濃の山中へ逃げこんだ。翌年四月まで山ごもりして、四月十八日、六尺五寸の悪霊と決戦のために山中をでて鶴山《つるやま》に陣をはったのである。

道三が義龍に城をとられて山中へ逃げこんだから、それまで鳴りをしずめていた信長の敵は色めきはじめた。織田伊勢守《いせのかみ》のように、たちまち義龍と組んで信長の城下を焼き払う者もあり、やがて一時に味方の中から敵がむらがり立つ形勢が近づいていた。四月十八日に道三が出陣と分ったが、もし信長が道三の援軍にでかけると、その留守に彼もまた城をまきあげられる怖れがあった。誰がまきあげるか分らないが、親類も重臣も、いつ背いてもフシギのないのがズラリとそろっているのであった。

しかし、道三を助けたい。勝敗はともかくとして、この援軍に出ることをしないようでは、織田信長という存在は無にひとしいと彼は思った。

しかし、その留守に城をまきあげられるようでは、道三を苦笑させるだけの話であろう。二十三歳の信長は全身の総血をしぼってこの難局と格闘した。

尾張の本来の守護職は斯波《しば》氏であった。その子孫は信長の居候をしていた。三河《みかわ》には足利《あしかが》将軍家の次の格式をもつ吉良《きら》氏が落ちぶれて有名無実の存在となっていた。今川《いまがわ》氏の世話をうけていたが、今川よりも一ツ格式は上の名家であった。

信長は今川に使者をだし、今後斯波氏を立てて尾張の大守とするから、三河も吉良を大守とたて、両家のヨシミを結びたいと申し送り、今川の同意を得た。すでに四月だ。

信長は自ら斯波氏を送って三河へ行き吉良氏と斯波氏参会、式礼をあげて、ヨシミをとげて、尾張へ戻る。つづいて、斯波氏を尾張の国守と布告する。自分は城の本丸を居候の斯波氏に明け渡し、それまで斯波氏が居候をしていた北屋蔵へ引越して隠居した。

こうしておいて、急いで美濃へかけつけた。もう道三の出陣だった。

自分の城が今では自分の城でなくて、斯波氏の城だ。彼はそこの居候の隠居にすぎない。この計略によって、信長の敵が彼の城を分捕ることを遠慮するかどうか。そこまでは分らないが、これが信長の総血をふりしぼって為し得たギリギリの策であった。

しかし道三は信長の援軍などは当《あて》にしていなかった。そのとき信長の所有した兵力は千かせいぜい千五百だ。美濃には万をこす精鋭がそろっているのだ。もっとも、兵力の問題ではない。人情などは、オックウだ。援軍などは、よけいなことだ。

「小僧め。ひどい苦労をして、大汗かいているじゃないか。無理なことをしたがる小僧だ」

道三は苦笑したが、さすがにバカヤローのやることは、バカヤローらしく快いと小気味よく思った。

道三は信長を自分の陣の近所へ寄せつけなかった。味方の家来もずッと後へひきさげた。

道三は鶴山を降り、長良川《ながらがわ》の河原へでて陣をしいた。身のまわりに自分のわずかな親兵だけひきつれて、一番前へ陣どったのだ。

「鉄砲の道三が、鉄砲ごと城をとられては、戦争らしく戦争をする気持にならないわさ」

道三は笑って云った。

「お手本にある戦争を見せてやることができないのは残念だが、悪党の死にッぷりを見せてやろう」

そして家来と別れる時にこう云った。

「今日は戦争をしないのだから、オレは負けやしないぜ。ただ死ぬだけだ」

道三はヨロイ、カブトの上に矢留めのホロをかぶって、河原の一番前に床几《しょうぎ》をださせてドッカと腰かけた。

敵の先陣は竹腰道塵《たけごしどうちん》兵六百。河を渡って斬りかかったが、敵方に斬り負け、道三は道塵を斬りすてて、血刀ふりさげて床几に腰かけ、ホロをゆすって笑った。

つづいて敵の本隊が河を渡ってウンカのように突撃し、黒雲のような敵の中で道三はズタズタに斬られていた。

紅楓子《こうふうし》の恋

――山本勘助――

宮本昌孝

宮本《みやもと》昌孝《まさたか》（一九五五〜）

静岡県生まれ。日本大学芸術学部卒業後はアニメの脚本やマンガの原作などを執筆していたが、一九八七年にヒロイック・ファンタジー『失われしものタリオン』で小説家デビュー。『もしかして時代劇』や『旗本花咲男』などの時代劇パロディを経て、本格的な剣豪小説『剣豪将軍・義輝』を発表、時代小説作家としても注目を集める。青春時代小説『藩校青春賦』、道三＝二人説をベースにした『ふたり道三』、伝説の忍者を主人公にした『風魔』など、明朗型の主人公がアクロバティックな剣戟を繰り広げる迫力の伝奇小説を得意としている。

一

その子が駿河《するが》国富士《ふじ》郡山本《やまもと》村に生まれた年は、京では管領細川政元《ほそかわまさもと》が将軍足利義材《あしかがよしき》を武力をもって追放するという、世が麻のごとく乱れていたころである。

母の胎内より出てきたとき、色黒のあまり、炭の塊かと疑われた。生来、左眼が潰れている。手指は極端に短く、関節の足りない指もあった。

頭ばかり大きく、からだは骨張って小さい。瘤《こぶ》を担ったような背が真っ直ぐに伸びぬので、くぐせであろう、と産婆が断じた。

あばたがひどいのは、前世の悪しき因縁に相違ないと嘆かれた。八寒地獄の頞浮陀《あぶだ》に落ちた者は、厳寒のために肉体が爛《ただ》れてあばたを生ずるという。

醜すぎた。

「鬼子《おにご》じゃ」

今川《いまがわ》家に仕える父の山本図書《ずしょ》は、そうと決めつけて、

「捨てよ」

と家人に命じる。

母は、いっそのことと思い詰め、鬼子の醜貌を濡れ紙で被った。

偶々《たまたま》その場に居合わせた図書の兄帯刀左衛門《たてわきざえもん》が、惨劇を未然に防ぎ、わしに預けよともらいうけて、その子を源助《げんすけ》と名づける。

歩けるようになると、しかし、跛足《はそく》であることも判明した。

鼻は鼻梁というものが見当たらぬほど低く、反っ歯なぞ三十間先からも見える、と百姓の子らにも揶揄《からか》われた。石を投げつける子はいても、友になろうとする子はひとりもいない。

源助は、かれらを半殺しの目に遇《あ》わせて、うじ虫どもめがと平然とうそぶいた。矮《わい》軀《く》、隻眼《せきがん》跛足にもかかわらず、鬼子は人知れず猿のような俊敏さを身につけると同時に、みずから工夫して兵法を編み出そうとしていたのである。

そんな源助を、帯刀左衛門も不気味に思わずにはいられなかった。それでも、兵法にいささかの自負のあったこの養父は、源助を軍配者に仕立てるべく教育しようと努めたのだが、鬼子はことごとに反抗的で、とうとう手に余る。

山本家は三河《みかわ》にも所領があった。三河宝飯《ほい》郡牛窪《うしくぼ》城主・牧野《まきの》右馬充《うまのすけ》の家臣大林《おおばやし》勘左《かんざ》衛門《えもん》とかねて親しい帯刀左衛門は、嗣子のいない大林家へ源助を養子に出す。

姓名を大林勘助《かんすけ》とあらためた鬼子は、牛窪でも醜貌に陰惨の気を罩《こ》めて人を寄せつけず、第二の養父にも周囲の者にも気味悪がられた。

その中で、ひとり勘助の才を見抜いた寺部《てらべ》城主鈴木《すずき》日向守《ひゅうがのかみ》が、この若者は野に放たれ自由に生きてこそ真価を発揮する、と勘左衛門に意見する。勘左衛門にすれば、願ってもないことであったろう。

養父から廻国修行をすすめられた勘助も、その本音を看破した。

「厄介払いにござろう」

憎体《にくてい》な別辞を吐いて、勘助は養家をあとにする。内心では、解き放たれたことが、小躍りしたいほどうれしかった。

三河の小城主の名もなき臣下で生涯を竟《おわ》るつもりはない。国持大名の軍師となって、わが兵法を存分に駆使することが望みなのである。

勘助、二十歳であった。

（山本へも牛窪へも二度と戻らぬ）

その覚悟のもとに旅立った勘助は、爾来《じらい》、西国を経巡《へめぐ》ることになる。

帯刀左衛門のように物事の教授を無理強いする対手《あいて》には反発するが、みずから望めば、先達に教えを乞うことに、むしろ能動的な勘助であった。評判の高い兵法家と聞けば、片端からその門を叩く。

門前払いばかりであった。野心をぎらつかせた勘助の醜貌が厭《いと》われたのである。

武技は、果たし合いで磨いた。愛する者も愛してくれる者もいない鬼子は、死を怖れぬ。

仆《たお》した対手の血縁や門人から命を狙われることも少なくなかったが、勘助は逃げ隠れせず堂々と受けて立った。

都の争奪でいくさの絶えぬ畿内に一旗挙げんと、牢人分として陣借りし、戦場を馳《ち》駆《く》したことも一再ならずある。が、いかに戦功を樹《た》てようとも、仕官は叶わぬ。味方の将が、人外の化け物を使ったと敵から嘲罵されて、かえって不快をおぼえるからであった。

勘助は、人という人を憎み、またおのれの醜貌を恨んだ。

食うに困って、洛中で辻斬り強盗にまで成り下がり、ある日、明るいうちから若い僧を襲った。

僧は、刃を突きつける勘助を一向に怖《おそ》れるふうもなく、金品の持ち合わせがないのでついてきなさいと言う。案内されたところは、妙心寺《みょうしんじ》であった。臨済宗《りんざいしゅう》妙心寺派の大本山である。

「当寺にあるものは、何でも持って行かれるがよい」

応仁の乱以来、盗賊の横行する京では、夜になれば寺荒らしも出没するので、どのみちいずれは奪われるもの。恨みはせぬゆえ、どうぞご随意に、と僧は微笑を湛《たた》えてすすめるのであった。

人間としての品格の違いを、これほど思い知らされたことはない。勘助は、狂乱し、寺宝の数々へ片端から斬りつけてのち、我に返り、逃げるようにして走り去った。

そして、何か見えざる力に引き寄せられるようにして、勘助はいつしか紀州高野山《こうやさん》に登っていた。

雪を被った山中の摩利支天堂《まりしてんどう》に籠り、食も睡眠も断って、ひたすら祈願すること七昼夜、夢と現《うつつ》の境の中で、ついに霊験を得る。

摩利支とは陽炎あるいは威光を意味し、摩利支天は日月の光の徳を顕《あらわ》す神である。常に日輪の前にあって形を現さず、何者もこれをとらえることも、害《そこな》うこともできぬ神であることから、古来より武人に尊崇されてきた。

その摩利支天が、勘助の眼の前に出現したのである。

たいていの摩利支天は、獅子の上に立つ三面八臂《さんめんはっぴ》の姿で、天女に似た顔も柔和と忿怒《ふんぬ》に分かれている。あるいは、三面六臂の炎髪忿怒《ふんど》相というのも知られる。その多臂《たひ》には、弓、箭《せん》、戟《げき》、杵《しょ》、棒などの武器をもたせてあるものだ。

だが、勘助に微笑みかけてきた摩利支天は、天女そのものの慈悲深い顔立ちで、一面二臂という人間と同じ姿でもあった。胸の前へ挙げた左手に天扇を持ち、垂らした右手には与願印をなすゆったりした座姿は、勘助の心身を束《つか》の間、ありとあらゆる俗事から解放せしめる。さながら母の胎内へ戻ったかのようであった。

眩《まばゆ》いばかりに光り輝く摩利支天に触れようと手を伸ばした瞬間、神は失せてしまう。

懐が熱い。探ってみると、何か手に触れる。取り出せば、それこそ摩利支天ではないか。

白檀《びゃくだん》で作られたわずか一寸二分ほどの高さの座像だったが、たったいま現れた摩利支天と寸分違わぬ姿をしていた。

おそらく妙心寺で暴れたさい、何かの拍子に懐へ飛び込み、そのまま気づかずにいたものであろう。が、勘助は、そんなことを思いもせぬ。天より降ってきたと信じた。自分を愛してくれる人はいない。しかし、愛してくれる神がいた。勘助は、摩利支天座像に頬ずりしながら、声を放って泣いた。

摩利支天座像を入れた小袋を首から垂らして膚着《はだぎ》の下に蔵《しま》い、勘助は高野山を下りる。

以後の勘助は、身も心も天にゆだねるようになった。なるようにしかならぬ。自然のままに生きるのだ。

山陰、山陽、四国、九州を旅し、短い間ながら、尼子《あまこ》や毛利《もうり》や島津《しまづ》に仕えた。仕官が叶ったのは、憑《つ》き物を落としたように、陰鬱の気を高野山に流してきたことで、ある種の風格が具《そな》わったからであろう。

ただ婦女子には、決して好かれることがなかった。春をひさぐことを生業《なりわい》とする女たちですら、勘助に抱かれるや、顔をそむけ、肌に粟粒を生じさせるのが常である。

仕官がいずれも短期間に了《お》わったのも、みずからあるじを見限ることもあったが、ほとんどの場合、あるじの奥向きから苦情が出たからであった。

この時代、武家の表と奥とは劃然《かくぜん》たる態《さま》ではなかったので、女たちは時折見かける醜貌を怖がり気味悪がったのである。そのたび勘助は、あるじより切り出される前にみずから暇《いとま》を告げた。

だが、放浪十五年で、勘助は兵法家としての自信を得る。武技はもとより、軍法、軍配術、築城術など、いずれをとっても余人にひけをとるとは思えなかった。

その充足感を胸に、勘助は幾度めかの上洛をする。あの妙心寺の僧に、いまいちど会ってみたいと思ったのであった。

しかし、妙心寺を訪ねてみると、あの僧はすでにおらず、僧名すら知らぬため、探してもらうこともできかねた。

勘助が、わが生涯唯一無二の女性《にょしょう》に出遇ったのは、参道を戻る途中においてである。六、七歳とおぼしい童女であった。装束からして公家《くげ》の姫君に相違なく、竜胆《りんどう》の汗衫《かざみ》の尻を長々と地に這わせて、路傍の木の下に立ち、紅葉した枝を手折《たお》ろうというのであろう、小さなからだを背伸びさせている。

勘助の息はとまった。これほど無垢で可憐な景色を、いまだかつて眼にしたことがない。

勘助は知る由もないが、母とともに参詣にきていた童女は、明日の花合《はなあわせ》のために美しい紅葉をみずから手に入れようとして、侍女たちの眼を盗んでひとり寺内をうろつきはじめたところであった。花を持ち寄って、その花によせる歌を詠《よ》み合い、優劣を競う遊戯を花合という。この場合は紅葉合だ。

あと少しで、これこそ紅葉と見紛《みまご》う繊手《せんしゅ》が枝に達しようというとき、勘助は正気を取り戻した。

（漆《うるし》の木じゃ）

樹液に触れでもしたら、皮膚にかぶれをおこす。

「さわってはなりませぬぞ」

叫びながら、勘助は走った。

声におどろいた童女は、首だけ振り返らせた拍子に、爪先立ちのからだが揺れて、後ろへふわっと倒れかかる。

勘助は、童女の背の下へおのが矮軀を滑りこませ、危うく抱きとめ得た。

勘助の起こした風に舞い立った落ち葉が、童女の垂れ髪の上に、はらはらと降りてくる。

童女は、抱かれたまま、逃れようともせず、双眸を大きく瞠《みひら》いて、勘助の醜貌をまじまじと瞶《みつ》めた。血の筋も曇りもまったく見当たらぬ澄明なる眸子である。

（泣かれる……）

そう思うと、勘助の色黒のおもては、さらに醜く歪んでしまう。勘助を一見して泣きださなかった幼子は、ひとりとていないのである。

「無礼をご容赦」

あわてて童女を立たせるなり、勘助は地にひたいをこすりつけた。勘助こそ泣きたかった。

「いくさで、めをなくしたのか」

思いもよらぬことである。童女は、泣きもせず、声をかけてきたではないか。

「は……。生まれついてのものにて」

「なんぎじゃなあ」

語尾を長く伸ばしたところが、いかにも子どもらしく思えて、身内に温かいものがひろがるのをおぼえた勘助は、おそるおそるおもてを上げてゆく。

ふいに、終生開くことのない左眼から、何かやわらかい触感が総身へと伝わった。童女の掌と接したのである。

「いたいところは、なでるがよいぞ」

童女は、小首をかしげながら、皮と肉のひきつりにすぎぬ勘助の左眼を撫でていた。童女の背に後光が射した。釣瓶《つるべ》落としの秋の夕陽である。

（摩利支天さま……）

勘助は顫《ふる》えた。恍惚として顫えた。このまま死にたいとすら思った。

だが、勘助の至福の時は、恐怖を隠さぬ叫びによって、引き裂かれる。

「姫さまが」

「かどわかしじゃ」

「誰《たれ》か」

金切り声をあげるばかりで、勘助の醜貌の前に立ちすくむ侍女たちの後ろから、わらわらと公家侍どもが走り来る。

「この化け物めが」

「姫さまにさわるでない」

「けがらわしい」

罵声を浴びせながら、かれらもまた、勘助に斬りつける勇気はないらしく、五間の距離より近づかぬ。

勘助は、いまいちど、童女のあどけない顔を凝視してから、未練を断ち切るように、後ろへさがった。一歩後退するごとに、肩が沈む。そうして童女と駆けつけた者たちから遠ざかりながら、差料《さしりょう》の鯉口《こいぐち》を切る。

二十間あまりもさがったところで、路傍に生える樹木に向き直るや、その幹を数歩駈けあがりざま、腰間から銀光を迸《ほとばし》らせた。

地へ降り立った勘助は、紅葉の楓《かえで》の一枝が地へ落下するより早く、抜き身を鞘へ収めて、それを手にうけてみせる。

上向けた両掌に捧げ持った一枝を、勘助は恭《うやうや》しく参道へ置いた。童女に捧げたのである。楓の木でかぶれることはない。

童女が、にこっと微笑《わら》った。勘助の意を察したことは疑いない。

背を向けた勘助は、美しく切ない思いを抱いて、黄昏《たそがれ》の中へ消え入った。

二

勘助は、出奔するときには二度と戻らぬと誓った養家の地、三河牛窪へ足を向けた。十五年という歳月が、この男から無用の片意地を取り除いたといえよう。

大林家には実子が生まれていたが、形としては養父勘左衛門のすすめによる廻国修行であり、親子の縁を切ったわけでもないので、勘助が主張すれば、大林家の家督を嗣《つ》ぐこともできる。何やら言い知れぬ凄味と穏やかさを身につけて帰還した勘助を、勘左衛門は悩《おそ》れた。

だが、勘助のほうに大林家の家督など興味がなかった。もともと兵法修行の成就を報告するために立ち寄っただけなのである。

勘助は、皮肉の言辞を吐くこともなく、実子誕生の祝詞を陳《の》べ、みずから親子の縁を切って、旧姓に復した。

山本勘助である。

そのまま東国へ旅立った。

小田原の北条《ほうじょう》、鎌倉の上杉《うえすぎ》などに仕官を試みたが、結果はこれまでとかわらぬ。何としても容貌の醜さが不利をもたらした。

勘助の親戚筋で、最も身分高きは、駿河の今川義元《よしもと》の重臣の庵原《いおはら》安房守《あわのかみ》である。その安房守の推挙をもってしても、仕官の夢は実現しなかった。

高野山へ登る前の勘助ならば、本領を発揮する場を与えられぬまま醜貌が原因で道を断たれてしまう理不尽な現実に押し潰され、狂徒と化して、追剝《おいはぎ》盗人にでも堕していたであろう。だが、高野山以後は、堪え忍ぶことをおぼえた。

（おれには摩利支天のご加護がある）

勘助はそう信じて疑わず、庵原家に寄食して、世に出る機会を永く窺いつづける。

そのころ、隣国の甲斐《かい》国で異変が起こった。

一族間の紛争を終結させて国内統一を果たしたことで、過剰な自信をつけ、独裁者と化していた国主武田信虎《たけだのぶとら》が、

「余りに悪行を被成《なさる》」（『妙法寺記』）ので、嫡男晴信《はるのぶ》が板垣信方《いたがきのぶかた》らの重臣と語らって、これを姻戚の今川氏のもとへ追放したのである。無血であったという。

武田晴信は、のちの信玄《しんげん》である。

この事件で、勘助は、にわかに武田信玄に注目した。決して凡将ではなく、むしろ戦国大名として秀でた男であった信虎を、いかにしてかくも見事に追放しえたのか。信虎追放に到るまでの信玄の進退をどうしても知りたくなった勘助は、駿河と甲斐を幾度も往き来して、噂や伝聞を拾った。そして、甲斐の二十一歳の新国主が尋常ならざる将器であることを知ったのである。

十三歳のとき、父の秘蔵の名馬鬼鹿毛《おにかげ》を所望して、若年のそなたにはまだ乗りこなせぬ、来年の元服時に武田家重代の家宝ともどもとらせよう、となかばおためごかしのような信虎の返辞に遇った信玄は、馬はいまから乗り慣れておけば、一年がのち、いざ出陣の折り父上の御後ろを警固申しあげることができまする、と本意を明かした。

とりようによっては、信玄の言辞は小賢《こざか》しい。生来、気短な信虎は、激怒し、ならば家宝もやらん、家督も次郎《じろう》に譲ると喚き立てた。次郎とは信玄の弟信繁《のぶしげ》をさすが、もともと信虎は信繁ばかりを露骨に可愛がっていたのである。

以後の信玄は、落馬はする、泳げば深みにはまる、文字は下手くそ、汚れた衣服のまま諸儀式に出る、力比べも武技も悉く弟に敵わない、といった具合で、紛れもないうつけ者であった。そのため、信繁を次期国主と信じる家臣たちから、侮《あなど》られ、公然と悪口を言われた。

やがて、信虎のほうが、おのれの望むところを実行に移す。後見人の今川義元殿のもとでしばらく学問に精励せよ、と信玄に命じたのである。いよいよ信玄を他国へ遠ざけ、信繁を家督者に立てようというのだ。

信玄は、駿河行きを素直に承諾した。

この信玄追放の件を義元と談合すべく、信虎は先に駿河へ赴《おもむ》くことにした。嫁がせたむすめと義元との間に生まれた孫の顔も見たかった。

信玄は、まさにこの時機《とき》を待っていた。密書を義元のもとへ送ったのである。

「父はそれがしを庶子に落とし、信繁を惣領に立てるつもりにあられる。しかし、このことは、御後見の義元公のお考え次第で決まるものと存じまする」

土壇場で泣きついてきた信玄の器量を、義元はみきわめた。やはり、うつけ者であった、と。

だが、隣国の国主は、うつけ者のほうがよい。信玄をわが意のままに操り、やがては臣属せしめて、甲斐を乗っ取るという計画が、一瞬にして頭に浮かんだ。

義元は信玄に、同心する旨を伝えた。

かくて、信虎が駿府へ赴いている間に、甲府では信玄と板垣信方、飯富兵部《おぶひょうぶ》らの一味が謀叛を起こし、ここに国主交代劇を現出せしめたのである。信虎に随行の者たちも、国元に妻子が人質にとられた恰好だったので、ただちに信虎を見限って帰国し、信玄に臣従を誓った。

信玄は、鬼鹿毛所望の一件で、賢《さか》しらな言動は、おのれに災いをもたらすことを学んだのに違いない、と勘助は察する。

いちど学べば、同じ過ちを繰り返さないばかりか、これを逆手にとるあたりが、信玄の才気というべきであろう。八年もの間、うつけをよそおいつづけた忍耐も特筆に価する。

仕上げに、東海の太守までまんまとひっかけたのだから、まことに鮮やかというほかはない。

勘助は、是が非でも、武田信玄に仕えたいと切望しはじめる。永年の廻国修行の間でも、これほど心ひかれる武将は、ひとりもいなかった。

勘助は、思うところあって甲府へ入ると、躑躅《つつじ》ケ崎館《さきやかた》とよばれる信玄の居館を、毎夜ひとりで見張りつづける。

幾夜を待ったことであろう、期待していたことが、ついに起こった。

総身を柿色の装束に包んだ忍びの者が、ひそやかに濠《ほり》を渡り、塀を乗り越えて、躑躑ケ崎館へ侵入したのである。三名であった。

信虎追放の荒療治や、その後の信濃《しなの》出兵などによって、信玄を恨む者は諸方に少なくない。そうした誰かが、刺客を放つことは充分に予想できたのである。

距離をとって刺客どもを追尾した勘助は、かれらが信玄の寝所へ這入《はい》ったところで、後ろから襲いかかり、いずれもひと太刀で仆《たお》してしまう。

「大儀」

いささかの動揺もみせず、信玄はそう言った。刺客を怖がるくらいなら、乱世の国主になど、はなからなっていない。

ただ信玄が大儀と言ったのは、勘助を宿直《とのい》の者と思ったからである。

本物の宿直番が跳び込んできて火明かりを近寄せたとき、信玄は初めて、命を助けてくれた者の顔を見た。

「山本勘助であろう」

どうして知っているのか。勘助は面食らった。が、それも一瞬のことである。

考えてみれば、勘助が寄食する庵原安房守は、武田の重臣たちとも交誼がある。勘助のことが話題になったとしても不思議ではない。そこから信玄の耳に入ったものであろう。

「噂どおり、ききしにまさる醜き面体《めんてい》よの」

信玄の口調に、侮蔑や嘲《あざけ》りの響きはまったくない。単純に勘助の醜貌に感心したようである。

「策士じゃな、勘助」

と信玄が、若々しいおもてに、意味深げな笑みを浮かべたので、勘助は看破されたと観念した。

「ご慧眼。恐れ入り奉りまする」

勘助が曲者《くせもの》を発見しながら、これをすぐに捕らえもせず、また夜番へ通報もせず、おのれも館へ侵入してわざわざ信玄の寝所まで闘いの場を持ち込んだことを、信玄に見抜かれたのであった。

しかし、そうでもしなければ、勘助のごとき何の戦功もない無名の牢人が、一国のあるじに目通りできる機会は容易に得られぬ。醜き面体という決定的に不利な条件を背負った身であれば、なおさらのことであろう。

「よいわ。名もなき士が、世に出んと欲すれば、謀《はかりごと》を用いることに何の憚《はばか》りやある。そのほうの兵法、しかと見届けたぞ」

「は。まことに拙《つたな》きものを……」

勘助は穴があったら入りたかった。

「命の恩人じゃ。三百貫とらす。十日のうちに容儀を調《ととの》えて奉公いたせ」

夢ではないか、と勘助は疑った。海のものとも山のものとも分からぬ牢人者に、いきなり三百貫とは、破格というほかない。

勘助は謝辞さえ陳《の》べぬ。とめどなく溢れる涙と嗚咽《おえつ》のために、言葉が出なかったのである。

（おれは、この御方に天下をとらせる）

山本勘助、五十一歳にして初めて訪れた春であった。

三

信玄は、猛将信虎でも失敗に終わった信濃進出に野心を燃やし、すでに妹の婚家である諏訪頼重《すわよりしげ》を滅ぼしたが、そのことが諏訪衆だけでなく、信濃のあまたの群雄の反感をかって、信州攻略を頓挫せしめていた。

もともと諏訪家は、大国主命《おおくにぬしのみこと》の子建御名方命《たけみなかたのみこと》の子孫という、いわば神裔《しんえい》として、諏訪神社の大祝《おおはふり》をつとめ、祭政一致で諏訪地方一円を幾世にもわたって支配してきた名家中の名家。いまや群雄のひとりとして世俗に塗《まみ》れてはいても、この諏訪家に対する信濃武士の思いの中には、おのずから尊崇の念があったのである。

「まずは武田の威を示すべし」

と勘助は信玄に進言するや、わずか半月余りの間に、信濃の城を九つも攻略するという離れ業《わざ》をしてのけた。仕えたその年の内のことである。

高禄で召し抱えられた無名の老いた醜男《ぶおとこ》を妬み、侮り、憎みすらしていた甲州武士たちも、一挙に勘助の軍才を認めないわけにはいかなかった。と同時に、信玄の人を観る眼のたしかさに、家中は恐れ入ってしまう。

「つぎは、諏訪衆の行く末に光を投げかけるが肝要」

勘助は信玄に、諏訪頼重の遺児である息女を側室として召すことを、強くすすめた。これに対し、家を滅ぼし親を殺した男の妾となれば、諏訪の姫はお屋形《やかた》の寝首を掻くに相違ないと重臣こぞって反対したが、信玄は勘助の意見を容《い》れる。

勘助は、やがて生まれる男児に諏訪氏の名跡を嗣がせる、と信玄に宣言させることも忘れなかった。

これで諏訪武士の懐柔に成功した信玄は、信濃侵攻の橋頭堡《きょうとうほ》を得たといってよい。諏訪の領民にすれば、信玄の強さと慈悲心とを、一時に見せつけられた思いであったろう。勘助の狙いもそこにあった。国を奪ったところで、領民の心を獲《え》られなければ、何の意味もないのである。

一日、躑躅ケ崎館で観能の酒宴が開かれた。

それまで勘助は、宴席に列《つら》なることを遠慮してきた。わが醜貌を眺めながらでは酒も不味《まず》かろう、と周りを気遣ったからである。

その日ばかりは、信玄が勘助の欠席をゆるさなかった。

「今宵は女たちも列なる。足軽大将の身で、あるじの室の顔も知らぬでいかがいたす」

信玄の正室は、三条《さんじょう》の方と敬称されていた。権大納言《ごんだいなごん》三条公頼《きんより》の息女である。三条家といえば、摂家に次ぐ家格の清華のひとつで、幾人かの天皇の生母を輩出したほどの高貴の家柄であった。その家の息女が坂東武者に嫁ぐなど、世が世ならありえぬことだが、乱世では朝廷公家の貧窮甚《はなは》だしく、かれらは有力戦国大名の援助がなければ、おおげさでなく餓死するやもしれぬ。つまり、三条の方に限らず、こうした公家の姫君の武家との婚姻は、言葉を代えれば人身御供《ひとみごくう》も同然なのである。

三条の方は大層美しいと聞いているだけに、勘助はその前に出るのが辛かった。関わりなき女性ならば、怖がられても不気味がられても無視すればよいが、終生の主君と思い定めた信玄の妻に不快の思いを抱かれることは、あまりに堪えがたい。

しかし、主命には逆らえぬ。その夜、勘助は酒宴の座についた。

「これが噂の山本勘助じゃ」

と信玄は、御前に平伏する勘助を、そんなふうに三条の方へ紹介した。

「おもてを」

夫人の声に、勘助はおそるおそる顔をあげてゆく。早くこの場から逃げたいと思いながら。

勘助自身、信じがたいことだったが、三条の方と視線を合わせた刹那《せつな》、その美しき顔容《かんばせ》が妙心寺の童女の俤《おもかげ》と重なった。

（まさか）

と否定の思いも湧かぬ。間違いないと確信した。

なんという因縁であろう。目眩《めまい》をおぼえた勘助だったが、床につけた両拳に辛うじて踏ん張らせた。

しかし、三条の方はおぼえていまい。あのときの童女は六、七歳で、ほんの束の間の出会いであった。いかに勘助が特異の風貌とはいえ、忘れ去ってしまうほうが自然であろう。そう勘助は思わずにはいられぬ。

三条の方は、おもてに不快の色などまったく示さず、むしろ微笑を湛えて、勘助を瞶《みつ》め返している。

（もしや……）

三条の方も妙心寺の参道を思い出したのではないか。

「信濃ではよいお働きとのこと。いよいよ武田のために尽くしてたもれ」

「ははっ」

呻《うめ》くような返辞をして、ふたたび、ひれ伏すのが精一杯であった。何か言葉を発すれば、一緒に心の臓まで口から飛び出すような気がしたのである。

その日から、夢にも現にも三条の方の姿が過《よぎ》っては消えることなく、勘助を悩ませつづけた。

奥向きの掛かりならば別だが、武官たる勘助は、むこうからお召しがない限り、三条の方と再度、対面できる機会はあり得ぬ。また、三条の方が勘助に用向きなどあろうはずもない。

勘助は、悶々《もんもん》とした日々を送る。主君の奥方に恋情を抱くとは、万死に価する不忠のきわみと知りながら、それでも吹っ切ることができなかった。

折しも、信玄は信濃侵攻作戦を加速度的に推し進めはじめた。勘助という得難き兵法家を麾下《きか》に加えたことも、信玄の自信につながっていたであろう。

しぜん勘助も、多忙をきわめ、一年の大半を戦陣で過ごすようになった。戦略・戦術ばかりか、築城術にも優れる勘助は、新しき城の縄張りはもとより、高遠《たかとお》城など奪取した城の改修も多く手がける。

「よう働くわ」

武功の度重なる勘助に、信玄は知行五百貫を加増した。仕官から四年目のことである。

勘助は後ろめたい。なぜなら、遮二無二《しゃにむに》働きつづけるのは、むろん信玄の役に立ちたいがためでもあったが、それよりも三条の方を忘れねばならぬ、という思いのほうが強かったからである。働きつづけているうちは、俤を思い出さずに済んだ。それで、なおさらに働いた。

その結果、加増を賜ったのでは、信玄を裏切ることになる。勘助は、自責の念にとらわれずにはいられなかった。

「お屋形。もはや分不相応にござりまする。向後《こうご》、この勘助めがいかなる手柄を樹てようと、報奨は無用と思《おぼ》し召されまするよう」

「なにゆえじゃ、勘助」

「それがし、ご覧のとおりの醜貌と、牢々の歳月長きによって、知らず知らず賤《いや》しき心をもつようになりましてござる。このうえのご加増あらば、増長いたして賤しき心が露《あらわ》になり、不忠の野心を起こすは必定。さように下劣なる者に堕すおのれを、それがし、見とうはござり申さぬ」

「勘助。予は果報者よ」

「勿体《もったい》ない」

このときの都合八百貫を最後に、二度と勘助が加増されることはなかった。ただ武田の部将中、信玄に信頼されること、一頭地を抜く存在でありつづける。

信州全土の攻略というのは、さしもの勘助が想像を絶するほど厄介であった。

これは山岳の国に共通の特色といってよいが、その地形ゆえに、古来より大小の国人・土豪が夥《おびただ》しく割拠し、互いに小競り合いを繰り返している。ところが、いったん大敵に遭遇するや、手を結び合って頑強に抵抗するという、厄介な性質をもつ。そのため武田は、各個撃破の山岳戦を強いられた。

それでも、信濃佐久郡において、徹底抗戦しつづけていた笠原《かさはら》氏を大軍の総攻撃をもってようやく滅ぼした武田勢は、北上して小県《ちいさがた》へ軍をすすめる。

三条の方が病床に伏したのは、この年の晩秋のころであった。

ちょうど甲府に戻っていた勘助は、それとなく周囲に夫人の病状を訊ねたが、信玄が妻の身を案じるようすもなく、むしろどこか冷淡な態度をみせていたので、

（やはり、まことであったか……）

と躑躅ケ崎館から洩れる噂を、信じないわけにはいかなかった。

信玄は、諏訪御寮人を側室にあげてより、心をそちらへ移し、いまや三条の方を疎《うと》ましく思い、その閨《ねや》を訪れることも久しくないという。そればかりか、諏訪御寮人との間に昨年誕生した四郎《しろう》を嘗《な》めるように可愛がるのに、三条の方が産んだ十歳の嫡男・太郎義信《たろうよしのぶ》にはそっけない。

信玄の好色はいまに始まったことではないし、また大名が側妾をもつことも咎《とが》めら

れるべきことではない。だが、それにしても、京育ちの公家の姫君でありながら、寄《よ》る辺《べ》なき東国で、荒々しく血腥《ちなまぐさ》い武者どもに囲まれて暮らさねばならぬ三条の方を、いささかでも気遣う心を示すのが夫ではないのか。

そう信玄を恨むと同時に、勘助はみずからもまた責めた。諏訪御寮人を側室にするよう進言したのは、誰あろう勘助であったのだから。

三条の方が病に冒されたのは、心労のために違いない。

（おれは何ということを……）

居ても立ってもいられなくなった勘助は、一夜、躑躅ケ崎館の主殿へ忍び入り、三条の方の寝所へ天井裏よりひそやかに下りた。

短檠《たんけい》の火を灯したままの部屋で、三条の方は、微《かす》かに眉をひそめ、喘《あえ》ぐような寝息をたてて睡《ねむ》っていた。その苦しげな表情が、勘助の心を苛《さいな》んだ。

勘助は、首から下げた小袋より摩利支天座像を取り出すと、それを三条の方の枕元へ置いて、合掌した。控えの間の宿直番に気づかれぬよう、無言の誦経《ずきょう》である。

そうして小半時ばかり過ごしたあと、勘助は闇の中に消えた。

翌朝、からだも軽く、気分のよい眼覚めを迎えた三条の方は、ふと枕元を見やって、窶《やつ》れたおもてを、久方ぶりに輝かせた。

（勘助……）

酒宴の席で再会した瞬間、三条の方もまた気づいていたのである。童女時代、妙心寺の参道で出遇った心やさしき男であることに。

枕元に横たえられていたのは、紅葉の美しい楓の一枝であった。

四

信玄が諏訪御寮人を溺愛し、三条の方を軽んずること、一向に熄《や》まなかった。

その罰があたったのでもあるまいが、信玄は、北信濃最強をうたわれた村上義清《むらかみよしきよ》に、上田原《うえだはら》で大敗を喫する。板垣信方、甘利虎泰《あまりとらやす》ら信虎以来の名だたる部将以下、七百名余りを失い、信玄自身も左腕に槍をつけられるという惨憺《さんたん》たる戦いであった。

これによって、信濃の諸豪族は勢いづき、すでに武田に降伏していた者たちも、義清に呼応して信玄に叛旗を翻す。中部信濃の盟主小笠原長時《ながとき》などは、ただちに諏訪へ乱入した。

信玄は、信濃制圧どころか、一転して、この国から駆逐されるやもしれぬ瀬戸際へ追い込まれたのである。

こうした苦境下で、逆転の発想をできるのが勘助であった。

「お屋形。小笠原を討つ絶好機にござりまするぞ」

勘助の策戦を諒《りょう》とした信玄は、甲斐と信濃の国境に滞陣し、戦備に手間取っているごとく見せかけ、その実、騎馬軍団をひそかに出発させて、塩尻《しおじり》峠に集結する小笠原軍を未明に叩いた。

この塩尻峠の大勝によって、信玄は劣勢を一挙に挽回する。

ところが、翌々年、小笠原氏の本拠信濃府中《ふちゅう》を占領した信玄は、その勢いを駆って、村上義清を小県郡戸石《といし》城に攻めるも、これを落とすことができず、兵を退いた。その退却戦において、ふたたび、世に「戸石崩れ」とまでいわれた敗北を味わうのである。

しかし、村上氏にしても、武田という強敵とのうちつづく合戦に、疲弊しきっていた。

「ここは辛抱がご肝要」

勘助に励まされた信玄は、得意の調略をもって信濃の諸豪族を靡《なび》かせて、じわりじわりと村上義清を追い詰め、ついには国外へ追い落とすことに成功する。

そのころも勘助は、依然として、三条の方への恋情に懊悩《おうのう》していた。というのも、あの楓の一枝を枕元へ残した夜以来、勘助は幾度も三条の方の寝所へ忍び込み、これをやめることができなかったからである。

むろん、深夜のことで、三条の方は眠っており、言葉を交わしたことはない。ただ寝顔を眺めるだけで、勘助は陶然とした。安らかな睡眠とみれば安堵してすぐに引き揚げ、何か苦悶しているようすならば病魔退散の誦経をあげてから消える。

（このうえは……）

勘助は剃髪を決意した。形のうえだけでも出家すれば、否応なく煩悩《ぼんのう》を断ち切れるのではないか。

あたかも信玄の招きで、美濃《みの》の高徳の禅僧が甲斐恵林寺《えりんじ》に入室すると聞いたので、道号を授かることにした。恵林寺へ赴いた勘助は、しかし、禅僧快川紹喜《かいせんじょうき》と対面するや、恥ずかしさのあまり、ぬかずいてしまう。

美濃守護土岐《とき》氏の出身で、京都妙心寺二十七世仁岫宗寿《にんしゅうそうじゅ》の法嗣《ほうし》となり、また美濃崇《そう》福寺《ふくじ》にも住した快川和尚こそ、かつて京で追剝に堕した勘助が襲わんとして、かえってその品格に圧倒された若き僧と同一人であった。

「ご立派になられましたな」

勘助を記憶していた快川は、その願いを快諾し、幼きころ鬼子と蔑まれていたという勘助の告白を聞くと、あえて、

「道鬼《どうき》」

と授号した。

「世俗の人々が、異形のものを恐れるは自然なることで、これを咎めることはできぬ。なぜ恐れるかと申せば、自分たちと異なる姿をもつものは、人知を超えた異なる力を

秘めると信じるがためにござる。なればこそ、異形のものを鬼とよぶ。勘助殿のように、五体に不足のまま生まれた子を鬼とよぶのも、同じ理由と思われよ」

「では、それがしは、この世のものならぬ力を秘めるとの仰せであろうか」

「さよう。勘助殿なれば、必ずや兵法の道をきわめる鬼となられることでありましょう」

勘助は、感激した。おのが醜貌と不具に、生まれて初めて光をあてられたというべきであろう。

一代の名僧快川紹喜と、稀世の軍師山本勘助が親しんだのは、これが最初で最後のことであった。快川は、甲斐に一年滞在しただけで、美濃へ帰国してしまったからである。快川が恵林寺へ戻ってくる十年後、勘助はすでにこの世の人ではない。

快川の言葉を糧《かて》として、勘助は信玄のために一層励んだ。出家しても三条の方への想いは断ちがたかったが、寝所へ忍び入ることだけは、辛うじて思い止《とど》まる。

一方、信玄は、村上義清追放で、信濃のほぼ全土を掌中に収め得るはずであった。あの男さえ越後《えちご》から出てこなければ。

村上義清や小笠原長時ら、信玄に駆逐された信濃武士たちがたのみとした男こそ、長尾景虎《ながおかげとら》、のちの上杉謙信《うえすぎけんしん》だったのである。

謙信は、信玄より九歳下の若年にもかかわらず、いくさ上手として名高く、居城春日山《かすがやま》城に関東管領《かんれい》上杉憲政《のりまさ》を迎えて、その旧領回復のために至誠をもって尽くす無欲の武将であった。

南信濃と中部信濃を支配下においた信玄だったが、北信濃だけはどうしても版図《はんと》に入れることができぬ。信玄が北信濃へ出陣するたび、謙信もこれを阻止すべく出撃してくるからであった。

正面からまともにぶつかることは、双方ともに避けた。東国で兵の強悍《きょうかん》さでは一、二を争う甲州兵と越後兵が大会戦に及べば、夥しい数の死傷者が出ることは、火を見るより明らかなのである。

善光寺平《ぜんこうじだいら》が、常に両者の睨《にら》み合い、あるいは局地戦の舞台となった。

武田勢にとって厄介だったのは、甲府から善光寺平までの距離が、春日山から同地までのそれに倍することであったろう。長駆遠征軍は不利である。

しかも敵の謙信は、村上氏ら北信濃の領主たちの土地を奪った極悪人の信玄を懲らしめ、かれらの旧領を奪回するという目的のみで出てきて、いくさが了《お》われば、越後勢を駐留もさせず、さっさと引き揚げてしまう。そのため謙信の基盤となる兵力は分散されず、いつも団結しているので、信玄得意の調略の機会すら見いだせぬ。

利を無視し、義によってのみ動く稀代のいくさ人、上杉謙信を敵に回したことが、信玄・勘助主従の生涯の不運だったというべきではあるまいか。

信玄は、信濃征服に、ようやく疲れの色をみせはじめた。このままでは、わずか信州一国の奪取に腐心するのみで、武将の一生を畢《お》わってしまう。

信玄は、女体に憩いを求めた。

正室三条の方のそれではない。溺愛した諏訪御寮人を病で喪った信玄が、その後に睦《むつ》んだのは、油川《あぶらかわ》氏や禰津《ねづ》氏のむすめなど、やはり若き側室たちの女体であった。

勘助は、三条の方の日々の辛さを想わずにはいられぬ。

（御台《みだい》さまばかりに、なぜ悲運は重なるのか……）

三条の方の悲劇は、夫の心が離れてしまったことだけではなかった。嫡男義信も信玄と心が通い合わず、次男の信親《のぶちか》は生まれついての盲目で、三男信之《のぶゆき》にいたっては早世させている。そして、父三条公頼が周防《すおう》の大内《おおうち》氏を訪ねたとき陶晴賢《すえはるかた》の謀叛に巻き込まれて殺害されたことを、よほど後《おく》れて知った。

三条の方に心愉《たの》しきことなど、何ひとつないではないか。

勘助は、いまひとたび、三条の方の寝顔を見たいと思った。摩利支天の力と、わが誦経をもって、お心の痛みも憂いも取り払って差し上げたい。

善光寺平への出陣が、明日に迫っていた。上杉謙信との四度目の対決である。

勘助は、みずから禁を破って、三条の方の寝所へ忍びやかに向かった。

（お屋形……）

寝所の天井裏から勘助は、信玄の姿を捉えた。端座する三条の方を、睨み下ろしている。

「情のこわい女子《おなご》よ。幾年《いくとせ》、しらをきりつづけるつもりか」

「心に疚《やま》しきことは、何ひとつございませぬ」

「心になくとも、からだにはあろう」

「妻を辱《はずかし》めるのが、坂東武者のならいにございまするか」

三条の方の頬が鳴った。信玄の平手を浴びたのである。

三条の方は泣かぬ。夫を睨み返した。

「紅楓子《こうふうし》か……。おそらく貧乏公家の成れの果てでもあろう。好きにいたすがよい」

あきらめたように吐き捨てて、信玄は寝所を出ていった。

遠ざかる足音が消えてもなお、三条の方は涙を怺《こら》えている。

見てはいられなかった。勘助は、天井裏で物音を立てぬよう仰向けになると、声を殺して泣いた。紅楓子という言葉で、一瞬にしてすべてを察したのである。

（大ばか者めが。勘助の大ばか者めが）

十五年前、宿直の者も知らぬ間に、三条の方の閨に紅葉した楓の一枝が残されていたことを、おそらく諏訪御寮人の侍女あたりが知って、そこから歪曲されて信玄の耳に入ったのに相違なかった。

夫が側室にばかり足を運ぶので、孤閨《こけい》を余儀なくされた正室は、肉欲を充たすために男を引き入れたという醜聞であろう。謎の男に紅楓子とは、女どもが付けそうな名ではあるまいか。

信玄のことゆえ、他に洩れぬよう、即座に箝口令《かんこうれい》を布《し》いたことは疑いない。正室が密通を犯していたなどと余人に知られては、武田信玄ほどの者でも、終生の物笑いになる。

とすれば信玄は、実に十五年もの間、三条の方の密通を疑い、これを責めつづけてきたのであろうか。

勘助は、もっと早く気づくべきであった。男女のことに初心《うぶ》すぎる勘助ゆえの、取り返しのつかぬ大罪というほかあるまい。

天井板を隔てて、下からすすり泣きが聞こえた。三条の方も怺えきれなくなったのだ。

（死にたい。おれは死んでしまいたい）

勘助は、腰の刺刀《さすが》を引き抜き、切っ先を喉首へあてた。

あてててから、はっとする。ここで死んでは、それこそ三条の方にあらぬ嫌疑がかかるではないか。

勘助は、三条の方が泣き疲れて寝入るのを、凝《じ》っと待った。

どれほど音をたてずにいたことであろう、三条の方の小さな寝息を耳にした勘助は、天井板をはずして閨に下りた。

短檠の明かりが、三条の方の肉の落ちた両頬の涙の跡を、くっきり浮かびあがらせている。妙心寺の童女の俤は、もはやどこにもなく、あまりに痛ましい。

枕元に平伏した勘助が、

「今生のお別れにござりまする」

感極まって口走ると、

「勘助」

三条の方は、静かに瞼を押し上げた。気づいていたのである。

勘助は、動転し、平伏したまま、尻退《さ》がりに退がった。

「ご容赦。ご容赦を」

「何も申されまするな」

衣擦《きぬず》れの音がした。三条の方が立ち上がったらしい。

なおも衣擦れの音はつづく。

「勘助。見てたもれ」

命ぜられるまま、おもてをあげた勘助の隻眼に映ったものは、三条の方の白き裸身である。

おのれのめくるめく歓喜と悔恨、三条の方への愛と憐憫《れんびん》、信玄への仰望と憎悪。それらが綯《な》い交《ま》ぜとなって、勘助を虚脱せしめた。

やがて勘助は、首から下げた小袋を引きちぎると、中腰のまま両足を送り、三条の方の足元まですすんだ。一糸まとわぬ裸形を仰ぎ見て、小袋から取り出した摩利支天座像を捧げる。

「山本勘助、終生、御台さまをご守護仕りまする」

声涙ともに下る勘助の遺言であった。

善光寺平の川中島《かわなかじま》の合戦で、武田軍は、後世に啄木鳥《きつつき》の戦法と名付けられた勘助の挟撃策戦によって動いたが、どう解釈しても下策というほかない。また、信玄ほどの野戦の上手が、いかに勘助の戦術とはいえ、これを採用したことも不可解である。

ただ勘助が鬼子だったことを思えば、納得できぬことではない。もともと、いくさの軍配術とは、吉凶占いのことで、これを行う者は余人の眼には玄妙不可思議の術者と映る。それが、異形のものとして、人知を超えた力を秘める勘助となれば、信玄以下、武田の諸将もその言葉を信じたであろう。いわば、託宣である。

そうして勘助という天才軍師が、上杉軍にたやすく看破される無謀を犯したとすれば、それはもはや、あえて犯したものに違いない。勘助は、甲越両軍合わせて、七千とも八千ともいわれる戦死者をだし、千曲川を血河に変えてしまうほどの苛烈な戦いを、みずから望んだのではないか。

おのれの死と、信玄の死のために。

川中島の壮絶な会戦の報が、躑躅ケ崎館にもたらされたとき、三条の方の朱唇より最初に放たれた短い一言は、

「勘助は」

であった。

討死と聞くと、三条の方は、瞑目して微笑んだという。手に小さな摩利支天座像を握りしめていた。

鬼子と童女が初めて結ばれたのである。

城《き》井《い》谷《だに》崩れ

―黒田官兵衛―

海音寺潮五郎

海音寺潮五郎《かいおんじちょうごろう》（一九〇一～一九七七）

鹿児島県生まれ。国学院大学卒業後に中学校の教師となるが、一九二九年「サンデー毎日」の懸賞小説に応募した「うたかた草紙」が入選、一九三二年にも「風雲」が入選したことで専業作家となる。一九三六年「天正女合戦」と「武道伝来記」で直木賞を受賞。『海と風と虹と』、『天と地と』はＮＨＫの大河ドラマの原作になったことでベストセラーになるが、その一方で、丹念な史料調査で歴史の真実に迫る連作集『武将列伝』、『列藩騒動録』などは史伝の復権として高く評価される。晩年には故郷の英雄を描く『西郷隆盛』に取り組むが、完成を待たず逝去した。

一

山の奥なので、季節が大分遅れる。

あすは五月の節句だというのに、やっと藤の花が咲きかけたところだ。

その藤の花房が影をうつしている池のそばで、二人の子供が遊んでいる。兄は五つぐらい、弟は三つ。

目が離せない。

よちよちしながら、ともすれば岸近く行く。

お附の老女は気が気でない。

「いけませせぬ、いけませせぬ。こちらで、こちらで」

と言っては、抱いて来ては陽あたりのよい庭の真中におろさなければならない。

座敷の中からそれを見ていながら、八重《やえ》はゆるい微笑の頰に上るのを感じていた。

あんなに小さいくせに、もうそれぞれの性質を持っていて、その性質によってちょいとしたしぐさでも相違のあるのが、不思議でもあれば、可愛くもある。

「どこの兄弟でも、兄はおとなしく、弟は荒い。育てかたによるのであろうか。しかし、それほど変った取扱いはしなかったのに……」

ぼんやりと、そう考えていると、遠い廊下を、女中に案内されて、家老の塩田外記《しおだげき》の来るのが見えた。

「おなかよくお遊びでござりますな」

外記はいとしげな微笑を浮べて子供達を見ながら、お傅《もり》の老女に声をかけた。

「はい、はい、あまりお元気なので、婆はもうくたくたになりまする」

老女も笑って答える。

「結構、結構、男のお子はお乱暴なくらいでちょうどよい」

そう言いながら、外記は八重の居る座敷の縁側まで来ると、そこにかしこまった。

「申しあげます」

年齢はまだ六十には二三年間のあるはずなのに、真白な髪、そのくせ、眉は濃く太く、そして真黒な外記だった。

八重は容《かたち》を正して迎えた。

「何が起ったのでございましょう。むつかしいことはわたくしにはわかりませぬが」

「いえ、いえ、むつかしいことではござりませぬ。お供を申して中津《なかつ》へまいりました者が、殿のおことづけを持って帰ってまいったのでござりまする」

「………」

「殿は昨日の夕方、中津に御到着、城外の大樹寺《だいじゅじ》というが、御旅館と定めてありましたので、直ちにそれにお入りになりましたところ、間もなく、御城内より御父子様お使いとして御家老栗山備後《くりやまびんご》様まいられて御丁寧なる御挨拶でありましたし、今日はまた、早朝より、母里但馬《もりたじま》殿がまいられて、またまた下へも置かぬお取持ちでございました由、殿様、ことごとく御満足にて、この旨、奥方様にもお知らせ申したいとて、使いの者を立てて申し越されましてございまする」

「それはそれは」

実家《さと》の父兄のもてなしぶりに夫が満足しているという報告を聞くことの嬉しさに、八重は報告に帰ったという男に与えてくれと言って、手許の金子《きんす》を二枚紙にくるんで外記に托した。

報告を済ますと、外記はすぐ退《さが》って行った。

しばらくの間、八重はそのまま坐っていたが、切ないほどの嬉しさが胸にこみあげて来た。そのままじっとしておられなかった。

八重は立ち上って庭に出た。

最初に母を見つけたのは内記《ないき》だった。

「母様」

とたどたどしい声で言うと走り寄って来てしがみついた。

それに気づいて、友千代丸《ともちよまる》も走って来る。

よちよちと危い足どりで、一生懸命な顔だ。

「おお、おお、お二人ともよくお遊びだのう」

右に内記を、左に友千代丸を抱き上げて、かわりばんこに頬ずりをしてやる八重の腕の中で、二人は甲高い歓声を上げげた。

「おとなですの、おとなですの」

危く涙のこぼれて来るような幸福感だった。

二

八重の父、黒田官兵衛孝高《くろだかんべえよしたか》が豊前《ぶぜん》中津十二万石に封ぜられたのは、豊臣秀吉《とよとみひでよし》の九州征伐の直後、天正十五年七月のことだった。

封について以来、孝高の最も苦心したのは領内の地侍の処置だった。

地侍というのは、土着の侍という意味であるが、この連中の中には、広大な領地を持っている上に、先祖代々の遺徳によって土民との結びつきの非常に強固な者もあって、勢いを恃《たの》んで新来の領主を白眼視しているので、これを統御することは領主としてなかなかの苦労だった。

地侍は日本全国どの地方にもあったのだが、特に九州地方はその勢力の強いところで、秀吉もこれを平定する時には、あまり彼等を刺戟しないように、本領安堵の朱印状を濫発して、所謂《いわゆる》招降の形式を取った。

それだけに、地侍の鼻息は甚《はなは》だ荒い。ともすれば、朱印状をふりまわして、領主の統制に服しないし、強圧手段に出れば一揆を起して反抗するという有様である。

だからといって、領主としては、自分の領地内に治外法権的な地区の存在を許すことは、統制上から言っても、領主の権威の上から言っても許せるものではない。

新領主達はそれぞれに苦心した。

現に、孝高と同時に肥後に封ぜられた佐々成政《さっさなりまさ》は、あまりに性急に事を運ぼうとして、地侍の蜂起に遭って、大難戦の末、やっと鎮圧はしたものの、秀吉の怒りに触れて死を命ぜられたほどだし、そのあとに赴任した加藤清正《かとうきよまさ》、小西行長《こにしゆきなが》の両人も随分と手こずらされた。

孝高は当時一流の智者だった。智恵のたくましいこと、謀の深いこと、張良《ちょうりょう》、孔明《こうめい》の俤《おもかげ》があると言われたほどの人物である。この難儀な地侍の処置をあらかた見事にやってのけた。懐柔の出来る者は懐柔して家臣とし、帰農を適当とする者は帰農させ、滅すべきものは滅し、見事な手腕をふるったが、ただ一つ、どうにもならない者があった。

中津から約六里をへだてた山奥に城井谷《きいだに》という所がある。幾重の山にかこまれ、川を帯び、おのずから別天地を形成している要害の土地を本拠としている城井谷安芸守《あきのかみ》友房《ともふさ》がそれだった。分内凡《おおよ》そ三万六千石、本人の友房が抜群の猛将である上に、家臣にも武勇の士が多くて、頑として孝高の政令に服しない。

「わが家は関東の名族、宇都宮《うつのみや》の支流、鎌倉将軍の御教書によってこの地を領して已《すで》に幾百年、いかでか、新来の黒田如《ごと》き成上《なりあがり》者の前に膝を屈しようぞ」

と声言しているのである。

黒田家からは幾度か兵をさし向けたが、要害に拠る城井谷勢の神変を極めた反撃にあって、散々な敗北を喫して帰って来るのが常だった。

そうしたことがほぼ一年ほどもつづいたある夜のこと、八重は父と兄の長政《ながまさ》の前に呼ばれた。

「そちを城井谷家に嫁につかわすことに約束した故、さように心得るように」

孝高はこう言いわたしたのである。

思いもかけないことだったし、また、この縁組が政略のためであるとは知っていたので、八重は父の顔を見直さずにはおられなかった。

その咎《とが》めるような眼を見て、孝高は気楽に笑った。

「これまでの両家の間柄から考えれば、何とやらおかしくも見えようが、別段のことあってのことではない。これまでの確執をさらりと水に流して、そちに、両家末長く仲良くしょうためのくさびになって貰いたいに外ならぬのじゃ。――のう、吉兵衛《きちべえ》殿」

と言われて、長政も合槌《あいづち》を打った。

「仰せの通りにござりまする」

かねてから寡黙な兄ではあったが、あまりに言葉すくないその合槌と、終始うつ向き勝ちな態度とが八重は気になった。

「ははははは、吉兵衛殿はそちをいとおしゅう思うてあまり気が進まれぬ。城井谷のような郷侍につかわそうより、然《しか》るべき大名衆の家に好い縁辺もあろうと申されたが、わしは誰よりも城井谷殿が気に入っているのじゃ。わずか三万石や四万石の身上を以《もっ》て、わしほどの者が智恵のかぎり、力のかぎりをつくして攻め立てるのを見事に禦《ふせ》ぎ終《おお》せて負色を見せぬというは、まこと、男の中の男というても過言でない。また家柄を言えば、連綿たる宇都宮の流れ、世が世なれば、当家など足許にも寄れるものではない。かほどの者を夫とするはそちの女冥利、婿とするはわしの父親冥利、義弟とするは吉兵衛殿の兄冥利。ははははは、めでたいの」

こうして、八重は城井谷家へ嫁入りすることになった。

今でも、八重は輿入《こしい》れの日のことをよく覚えている。

六里の道が、あの日はとても遠く思われた。

行けば行くほど高い嶮《けわ》しい山が迫って、陰森とした巨木が道も小暗いほど繁って、石ころだらけの道がうねうねと曲りながら、どこまでもどこまでも限りなくつづいているように思われた。

昔噺《むかしばなし》に聞く鬼の窟のことなどが、ともすれば思い出されて、心細くてならなかった。

何よりも嬉しかったのは、当の友房がまだ若く、そして美しい人だったことだった。これは意外なことだったのだ。猛々しい人で、こんな山奥に住んでいる人というので、どんなにおそろしげな人であろうと思っていたのだった。

心もやさしかった。

「夫となり妻となるも浅からぬ過世《すぐせ》の縁あればこそのこと。山里の住いわびしくも在《おわ》そうが、それを思うて辛抱してくりゃれ」

といつもいたわってくれた。

家来達もそうだった。はじめのうちこそ、疑い深いへだてをおいていたが、内記が生れ、友千代丸が生れると、次第にうちとけて、

「奥方様、奥方様」

といかにも山里人らしい醇朴《じゅんぼく》さで慕うようになって来た。

幸福な毎日だったが、ただ一つ、八重にとって気がかりなことは、依然として友房

が中津に心を置いていることだった。勿論《もちろん》、友房はそれをあからさまに口に出して言いはしなかったが、内記の生れた頃から度々来る中津からの招待に対して、いろいろと理由をこしらえては断りつづけていた。

「里の礼法《てぶり》に嫺《なら》わぬ山武士《ざむらい》なれば、舅御《しゅうとご》やそもじの恥になろうでな」

八重にはそう言って笑っていた。

さびしくはあっても、八重も無理にすすめることはしなかった。父子《おやこ》の間といえども疑いを捨てられない恐しい時代なのである。親を捨殺しにし、子を餌にして人を倒すことはさしてめずらしくないのである。それ故に、わが父や兄は大丈夫という心はあっても、すすめられないのだった。

ところが――

数日前のことである。

また中津から使者が来た。

「縁組み申してよりすでに六年、八重の腹に孫二人も出生のこと、過世の縁浅からぬことと嬉しきかぎりに存ずれども、われら未だ聟《むこ》殿のお顔も存ぜぬこと、心残り第一のことに存ずる。今はもう心置かるることもあるまじ。あわれ願わくは、来る端午の節句は家中一統の祝日にてあれば、ぜひぜひ御越し賜りたし。聟舅の対面をもなして、むつまじき酒宴を開き、この上の両家の親しみを願いたく存ずる」

という口上である。

丁寧懇切を極めた上に子を思う切々とした愛情のあふれている孝高の言葉に、さすがの友房も心打たれたのであろう。承知の旨を答えて使者をかえした。

老臣の中には不安がって反対する者もあったが、友房は、

「かほどまで申しつかわさるるものを無下にことわるは礼でない。また、不快にも思《おぼ》し召さるべければ、かえって家のためにもよかるまじ。なにほどのことあらん。われらを滅したまおうより、婿として末長き御味方となし置かるるが、黒田の御家のためでもあろう。世にならびなき智者と承る舅どのなれば、この見易き道理にお気づきなされぬことはよもあるまじきぞ」

となだめて、同勢三百人をひきいて、昨日早暁に山を出て中津に向ったのである。

三

婿舅の対面は正巳の刻（午前十時）城内で行われることになった。

山里人の習いで、朝は早い。友房は暗いうちに起きて、辰の刻（午前八時）には裃《かみしも》長袴に身支度して、城から迎えの使者母里但馬の来るのを待っていた。

一昨日からの黒田家の懇切をつくした歓待に、友房はことごとく満足していた。

「来てよかった」

しみじみとそう思うのである。

家来達も喜んでいる様子である。

「意外でございましたな」

友房に向ってそう言った者もあった。

心狭い猜疑心から、度々の招請をことわりつづけて来たことがはずかしい。

何よりもさきにそれをあやまろう——今も友房はそう考えるのである。

それに、今日は何というよい天気だ。

一昨日、昨日は、晴天であるとはいっても、未練げな雲が去来していたのに、今日は完全な快晴だ。雲のかけら一つ見えない。空の底まで見えるかと青く青く澄んだ空にはさわやかな微風がわたって、明るい初夏の陽が天地の間にみちみちている。

嬉しい心では、天地が、はじめての舅との対面を祝ってくれているもののように考えられるのだ。

広い庭を横切って、転法寺兵庫《てんぽうじひょうご》の来るのが見えた。

兵庫は城井谷家の侍大将である。年はもう五十に近いが、血色のよい赭顔、隆《たか》い鼻筋、きびしく緊《しま》った分厚な唇、隼《はやぶさ》のような眼、鍛えを想わせる頑丈な体格、すべてが、地軸から生えぬいた巌《いわお》を見るような感じだった。

気むずかしそうに、眉の間に皺を寄せて、真直《まっすぐ》にこちらをさして来るのだ。それのみでない。皆はれの衣裳に裃姿になっているのに、小具足に陣羽織、草鞋《わらじ》がけのいくさ支度でいるのだ。

（またか）

友房は微《かす》かに眉をひそめた。今までの上機嫌が、一滴の油を水に落したように曇って来るのを感じた。

供に召しつれて来た武士達が一人残らず満足して、これまでの疑心を解いているのに、この男だけが依然たる疑いを捨てないのである。

（敵地だぞ、ここは）

とどなって、ともすれば気のゆるみ勝ちになる武士達を叱って、白昼《まひる》のような篝火《かがりび》を焚かして徹夜警邏《けいら》させるのも彼であれば、黒田家から贈って来た食物は一々厳重な毒味の上でなくては自分も食べないし、武士達にも食べさせないのも彼であるし、また、栗山備後が来た時にも、母里但馬が来た時にも、きびしい身体あらためを行って、二人はもとよりのこと、その従者達まで、武器一切をあずかっての上でなければ門内に入れなかったのも彼である。

友房は余りにひどいと思ったので、呼んでこれを注意した。

（わしの身を思うてくれてのこととは万々承知もしているし、嬉しくも思うが、栗山や母里に対してああまで用心するは礼を失することにはならぬかの。あの二人は孝高殿小身の頃より随身していて、黒田家にとってはいわば草創の重臣なれば、会釈のしようも外にあろうではないか。二人ともに老成人《おとな》故、快くそちの言分を聞いてくれたゆえ、事なく済みはしたものの、二人が老成人《おとな》でなくば、由々しいことも起ったろうぞ。用心し過ぎて、人に不快の念《おも》いをさせ、そのために両家の不和など引き起すようなことがあってはなるまいぞ）

懇々《こんこん》と諭《さと》したのであるが、何という執拗な猜疑心なのであろう、兵庫はこう言うのである。

（それゆえに、一層用心をきびしくいたさねばなりませぬ。殿は二人が老成人《おとな》であるがゆえに、拙者の申分を聞き入れたのじゃと仰せられまするが、拙者はそう思いませぬ。仮にも武士たる者がからだあらためをせられるということは仲々のことでござります。意気地を存する者ならば腹を立てねばならぬところ、それをしれじれと愛嬌笑いして受けるというは、一方ならぬ底意があればこそのこと。必ずや、飽くまでも下手に出てこちらを安心油断させ置かねばならぬことがあるものと存じまする）

手がつけられないのである。

その兵庫が、こんなにもむつかしい顔をして来たのだ。

またしても、疑い深い用心に関してのこととはきまっているが、それにしても何をすすめようとであろうか――友房は心中の不快さを押しかくして、微笑を作って迎えた。

「兵庫、そちはまだ支度せざったのか。その服装では今日はふさわしくあるまいぞ。追っつけ迎えの者もまいろうぞ、急いで支度いたせ」

兵庫は聞かぬものの如く、黙って縁側の所まで来て、庭に立ったまま、縁の端に両手をついて一礼して、さて、落ちついて口を開いた。

「恐れながら、特におゆるし蒙《こうむ》りたきことがござります」

「ほう？」

「いささか存ずる旨がござりますれば、恐れながら本日はお供に立つことをおゆるし賜りたくござりまする」

「なぜじゃ」

友房は不思議に思った。本来、兵庫はこんどの供には召しつれないことになっていたのに、自ら願い出て供に立ったのであるから、今になってこんなことを言い出すのはおかしいことなのである。

「拙者考えまするに、今日の儀は、春秋戦国の世の諸侯の会盟の如きもの。されば礼儀作法を重んずるはもとよりのことではござりまするが、一方、武備を怠《おこた》ることがあってはかなわぬことと存じまする。伝え承りまするに、孔子魯《ろ》公《こう》を輔《たす》けて、斉《せい》の景公と夾谷に於《おい》て会盟いたしました時、斉は強を恃んで魯を凌《しの》がんといたしましたが、孔子あらかじめこのことあるを慮《おもんぱか》り、兵の備えあることを見《しめ》したるため、斉は魯に対して一毫《いちごう》も加えることが出来なんだ由にござります。また、藺相如《りんしょうじょ》が趙《ちょう》を輔けて秦と会盟したる時にも同様のことがござりました由、今日の勢、黒田は強秦、強斉、お家は魯、趙にあたりますれば、憚《はばか》りながら、拙者手の者そこばくを率いてここに在って備えあることを示しましたならば、黒田殿に於ても粗忽《そこつ》なることもなさるまじく存じまする。この儀、お許し蒙りたく」

　頑迷と思われるほどなこの猜疑心に、友房はあきれもしたが、一層不愉快になった。

「備えあるを示すと申して、どういたすのだ。具足してここに立ちこもり居るつもりか」

「勿論のこと。ぜひ、お聞きとどけのほど」

「…………」

　友房は考えこんだ。そういうことをしては、これほどまで好意と愛情を見せている孝高を不快がらせるに相違ないことと考えられたが、一方また考えてみると、こんな心でいる兵庫を城中に召し連れたらどういう無礼を仕出かすかわからないのだから、これを機会にここに残して行った方がよいとも考えられた。

「よろしい。しからば、左様いたせ。が、申すまでもなきことながら、よろずに意を

「早速のお聞きとどけ、有難く存じ奉りまする。お諭しの趣よく心得ましてございまするが、殿もまたお気をつけ遊ばしまするよう。毎々申し上げてくどく思召すかも存じませぬが、上方武士は表裏多き者、口に蜜をふくんで、肚に剣を磨ぐを忘れぬ者、かりそめにも御油断あっては百千度の御後悔あっても及ばぬこととなりまする」

兵庫はいろいろと注意した。絶対に武器を手放してはならぬ、特に飲食には注意をはらって、先方の毒見が済まぬかぎりは手をつけてならぬ、また、手をつけても形式的に味わうだけに済ますべきである云々……

折角の注意なので、おとなしく聞いていようとは思ったが、あまりのくだくだしさに、友房は手を振った。

「わかった、わかった」

兵庫は顔色をかえた。

「これはしたり、殿は真面目に聞いていらせられまするか」

つめよるようなはげしい気魄《きはく》だった。

面倒なことになった——と友房は心に舌打しながらなだめにかかった。

「よくわかっている。わしはそれほどおろかではないつもりだぞ」

「おろかであるとか、おろかでないとか、拙者はそれを申しているのではございませぬ。なまじかしこく在せばこそ拙者は却《かえ》って案ぜられるのでござる。おろかなる人は他人の言葉もよく聞き、よく守りまするが……」

真正面から、ひた押しに押して来るのである。友房があしらいかねている時、取次の者が迎えの使者母里但馬の来たことを取りついで来た。

「見えたか。すぐまいる」

そして、近習の者に、供揃えの支度を命ずるように言って立上ろうとした。

「しばらく」

兵庫はあわてて引きとめにかかったが、友房はかまわず立上って、

「兵庫、そちの申すことはよくわかっている。わしもくれぐれも注意をいたす故、そちも万事に気をつけてくりゃれ」

と、言って、母里但馬の待っている客殿の方に歩き去った。

四

三の丸、二の丸、本丸――と進むにつれて、百五十人も召し連れた人数が次第に押しとどめられて、本丸へ入った時には、わずかに二十余人となった。

身分の低い者から止めて行くのであるから、別段に変ったことではない。普通のこ

とである。

いよいよ対面となった。場所は本丸の書院である。友房はただ一人となった。これも不思議ではない。こうした場合、こうあるのが例である。が、何としたことであろう。架灯口《かとうぐち》を導かれて入りながら、友房は微かな不安が胸をかすめるのを感じた。

(何事があろう。孝高殿はわれらが舅ではないか、兵庫めがあのようなことを申すゆえ、つまらぬことを考える)

友房は自分の心を笑った。

孝高も長政ももう着席していた。

孝高はこの時五十六、半白の髪、色の黒い小さな顔、瘦せた小柄なからだ、裕《ゆた》かな大百姓の隠居でも見るような柔和な感じである。

長政は二十四、これは父と違って、長身な逞しい体格、浅黒くひきしまった顔に、爛《らん》とした眼が蒼鷹《そうよう》を見るように猛々しい。

「おお、おお、よくこそ在《わ》せられた。会いとうござったぞ。わしが官兵衛孝高でござるじゃ。これが、吉兵衛長政。よろしくたのみまするぞ。これはこれは、聞きしにまさる見事なるお人柄じゃ。八重はよい殿御を持って幸せ者。嬉しいことじゃ。嬉しいことじゃ」

手を取らんばかりの孝高である。ほくほくと上機嫌で、次から次へと話しかけるのが、いかにも人が好きそうに見える。

長政は言葉数こそ少なかったが、礼を失わず打ちとけて見えた。

靄々《あいあい》たる和気のうちにいろいろな話が出た。

「おことにはわしも手こずり申した。勝敗は戦さの習いとは申しながら、手を出すたびに逃げ帰らねばならぬなど、わしもこの年になるが、はじめてでござったよ。よくもお仕込みなされたもの。かねてのお嗜《たしな》みのほど心ゆかしく存ずる」

と孝高が笑えば、

「恐れ入りまする。山育ちにて山猿同然の者共でござりまする故」

と友房も笑った。

子供の話も出た。

友房は、二人の子供の日常の生活ぶりを父親らしい愛情をこめて物語った。

「見たいことでござる。吉兵衛にはまだ男の子も女の子もないゆえ、内記殿と友千代丸殿はわれらがためには初孫、見たいことでござる」

孝高は涙ぐんでこう言った。

酒が出た。

「幾久しく、懇情頼みまいらす」

孝高は自ら飲んで、その盃を友房にさした。友房は少しいざり寄って受ける。酌人として出たのは、屈竟《くっきょう》な壮漢である。長柄《ながえ》の銚子を傾けて注ぎにかかる。

その時、また一人、これも屈竟な大男が肴をのせた台を持って出て来て、すり足でしずしずと二三歩寄ると見えたが、忽《たちま》ち、

「エイッ！」

矢声《やごえ》と共に横合から台を投げかけたかと思うと、脇差を抜いて切りかけて来た。

「御上意なり。われは野村太郎兵衛《のむらたろうべえ》！」

「うぬ！　狼藉者《ろうぜきもの》！」

身をひねって、避けようとしたが、進退不自由な長袴をはいていることとて、かわし切れずに、友房はしたたかに眉間を斬られていた。

同時に、横合から酌取りの男も躍りかかった。

「御上意候！　われらは小川伝右衛門《おがわでんえもん》」

と叫びながらくみついて、くみつきざまに友房の脇腹深くつき刺した刀をえぐった。

これが致命傷になった。友房はふりはなして脇差を抜こうとあせったが、気力が衰えて、

「無、無念！　おのれ、孝高！」

と叫んで倒れた。

が、その時には、孝高はもうそこにはいなかった。騒ぎがはじまると同時に、風の

ように奥の間に入ってしまったのである。

長政はいた。座敷の隅に立って、眼もはなさず格闘を眺めていたが、相手が倒れたと見ると、近づいて来て、自ら首を搔き落した。

騒ぎは大きかったが、今の時間で二分間とはかからなかったのだし、広い城内のことではあり、友房の郎党達は誰一人としてこの惨事に気づく者はなく、善美をつくした饗応に満足しきっている所を、それぞれの溜りで一人残らず惨殺されてしまった。

五

友房の出て行くのを見送って後、転法寺兵庫はきびしく武装した武士達を寺の庭に集め、四方に哨兵を立てて、自らは鐘楼にすえた床几《しょうぎ》に腰を下して、眼も放たず城の方を凝視していた。

凡そ二刻ほど経って、午《ひる》を少し過ぎた頃だった。

ぎょっとして兵庫は床几を立ってせわしくあたりを見廻した。遠い所で、異様な物音を聞いたような気がしたのだった。

何にも見えはしなかった。城は依然としてまぶしいくらい明るく白堊《はくあ》の城壁に陽を照りかえしてひっそりと静まっているし、青葉に埋もれてわずかな棟だけ見せて点々と散らばっている町の上にはさわやかな風がわたっているし——が、異様な物音は益々はっきりとなりながら益々近づいて来るのだ。

疑うべくもなく、それは馬蹄の響、具足の摺れ合う音——軍勢の寄せる音と聞かれた。

「しまった！」

兵庫はうめいた。そして、肩にかけた螺《かい》を取って、精一杯の力をこめて吹いた。

俄《にわか》に起った螺の音に、庭に並みいた武士達は等しく驚きながらも、かねての命令の通りに整列した。

兵庫は大音に叫んだ。

「殿の御身の上に御異変あったと見えるぞ。今ここに敵が寄せてまいる。一人一人死に狂いの働きして、城井谷武士の性根を見せよ。皆死ね。生命助かろうと思うな……」

そして、門を閉ざして、築地の上、築地の陰に兵を配置した。

やっとのことで一通りの手配りが終ったかと思うと、陽炎《かげろう》の燃えるほど白く灼けただれてつづく道のはるかかなたに、白い砂煙とともに一隊の人馬が押し出して来た。

同時に、その反対側からも出て来た。

ぱッと白い煙が上ったかと思うと、銃声と共に弾丸が飛んで来た。

それが合図であったのか、銃声が頻繁になった。最初のうちは随分高く、樹木の繁った葉を散らしたり、寺の屋根の瓦を砕いたりしていたが、次第に照準がたしかになって、額を射抜かれて二人倒れた。

この時まで、城井谷勢は夢を見ているような気がしていた。

こうして命令によって武装こそしていたものの、それは兵庫の取越苦労に過ぎずして、よもやこういうことになろうとは考えられなかったのだ。

そうであろう。今朝までの黒田方の懇切鄭重《ていちょう》を極めたもてなしから、どうしてこんな結果を想像することが出来よう。

（夢を見ているのだ）

目前に見てさえ、誰もが、それに近い気持でいた。

が、朋輩がこうして倒れたのを見て、愕然として我に返った。

兵士達は怒って応射しようとしたが、兵庫は制して撃たせなかった。

「下知なきに撃つな。引き寄せて撃て！」

あせらず、せかず、少しずつ、少しずつ、じり、じりと近づいて来る敵である。それは、まるで鼠《ねずみ》を追いつめて行く猫を見るような自信と意地悪さを感じさせる態度だった。

討手の大将と見えて爽やかに鎧《よろ》った一人が馬を乗り出して大音に叫んだ。

「やあ、やあ、よっく承れ、城井谷安芸守友房、累年の悪逆つのって、唯今、城中にて誅戮《ちゅうりく》しおわんぬ。其方《そのほう》共、主従の義を存して干戈《ゆみや》に及ぶの条、殊勝のことにはあんなれど、申さば蟷螂《とうろう》の斧をふるいて龍車に抗《むか》うが如し。亡滅踵《きびす》を廻らすべからず。速《すみや》かに弓切り折り、槍伏せて降参に出でよ。助命いたすのみか、身分品々に応じて当家に召しかかえ得させんず」

古風な武者声武者言葉だったが、言い終ると共に、ひょうと鋭い羽風と共に飛んで来た征矢に篦《の》深《ふか》く胸板を射抜かれて、どうと馬上から顚落した。

「それが返事だ！」

弓を従者に渡しながら、兵庫は短く叫んだ。

この手痛い返事に、黒田勢はかっと怒った。今までの整々として落ちつきはらった態度を乱したかと思うと、我先《さ》きにと走り寄って来た。

「まだだぞ、まだだぞ」

あせる味方を押し静めて、十分に引きずり寄せて置いて兵庫は命令を下した。

「撃てーッ」

百雷の崩れかかるような銃声と共に、濛《もう》と煙が眼界を閉ざして、煙の中に混乱する敵の物音が聞えた。

煙が晴れた。

見ると、敵はいくつかの死骸をすてて退却しているのだった。

兵庫は、二度までこうして敵を撃退したが、敵の人数があとからあとからと増えて来るのと反対に味方の勢いが減じて行くのを見ると、急に下知をして、刀槍の者だけ門の内側に集めた。

「皆聞け。ここで死ぬるは易きことながら、城井谷には若君二方在す。一先《ひとま》ずここを切りぬけて山に帰り、その上にて如何様《いかよう》にもなろうと思う。この虎口、なかなかにむずかしいが、わしの采配に従うならば出来ぬことではない。先ず、鉄砲にて射白《いしら》まして置いて、敵ひるむと見ば、槍刀の者が突いて出て、一同真丸《まんまる》にかたまって走るのだ。よいか」

策に従って、城井谷勢は突出し、とにかくにも切りぬけて帰ることが出来たが、犠牲は大きかった。百五十人の中で、山に帰りつくことの出来た者は二十人に充たなかったし、いずれもそれぞれ数ケ所の手傷を負わぬはなかった。

六

荒々しく枕に響く足音に夢を破られて、ぎょっとして八重は枕をそばだてた。

「誰じゃ！」

鋭く叫んで、起き上ろうとした時、その足音は唐紙の外で立止まって、颯《さっ》と手荒く引き開けられた。

「拙者でござる」

細めたともし灯が朧《おぼろ》に赤い光を投げているそこに、髪ふり乱してちぎれちぎれの具足をまとった血だらけな転法寺兵庫が立ちはだかっているのだった。げっそりと削ぎ落したようにやつれた頰に落ちくぼんだ眼が幽鬼のような凄さで光ってにらみすえている。

「そなたは……」

ぞっとして、八重は枕の下の懐剣《かいけん》をさぐったが、取るひまはなかった。

火のようにはげしい光が兵庫の眼に点じたかと思うと、風のようにおどりこんで来て、足をあげて蹴倒した。

「無礼な？　何をしやる！」

叫んで、起き上ろうともがくのを、起しも立てず、磐石のような力でのしかかって、想像も及ばぬ早さでくくり上げた。

騒ぎを聞きつけて、方々の部屋から女中達が、てんでに薙刀《なぎなた》や小太刀を携えて駆け集って来て、口々に騒ぎ立てたが、

「黙れ！」

と大喝《だいかつ》した兵庫の荒々しい声にあうと一時に静まり返った。

「無礼な！　主に向って！　縄を解きやい、縄を解きやい、縄を解きやいというに！

兵庫、そなた気ばし狂いやったか……」

口惜しげに身もだえする八重を、兵庫は陰鬱な怒りをこめた眼で、じっと睨みすえていたが、その眼に涙があふれたかと思うと、叫ぶような声で言った。

「お前さまの父御《ててご》は、お前さまの兄者《あにじゃ》は鬼畜じゃ！」

「なに？　なんと言やる？」

はっと胸を轟《とどろ》かして八重は叫んだ。

「殿は、殿は、殿は、お前さまの父御、お前さまの兄者の姦計にかかって、いたわしや、あえない御最期……」

言い終えずに、兵庫は子供のようにおいおい泣き出した。

「なんと言やる？」

きっとして問い返すと、兵庫は荒々しく叫んだ。

「しらじらしい。お前さまははじめから承知であったのであろう。はじめから、父子三人申し合わしての上、輿入れしてまいられたに相違あるまい。七人の子は生《な》すとも女に心を許すなとはよう言うた。憎くや、その美しい顔で殿をたぶらかしなされたな。憎《に》くやそのやわらかな唇で殿の性根を吸いとりなされたな。——ええい！　敵の片割れ！ どうしてくりょうぞ、どうしてくりょうぞ！」

地団駄ふみ、歯をかみ鳴らして、兵庫は罵った。足をあげて、また蹴倒そうとした。

「待ってたも、兵庫、待ってたも……」

八重は必死にもがいた。兵庫は小耳にもかけなかった。

「聞く耳持たぬ。おのれ、どうしてくりょうぞ！ どうしてくりょうぞ……」

猛り立って、ぐるぐると八重の周囲をまわった。

この騒ぎに、眠りを破られた内記と友千代丸とが走りこんで来た。

「母様！」

内記は母にすがりついて泣き出したし、友千代丸は、眼をいからし、小さい拳を上げて兵庫を威嚇した。

思いもかけぬこの小さな妨害者に逢って、兵庫はたじろいた。

すると、内記も母を離れてたどたどとした言葉で懸命になって叱るのだった。

「爺、なぜ母様をいじめる。爺は家来、家来が主をいじめるということがあるか。退れ、父様が戻りなされたら、きつい仕置をして貰いまするぞ！」

「……済みませぬ」

兵庫はうつ向いて、八重の縄目を解いて、しょんぼりと坐った。

そこに、塩田外記も出て来た。

厭がる内記と友千代丸とをなだめすかして連れ去らしてから、兵庫は中津での出来事を物語った。

八重は胸つぶるる思いであった。

夫と父や兄との靄々の和楽を想像してここで自分が喜んでいた時、同じ空の下で、何という無残なことが行われていたことであろう――

真実とは思われなかった。

夢の中に夢を見ている気持であった。

涙を抑えて、八重は言った。

「もっともじゃ。そなたの腹立ちはもっともじゃ。縁に連なる八重をにくいと思うも無理とは思わぬ。一寸だめし、五分だめし、どのようなめに遭おうとも、八重はいといませぬ。が、これだけは信じてくりゃれ。八重はちっとも知らなんだ。八重は何にも知らずに嫁いで来たのじゃ。その後とても、中津から何の相談も受けたこともない。八重は殿様に中津に行っていただきたかった。行って、父兄《おやあに》とむつまじい友誼《ゆうぎ》を結んでいただきたかった。が、何とのう殿様が中津に心置きなされる様子が見えたにより、遠慮して、そのけぶりすらお見せしなんだのじゃ。信じてたも、八重が言葉を信じてたも……うらめしいは父様、情ないは兄様、かほどまで睦《むつ》び親しみ、子二人まで生したのみならず、昔は知らず、今はもうひたすらに中津を頼み思される婿をつれなくも殺《あや》めなされるとは……今はもう父でもなければ、兄でもない。敵じゃ。今生後生の敵とうらみまするぞ！」

前後も知らず掻きくどきなげき悲しむ八重の姿に、兵庫も外記も心を打たれて悄然として、うなだれていた。

夜が白々と明けて来た頃、遥かに遠く螺の音、陣鉦の音が起った。

「すわ！」

眼を見合して、兵庫と外記が立上った時、あわただしく兵が走り込んで来た。

「寄せたか！」

「は、凡そ千騎にもあまりましょうか、城井川沿いの道を整々と押してまいりまする」

「百騎であろうと、千騎であろうと、何かまうことか！　城井谷育ちの山侍の手並、思うがままに見せて斬死するまでのことよ。よく禦《ふせ》げ！　すぐまいる」

「はッ」

一礼して走り去る後から、兵庫と外記は出て行こうとした。

すると、それまで、夜明けの水色の光の中に百合の花のような白い頸筋を見せてうなだれていた八重は顔を上げた。

「待ってくりゃれ」

無言で、二人は顧みた。

「八重をどうしてくりゃるつもりかえ。八重はもう生きている心はありませぬ。殺してたも、殺して……」

「殺せませぬ」

「殺せぬ？」

「内記様と友千代丸様とのおなげきのあまりにいたわしくござれば、殺せませぬ」

皺がれた声で、怒ったように言う兵庫だった。

「いいえ、殺してたべ、殺されずば、八重の立つ瀬はありませぬ。殺してたべ……」

また答えずに、二人が立ち去ろうとするのを見ると、八重は鳥の飛び立つようにおどり上った。

「待ってくりゃれ。八重も働かしてくりゃれ。女の身ながら、八重も薙刀の一手二手のたしなみはある。憎い父様、憎い兄様の軍兵共を敵に戦わしてくだされ！」

兵庫は、またたきを忘れたような眼で八重を見つめていたが、つかつかと引返して来た。そしてほろりと涙を流すと、低く言った。

「奥方様、お前さまは、お前さまは、まこと安芸守様のお内方《うちかた》でござりましたな」

「きいてくりゃるか」

「聞きませいでか！」

兵庫のかわりに外記が叫んだ。涙を手で抑えながら。

七

陣頭に立って接戦こそしなかったが、緋縅《ひおどし》の鎧に白綾を畳んで鉢巻し、薙刀を携えて、味方の陣所陣所を経巡《へめぐ》って、自ら兵糧を運び、傷者をいたわりはげまし、八重の奮闘はめざましかった。

「殿の御無念を思うてくりゃれ。城井谷武士の手並、存分に見せてくだされ」

八重がこう言ってはげますと、手傷に悩んだ者も、手痛い戦いに疲れ切った者も、開けるあてのない運命に気を落している者も、等しく奮い立った。

兵数は少《すく な》かったが、精《すぐ》った兵共だった。城も堅固であった。

夜昼三日続いた戦争にも弱る色はなく寄手を撃退しつづけたが、四日目からはさすがに弱って来て、五日目にはその衰弱の色は蔽《おお》うべくもなくなった。

六日目の朝だった。八重は兵庫と外記を呼んだ。

「お召しでござりましょうか」

この二人も、心労と休息のない奮闘のために、別人を見るようにやつれはてていた。

「御相談いたしたいことがあります」

今日の八重は武装していなかった。練絹《ねりぎぬ》の真白な単衣《ひとえ》をまとった簡素な服装だったし、白粉《おしろい》もつけない青い青い顔をしていたが、純白な花を見るような清楚な感じだった。

眼を伏せて、ぽつりぽつりと八重は話した。

「この城もあと一日か二日の生命と思いまする。皆々、よく働いてくだされて、八重は嬉しゅう思うておりまするが、それについて、わたくし、いろいろと考えさせられることがござりまする。と申すのは、これほどの名家がここに亡びてしまうことが、返す返すも残念に思われてならぬのでござりまする。女の身のさかしら立ったことを申すようではござりまするが、人の不孝として第一のことは家を絶やすことと承っておりまする。未練なことを申すようではござりまするが、何とかして城井谷の家の残るようにいたしたいと思うのです」

「御言葉中ながら」

兵庫が遮った。

「はい」

兵庫は腹立しさを無理に抑えたような眼で八重を見て言った。

「お前様はそれをわれら二人の外には申されはなさりますまいな」

「申しませぬ」

「仰せられてはならぬことでござる。それは未練と申すもの。家を絶つは仰せられる通り不孝第一のことに相違ございませぬが、今となってはいたしかたなきこと。何条あの鬼畜に等しき黒田奴《め》が城井谷家を立つることがございましょうぞ。それほどのやさしき心があるならば、あのようなむごきことはいたさぬはず。仮に、立ててくれるにいたしても、黒田の家来として百石か二百石の家に取り立てるぐらいのことじゃ。そのようなみすぼらしき家立てて貰おうより、主従ともに未練もなく散った方が何ぼうこころよきことか。亡君はもとよりのこと、御先祖代々様もそれをよろこびくださりましょう、のう、外記殿」

外記もうなずいた。

「仰せの通りじゃ。瓦となって全《まった》からんより玉となって砕けよという本文がある由、これぞ武士たる者の心がけではございますまいか」

八重はしばらく黙ったが、また言った。

「二人の言葉は道理と聞く。が、わたしはこのままにこの家を立てたいと思うているのじゃ。鬼畜に等しき人であろうとも、子に対しての情愛はあるはず。わりなく頼みましたなら……」

「奥方様！」

鋭く兵庫は遮った。

「お前様、生命がおしくならしゃりはしませぬか。おのれの生命のおしさに、若君達の命乞いをするの、お家の立つをはかるのとおためごかしのことを申されて城を出なさるお心ではござりますまいな。いや、生命がおしくござらば、左様な小面倒な作略はいり申さぬ。たった今からでもよい、出て行きなされ」

八重はうなだれて黙って聞いていたが、しずかにその顔を上げると、はらはらと涙を流した。

「情ないことを言うてたもる、兵庫の目には八重がそのように情ない女と見えるかや。八重はこうしようと思うているのじゃ。出来ることか、出来ぬことか、八重にもわかりませぬが、そもじ達の手で、わたしを磔柱《はりつけばしら》にかけてほしいのじゃ。そして……」

ほそぼそと、涙ながらに八重は語りつづけた。

八

それは、ちょうど白い十字の柱のように見えた。

「妙なものを立てておったな」

川を挟んで深い谷になっている向う岸を眺めて、孝高は馬上にわきの長政を顧みた。

「何でござりましょう」

長政も鞍坪にのび上るようにして身をのばした。

乳のように澱《よど》んで動かなかった朝霧が次第に晴れわたる磧《かわら》に、それを立てて十五六人の敵兵がその周囲でうごめいているのだ。

「もちっと馬を寄せて見ようではないか」

父子は本営を離れて、川の方に下りて行った。山奥の川のこととて、切り立てたように嶮しい崖の下に磧がひらけてそこに速い流れが、ごろごろと黒くころがった岩に白いしぶきをあげて奔《はし》っているのだった。

崖の上で馬を下りて、苔のなめらかな小径《こみち》をくだりにかかった時、せいせい荒い呼吸を弾ませて、下から兵士が上って来た。

「八重姫様でござります」

兵士はいきなり言った。

「なに？」

「八重姫様を磔にかけておりまする。城井谷の家をこのままにお立てくださるならば姫君の御助命いたそうが、情なく攻め立てなされまするならば、御目前にて串刺しにいたすと申しているのでござりまする」

「む」

孝高は低くうなった。そして、磧には下りずにそれのよく見えるところに行って小手をかざした。

眼下に見える。

八重は真白な着物に、帯だけ、燃え立つような緋の色のものをしめて、両手をひろげて、きびしくいましめられていた。

左右にひかえた武士の持つ槍が八重の胸先で互に交叉して、昇りかけた朝日に穂先はきらきらと光っていた。

一人の男が何やら叫んでいる。

「……孝高殿は在さぬか、八重姫様をいたわしとは思し召されぬか……親として子を思わぬは鬼か、畜生か……」

きれぎれにそう聞えるのだ。

孝高は彫《きざ》みつけたように動かぬ姿で見つめていたが、くるりと長政の方をふり向いた。

長政の顔は真青だった。血走った眼が涙に濡れて、唇がふるえていた。

「吉兵衛殿、そなたの顔は真青《まっさお》だぞ」

微笑して言う孝高だ。

「父上、助けてやってくださりませ。拙者は、拙者は……」

長政の声は叫ぶようだった。

「はしたないの。つつしめ」

「父上！」

「つつしめと申しているのだ」

孝高はきびしい声で言うと、うしろをふりかえって随従の使番を呼んで、なにやらささやいた。

「は」

使番は馬を引き寄せ、背中に負うた黄母衣《きぼろ》に風をはらませて本陣さして駆けさせたが、間もなくそこから鋭い螺の音が起った。

螺の音は、深い谷に響き、この里を取り巻く幾重の山に応えて、高低断続しながらもやや長い間つづいた。

と、それまで、静まりかえっていた磧の味方の陣所に鬨《とき》の声が起り、つづいて、豆を熬《い》るような銃声が起った。

「よし……」

短く言って孝高は本陣の方に引き上げて行った。徒歩で、静かに、ふりかえりもせず。

九

あまりにも八重が熱心に主張するので同意はしたものの、はじめから兵庫はこの策に大して望みを持っていなかった。

(孝高めは奥方様をはじめからすて殺しにしているのだ)

と考えていたのである。

が、人間の心の弱さだ。そう思う一方、ひょっとして、眼前にわが子の殺さるるを見れば、心を飜《ひるがえ》すことがあるかも知れぬという気がしないでもなかった。

それだけに、この会釈のない返事に会って狼狽した。

弾丸は、性急な音を立てて磧の石を砕き、小さい土煙を上げて周囲に注ぎかけた。

「駄目でござります。奥方様！」

この人にあるまじくあわてふためいて、兵庫は侍達を指図して磔柱を引きぬいて引返そうとしたが、八重はこれを止めた。

「待ちゃ。殺してくりゃれ」

「なりませぬ！　それ、急げ！」

遮二無二、兵庫は叫んだ。

「いけませぬ！　殺してくりゃれ。ここで死なずば、八重の義理が立ちませぬ。殺してくりゃれ」

身を揉んで、はげしく身もだえする八重の髪の元結が切れて、黒い長い髪がさっと宙に舞って肩に乱れかかった。

途端に、柱に手をかけて揺ぶっていた一人が、柱にもたれかかるような形をしたかと思うと、そのままずるずると崩れ折れた。

また一人倒れた。

また一人。

「兵庫、あれを見なされ、あれを見なされ。敵は流れを渉《わた》りにかかった。所詮は助からぬ生命、憎い父者、情ない兄者の目前にて殺してくだされ」

兵庫は血を濺《そそ》いだ眼を上げて流れの方を見た。

とどろとどろしい響きを立てて奔る急流を圧する武者声をあげて、互に腕をくんで押し渡って来るのだ。

兵庫は血が全身の毛穴から一時に噴き出すかと思った。

猶予はならぬ場と見た。

「御免！」

片手を上げて、拝んで、叫んで、一人の槍をもぎ取ると、眼をつぶって、しごいて、さっとつき出した。

鋭い穂先は、脇腹から肩へ抜けて白く光った。

また一突。

がくりとうなだれる八重の雪のような白い着物に、牡丹の花びらのような血がにじんで、見る見る大きくひろがって行った。

「おゆるしくだされ、ぜひなきことでござります」

兵庫はまた合掌すると、槍を投げ捨てて、兵をまとめて城に引込んで行った。

その日の午頃、城井谷の城は落ちて、転法寺兵庫、塩田外記をはじめとして、一人の残る者なく自殺しはてた。

俗説黒田騒動によると、この時、兵庫は人に託して、内記と友千代丸とを柳川《やながわ》の立花宗茂《たちばなむねしげ》の許《もと》に落してやった。内記は早く死んだが、友千代丸は成長の後、出家した。そして黒田家の菩提寺の住職紅陽《こうよう》上人となったが、父母の仇を報ぜんために、種々の策を弄して、あれほどの大騒動が起ったのであるとしている。

城井谷崩れは事実にあったことだが、それを黒田騒動に結びつけたのは、江戸時代の大衆作家の趣向なのである。

石鹼《シャボン》

―石田三成―

火坂雅志

火坂雅志《ひさかまさし》（一九五六〜）

新潟県生まれ。早稲田大学在学中は早稲田大学歴史文学ロマンの会に所属、歴史文学に親しむ。一九八八年に『花月秘拳行』でデビュー。当初は『神異伝』、『西行桜』などの伝奇小説を得意とするが、吉川英治文学新人賞の候補作となった『全宗』からは、最新の歴史学と伝奇性を融合させた独自の作品世界を構築。堺の豪商・今井宗久を描く『覇商の門』、金地院崇伝の実像に迫る『黒衣の宰相』など、従来とは異なる角度から戦国を捉える作品で注目を集める。直江兼続を描き二〇〇九年大河ドラマの原作に選ばれた『天地人』で、中山義秀文学賞を受賞。

一

――石鹸《シャボン》という言葉は、葡萄牙《ポルトガル》語のサボン（sabão）に由来している。

紀元後まもなく、石鹸はガリア人によって獣脂と灰から造られたというが、それがヨーロッパ全土に広まったのは八世紀に入ってからだった。十三世紀になって、地中海沿岸の特産であるオリーブ油と海藻から、さらに上質の石鹸が生み出されるようになった。

その石鹸がはじめて日本に渡来したのは、南蛮貿易がさかんになった桃山時代のことである。博多《はかた》の豪商神屋宗湛《かみやそうたん》が石田三成《いしだみつなり》へ石鹸を贈り、それに対する三成の礼状が『神屋文書』に残っている。

為見舞、書状並志やぼん二被贈候、遠路懇志之至満足に候、今度之地震故、爰許《ここもと》普請半《なかば》に候、委細期後音候。

八月二十日　　石治少　三成

博多津　宗旦返事

〝シャボン〟なる言葉が日本の古記録にみえるのは、この慶長元年の三成の書状が、史上はじめてであろう。

（よい物をもらった……）

と、石田三成は思った。

三成は生まれついての潔癖性で、不潔な物、清浄ならざるものが何よりも嫌いである。聞けば、南蛮渡りの石鹼《シャボン》は、水につけて手をこするだけで、いかなる汚れも立ちどころに洗い流すという。

三成は、主君の秀吉《ひでよし》のように、珍奇な南蛮渡りの品ならば何でも諸手《もろて》を上げて喜ぶというわけではなかったが、この神屋宗湛が贈ってくれた石鹼だけは好みに合った。

さっそく、木箱におさめられた二個の石鹼のうちのひとつで手を清め、使ったあとのさっぱりとした清潔感に満足した。

きれいになった手を木綿《もめん》の布でぬぐい、

（あの、むさい加藤《かとう》や福島《ふくしま》も、石鹼で磨けば、少しはすっきりした顔になろうものを……）

よけいなお世話だとは知りながら、三成は豊臣《とよとみ》政権内で武断派といわれている彼らのことを思った。

加藤主計頭清正《かずえのかみきよまさ》、福島左衛門大夫正則《さえもんのだゆうまさのり》、ともに同じ秀吉子飼いの将でありながら、三成とは不仲の男たちである。加藤、福島が戦場で槍を振りまわして武功をあげてきたのに対し、三成はもっぱら裏方の物質の調達や兵站《へいたん》で能力を発揮してきた。

戦場での槍ばたらきをしない三成を、加藤らは見下し、

「あの背の低い、わんさん者が」

と、あざけり笑っていた。わんさん者とは〝和讒者《わざんもの》〟すなわち陰で告げ口をする者という意味である。

しかしながら、秀吉の天下統一とともに合戦がなくなり、政治の季節を迎えると、文官である三成のほうが、かえって秀吉に重く用いられるようになった。それが、加藤らはおもしろくない。

一方、三成のほうも三成で、みずから恃《たの》むところが強く、人を小馬鹿にし、痛烈な皮肉を言い、他人と妥協することができないという性格から、加藤や福島のみならず多くの武将たちの反感をかい、鬼子《おにご》のように憎まれてきた。

もっとも、三成自身、豊臣家臣団のなかでの不評は、まったくと言っていいほど気にしていない。

三成にとって、みずからの行為は私利私欲によるものではなく、すべては豊臣家のため、秀吉のためであった。豊臣政権にとって無駄なもの、無益なものがあれば、情

け容赦なく切り捨てる。

（正義をおこなって、どこが悪い……）

世に誇りたいような気持ちであった。

ともかく――。

秀吉の近習《きんじゅう》から身を起こした石田治部少輔《じぶのしょう》三成は、いまや豊臣家の筆頭奉行として人事や財政、政務全般に辣腕をふるい、

「その勢威、比肩の人無し」

と、いわれるほどの権力を握るようになっていた。

神尾宗湛がくれた南蛮渡りの石鹼を、三成はおおいに気に入った。ふつうの者ならば、物惜しみしながら珍奇な二個の石鹼を大事に使うところだろうが、三成はもともと物欲が少ない。

（このよき物を、摩梨花《まりか》にも使わせてやろう……）

三成の脳裡を、堺《さかい》の宿院《しゅくいん》町にひそかに住まわせている女のことが翳《かげ》りのごとくよぎった。

摩梨花のことを思うと、三成の胸はかすかに甘く痛む。女の冷ややかな顔容《かんばせ》を溶かすためなら、いかなる手立てをつくしても惜しくはないと思うほどである。

摩梨花はめったに笑わぬ女であった。そんな女に、なぜ魅かれるのか、三成は自分

でもわからない。

残ったひとつの石鹼を袱紗《ふくさ》につつんでふところに入れると、

「馬を用意せよ」

三成は外出の支度を小者の弥助《やすけ》に命じた。

半刻後、三成は弥助ひとりを供に、大坂城三ノ丸の屋敷を出た。

道に、濡れるような夕闇が満ちはじめている。

先ごろの伏見大地震で、軒の傾いた家が目立つ大坂の町なかを抜け、四天王寺あたりまでくると、しだいに人家もまばらになってきた。

茅原《かやはら》のむこうに、赤みがかった丸い月が見える。吹く風はすでに秋のものである。

（わしに隠し女がいることを知れば、島左近《しまさこん》は何と思うであろうかな……）

三成は馬上で目を細めた。

摩梨花のことは、家老である島左近にも打ち明けてはいない。

豪放磊落《らいらく》、戦国乱世の気風を色濃くとどめる島左近は、

「愛妾の一人や二人持てば、殿も少しは尻の穴が広がるじゃろう」

などと、おもしろがって冷やかすだろう。が、三成は、おのが唯一の弱みである女のことを誰にも知られたくはなかった。

阿倍野《あべの》まで来たとき、月が雲にかげった。

と——。

道端の地蔵堂のわきで人影が動いた。

瞬間、ダンと腹の底に響くような轟音が炸裂し、松明《たいまつ》を持って馬の横を歩いていた小者が前のめりにつんのめる。

「弥助ッ！」

三成が見下ろすと、小者の弥助は頭を撃たれ、額から鼻にかけて血まみれになっていた。ほとんど即死であろう。

(火縄銃か……)

何者かが、地蔵堂のかげから三成を狙って狙撃したようである。

誰が——と思うより早く、三成は馬の尻にするどく鞭をくれていた。ダッと走りだした馬の背後から、つづいて銃声がとどろいた。

三成は左肩に焼け火箸を当てたような痛みを感じた。

(撃たれたな)

この期におよんでも、三成は冷静だった。

右手で手綱をしっかり握り、馬のたてがみに顔をすりつけるように身を低くし、

(とにかく、堺の町へ飛び込んでしまうことだ。町なかまでは追っては来まい……)

頭のすみで計算しながら、馬を矢のように走らせた。

少しおいて、また後ろで銃声がしたが、三成は振り返らず、夜の闇のなかを走りつづけた。

二

女の住む宿院町は、堺の南庄《みなみのしょう》にある。町の西に住吉社のお旅所があったため、宿院町の名で呼ばれるようになった。

あたりには、神社が多い。

家々の屋根の向こうに、くろぐろとした神社の森が森閑としずまっていた。

三成は馬の背から転げ落ちるようにして、宿院町の女の屋敷に飛び込んだ。騒ぎに気づいて庭先に出てきた小女が、血に染まった三成の肩を見て、甕《かめ》が割れたような悲鳴を上げる。

「騒ぐな」

三成は小女を制して裏庭へまわった。

井戸端で片肌ぬぎになり、傷をあらためてみると、弾丸は左肩の浅いところをかすめただけで、骨に食い込んではいなかった。ただし、出血がおびただしい。

（ばかなまねをする……）

井戸から汲んだ水で傷を洗いながら、三成は自分に狙撃者を差し向けた者の心当たりを考えた。

真っ先に頭に浮かんだのは、加藤清正である。平素から犬猿の仲の清正だが、近ごろではとくに、朝鮮の役で謹慎処分になったのを三成の讒言《ざんげん》のせいだと深く恨んでいると聞いている。

（あの男ならやりかねぬだろう）

傷に沁《し》みる水の冷たさに、三成が顔をしかめたとき、背後で人の気配がした。

三成が振り返ると、白萩の茂みのかげに女が立っていた。

背の高い女である。

細おもてで目尻がするどく切れ上がり、美人と言っていい顔立ちだが、表情の硬さが女の容貌を氷のように冷たいものにしている。

「摩梨花か」

三成は目を細めた。

「何でもない。部屋にもどっていよ」

「何でもないということがありましょうか。見れば、お怪我《けが》をなされておるような」

「ほんのかすり傷だ。ここへ来る途中、どこかの愚か者が、鉄砲でわしを狙い撃ちにした。おかげで小者は倒れたが、このとおり、わしは無事よ」

「まあ……」

女は眉をひそめたが、さほど案ずるような顔をしていない。むしろ、形のいい唇に、皮肉な微笑すら浮かべているほどである。

「あなたさまは、業《ごう》の深いお方だから……」

摩梨花が土を踏みしめ、三成のそばに歩み寄ってきた。

「世に、あなたさまをお恨みする者は多うございましょう。あなたさまの策謀で切腹させられた千利休《せんのりきゅう》どののご遺族しかり、関白豊臣秀次《ひでつぐ》さまの旧臣もまたしかり」

「わしは、何ら天に恥じるおこないはしておらぬ」

「さようでしょうか」

そっと肩に置かれた女の手が冷たかった。

「あなたさまは、私の父も罪なくして死に追いやったのです」

「それはちがう。前野《まえの》どのは……」

言いかけて、三成は傷でうずく左肩を押さえた。

「痛みますか」

「………」

「その痛みは、あなたさまに殺された者どもの恨みと思いなされませ」

きらきらと光る目でにらみつけながら摩梨花が言った。

「まさか、人を使ってわしを撃たせたわけではあるまいな」

三成は女の目を見つめた。

摩梨花は冷たく笑い、

「そんなまわりくどいことをするくらいなら、とうの昔に、この手であなたさまの寝首をかいております。仇《かたき》とはいえ、恋しいお方をどうして殺すことができましょう。それができぬからこそ、こうして苦しんでいるのです」

「摩梨花……」

三成は井戸端から立ち上がり、女の細い肩を強く抱き寄せた。

三成が摩梨花と出会ったのは、いまから半年前のことであった。堺《さかい》町奉行をつとめる三成は、堺の商人津田宗凡《つだそうぼん》（宗及《そうきゅう》の息子）の茶会に出て、大坂へもどる途中、住之江《すみのえ》の近くで俄雨《にわかあめ》に降られた。

茶会帰りのこととて、供はごくわずかである。三成は近くの農家へ供を連れて駆け込んだ。

そこにいたのが、摩梨花だった。

一目見て、ただの田舎《いなか》娘ではないとわかった。ひかえめな立ち居ふるまいに隠しようのない気品があり、どこか人目を避けているふうがあった。

女は下働きの老女と二人暮らしのようで、突然あらわれた三成主従に、あきらかに迷惑そうなそぶりをみせたが、それでも一行を囲炉裏《いろり》端に上げ、熱いクマザサ茶をふるまってくれた。

春先の花散らしの雨で冷えきった体を茶でぬくめながら、

（どういう素性の人なのだろうか……）

横顔に憂いを含んだ翳りをたたえる女に、三成はむくむくと頭をもたげる好奇心を押さえることができなかった。思えば、そのときすでに、三成の心は妖しい恋の糸にからめとられていたのかもしれない。

やがて、雨は止み、三成は相手の名も聞かず、おのが名もなのらず、その家をあとにした。相手が素性を隠しているようすであったため、あえて無理に聞き出すのをはばかったのである。三成はいついかなる場合でも、節度をわきまえた男だった。

しかし——。

女との出会いは、三成の胸に、薄闇に咲く夕顔の花のような陰を残した。

あの雨の日から時が過ぎれば過ぎるほど、女の面影が忘れられなくなり、

（もう一度、会いたい……）

と、思うようになった。

政務においては何事にも怜悧《れいり》で辛辣な三成だが、身のうちから湧き上がる恋の心だけは、如何《いかん》ともしがたかった。

（我ながら、ばかな……）

おのれに唾を吐きたいような思いを抱きつつ、半月後、女のもとをたずねた。女のほうも、口数は少ないながらも、三成に対して悪い感情は持っていなかったようで、三成はその日、女の家に泊まった。

そもそも、三成の女性関係は清廉すぎるほど清廉である。

主君の秀吉などは、豊臣家の世継ぎの秀頼《ひでより》を生んだ淀《よど》殿をはじめとして、二十人あまりの側女《そばめ》がおり、三成はその姿をつねに間近で見てきたが、主君の行為を真似ようと思ったことは一度たりとてない。

三成は、近江源氏の末裔である宇多頼忠《うだよりただ》の娘を妻とし、二男四女をもうけている。ほかに愛妾はひとりもいなかった。正妻のほか何人もの側女を持つのが当たり前の戦国武将としては、ごく珍しいことである。

べつに、正妻を熱愛しているわけではない。

ただ単に、

――女は無駄だ

と、思うのである。

近江出身で、万事に合理的なものの考え方をする三成は、女に費やす時間も金も、すべてが無益に思われたのだ。

妻は、おのが子孫を残すためにいればよい。

それ以外の女に耽溺《たんでき》することは、男としての仕事に支障をきたすと、三成は昔から思ってきた。いや、その考えはいまでも変わってはいない。

だが、人の心はつねに計算どおりに働くものではないということを、摩梨花と出会ってはじめて、三成は肌に荒塩をすり込まれるように強く思い知らされた。

（これが恋か……）

女のどこに、これほど魅かれるのか、自分にもわからない。おそらく、わからぬのが恋というものであろう。

摩梨花のもとに通うようになってほどなく、三成は堺の宿院町に、もと金剛流ツレ方の能役者が住んでいた小さな屋敷を女のために買い求めた。

三

「もっと早く、あなたさまの名を聞いておけばよかった」

閨《ねや》の床で黒髪を乱しながら、摩梨花があえぐように言った。

「出会った最初から、あなたさまが父上を殺した石田治部少輔三成だと知っておれば、間違ってもこのような仕儀にならずにすんだものを……」

「前野どのは、わしが手を下して殺したわけではない」

三成の指が、女の肌をまさぐった。

闇のなかで摩梨花の白く隆起した胸がふるえる。

「じかに手を下さずとも、わたくしの父、前野将右衛門長康《しょうえもんながやす》はあなたさまに激しく糾弾され、腹を切らねばならなくなった……。違いますか」

「…………」

女の語気の激しさに、一瞬、三成は愛撫の手を止めた。

「わしを恨んでおるのか」

「……お恨みいたしております」

「ならばなにゆえ、憎い男に体を開くのだ。そなたが嫌と言えば、わしは無理じいはせぬ」

「人の心が理のままに動くのなら、どれほどよいものを……」

女の頰を、ツツと一筋の糸のような泪《なみだ》が流れた。

三成は指を近づけ、頰をつたわる泪をなぞった。指をそっと嘗《な》めると、女の涙はほのかに塩辛い味がした。

摩梨花の父の前野将右衛門長康は、秀吉の尾張時代からの功臣である。

もとは、木曾川の水運を支配する川並《かわなみ》衆の頭《かしら》であったが、兄貴分の蜂須賀小六《はちすかころく》とともに、まだ織田家の一家臣にすぎなかった秀吉に仕えるようになり、その天下取りを陰で支えつづけ、但馬出石《たじまいずし》十万五千石の大名にまで出世した。

いわば、秀吉と苦楽のすべてをともにしてきた同志のようなものである。本来であれば、豊臣家草創期以来の功臣として、安楽な余生を迎えられるはずであった。

ところが、朝鮮の役から帰還し、そろそろ隠居したいと考えていた前野将右衛門に、秀吉から関白豊臣秀次の後見役をせよとの命が下された。

秀次は秀吉の甥で、豊臣家の後継者である。子のなかった秀吉が自分の養子とし、関白の位をゆずっていた。

しかし、秀吉の側室淀殿にお拾《ひろい》（のちの秀頼）が生まれ、関白秀次の地位は危ういものになっていった。

秀次は太閤秀吉を追い落とすための陰謀をはかり、それが五大老のひとりの毛利輝元《もうりてるもと》の密告によって発覚。激怒した秀吉は、秀次を高野山《こうやさん》へ追放し、切腹を命じた。同時に、秀次の妻妾子女三十余名を京の三条河原《さんじょうがわら》で斬首に処した。

関白秀次の筆頭後見人となっていた前野将右衛門の糾問にあたったのは、ほかならぬ三成であった。

三成は伏見城内の評定所に将右衛門を呼び出し、尋問した。

「そのほうは太閤殿下より、関白秀次さまの後見という重い役儀を仰せつけられていた。にもかかわらず、謀叛のたくらみを止めることができなかった。あまつさえ、謀叛の連判状には、そのほうの子息、出雲守景定《いずものかみかげさだ》の名も見えておる。これは、いかに。知らぬ存ぜぬですむことではござらぬぞッ！」

かつて、三成と前野将右衛門は、同じ秀吉の天下取りに力を尽くした同僚であった。しかも三成は、すでに齢《よわい》六十五を数える前野将右衛門より、二十九歳も若い。だが、だからと言って、糾問に恩情を差しはさみ、追及の手をゆるめるような三成ではなかった。

前野将右衛門は、いっさい言いわけをしなかった。彼自身は秀次事件には無関係であったが、筆頭後見人という立場上、責任は免《まぬか》れぬとわかっていたのであろう。

「息子の不忠は、それがしの不徳のいたすところ。すでに覚悟は決めてござる」

その言葉のとおり、将右衛門は領地をみずから返上し、さきに切腹した息子の景定の後を追うように、腹をかっ切って果てた。

（まさか、摩梨花が、あの前野将右衛門の忘れがたみだったとは……）

そのことを知ったのは、三度目の逢瀬のときであった。

摩梨花が前野将右衛門の娘だと知って、三成は少なからず動揺した。しかし、三成より、もっと深く傷ついたのは、摩梨花のほうであったにちがいない。

摩梨花は父が自害したあと、乳母《めのと》の里を頼って、摂津《せっつ》住之江に隠れ住むようになったという。それが、相手が三成であると知らずに深い仲になった。

関白秀次事件のあと、世間には、あれは前野将右衛門ら古参の家臣の一掃をはかる三成の陰謀であったとする流説がささやかれており、摩梨花もそれを頑《かたく》なに信じ込んでいた。

しかし、三成は秀次事件に関して、何ら後ろめたいところはなかった。陰謀を企てたのは、むしろ関白秀次のほうで、三成はただ、それを法にのっとって処断したにすぎない。

三成は、おのれの正しさを何度も摩梨花に説いた。だが、摩梨花は三成の言葉を受けつけず、冷たく心を閉ざしつづけている。

三成には、わからない。

摩梨花はなぜ、理の通った自分の話を信じないのか。それ以上に理解できないのは、激しく憎みながらも、相変わらず自分という男を受け入れている摩梨花の心根だった。

「来て……」

摩梨花が低くささやいた。

三成は女の体に、おのが体を重ねようとした。とたん、左肩がツンと痛み、思わず顔をしかめた。

「痛うございましょう」

摩梨花の細い手が伸び、晒《さらし》を巻いた三成の肩を撫でた。

「もっと、もっと、お苦しみになればよい。あなたさまは、人の心の痛みを知らない。ご自身が痛みを知れば、人の心もおわかりになるはず……」

「摩梨花……」

三成は痛みをこらえ、女に深々と体を埋めた。女が強く足をからめてくる。

（逃れられぬ……）

痛みと快感が、ねじれた二彩の糸のように背筋を駆け上がった。

翌朝、摩梨花に石鹼《シャボン》を渡して三成は大坂へ帰った。

四

慶長三年八月十八日、伏見《ふしみ》城において豊臣秀吉が死んだ。

密葬をすませた三成は、大坂の自邸へもどり、石鹼で手を洗った。縁先のつくばいの水を柄杓《ひしゃく》で汲み、何度も繰り返し洗う。

草色の石鹼が、手のなかで溶けて泡立った。

（豊臣家のゆくすえは、わしの肩にかかっている……）

石鹼で手を洗いながら、三成はかすかに胴震いをおぼえた。

思えば、豊臣家の天下は、秀吉という燦然と輝く太陽あってこその天下であった。秀吉亡きあと、その政権を受け継ぐべき秀頼は、いまだ六歳の幼児にすぎない。徳川《とくがわ》家康《いえやす》、前田《まえだ》利家《としいえ》、毛利輝元ら、戦国乱世を図太く生き抜いてきた諸大名を統《す》べる力など、あろうはずもない。

秀頼を無事に、

——天下人

たらしめるためには、秀吉のもとで政務を取り仕切ってきた三成が、補佐役を果たさねばならなかった。

（警戒すべきは家康だ……）

五大老筆頭にして関八州二百四十二万石の太守、徳川家康が天下取りにひそかな野心を燃やしていることは、三成のみならず、衆目の一致するところであった。

生前の秀吉も、家康を恐れ、秀頼への忠誠を誓うむねの起請文を一度ならず提出させている。家康は、表面上、律義者をよそおい、秀頼に従うそぶりをしていたが、それが見えすいた演技であることは、炯眼《けいがん》な三成にはわかりすぎるほどわかっていた。

（いずれ、家康は動く）

三成は、石鹼を強くこすった。

三成にとって、秀吉が遺した豊臣家の天下をおびやかす者は、何者によらず悪であり、三成自身はその悪を懲らすことに、おのれの存在意義を賭けていた。

秀吉の密葬がすんで間もなく、三成は朝鮮出兵の軍をすみやかに撤収すべく、九州博多へ下った。

博多の奉行所へ入った三成は、徳永寿昌《とくながひさまさ》、宮木豊盛《みやきとよもり》らを代官として朝鮮へ渡海させ、秀吉の喪をかたく秘して軍勢を引き揚げるよう、諸将に伝えた。

朝鮮で長い合戦をしいられていた加藤清正、黒田長政《くろだながまさ》らは、勢いづいた朝鮮、明《みん》の連合軍に追われるように総撤退した。

柿の実が朱色に染まり、やがて、木枯らしが博多の町を吹き抜けた。

重い役目をひとつ果たし終えた三成は、博多の豪商神屋宗湛から、一客一亭《いっきゃくいってい》の茶会に招かれた。

「石鹼《シャボン》の匂いがいたしますな」

屋敷内にある〝竜華庵《りゅうげあん》〟と名づけられた三畳台目の茶室で三成と対座した宗湛は、そう言ってかすかに目をほそめた。

神屋宗湛は四十七歳。

三成より九つ年上の、柔和な顔をした僧形の男である。

「いつぞや、宗湛どのより南蛮渡来の石鹼をいただいてから、すっかりあれが癖になってしまった。近ごろでは、堺の薬種商のもとからしばしば取り寄せている」

「申して下されば、手前が博多より急ぎお送りいたしましたものを」

宗湛は目尻に皺《しわ》を寄せてうっすらと笑い、白い湯気を上げる平釜から湯柄杓で湯をすくった。

茶碗は、唐渡りの油滴天目《ゆてきてんもく》である。

床の間に掛けられた掛け軸は、瀟湘夜雨《しょうしょうやう》。花入は天竜寺手の青磁。茶入は天下の名物、博多文琳《ぶんりん》であった。

いずれも、ひとつで数千貫の値がつく高価な茶道具ばかりである。博多一の豪商といわれる宗湛の財力のほどが知れよう。

亭主の宗湛があざやかな手さばきで茶を点《た》て、三成の膝もとに油滴天目の茶碗をすすめた。

「まずは一服」

「馳走になろう」

三成は作法どおりに茶を飲んだ。

「動いておりまするな、雲が」

竹連子《たけれんじ》窓のほうに、宗湛がちらりと目をやった。

三成が見ると、窓の向こうの澄みわたった空に、白く光る綿雲が風にあおられて流れていく。

「あの雲のごとく、天下も風雲急を告げそうな勢いでござりますな」

「天下に波乱を起こそうとしている者がおる。わしは、それを未然に食い止めねばならぬ」

「徳川どのでございますな」

「うむ」

三成は茶碗をもどした。

「合戦は何としても避けたいと思っているが、万が一、いくさとなったとき、そのほうら博多の商人衆はいずれにつく」

「申すまでもござりませぬ。われら博多衆は、故太閤殿下に格別の御恩をたまわりました。豊臣家安泰のためには、いかなる助力も惜しむものではありませぬ」

「武将よりも、お前たち商人たちのほうがよほど忠義じゃな」

三成は笑った。

人から冷酷で情のない男と思われているが、三成自身は案外、情にもろいところがある。もろいからこそ、それをおもてに出さぬようにつとめている。

「そのときは頼むぞ、宗湛」

「心得ておりますとも。矢銭の御用から武器の調達まで、この宗湛に何でもお任せくださりませ」

「博多で、五大老の毛利輝元どのや宇喜多秀家《うきたひでいえ》どのにも会った。朝鮮から引き揚げてきたばかりで、まだ事態の急変にとまどっているようすだったが、徳川がことを起こしたときには、ともに秀頼さまをお守りするであろうと約束してくれた」

「さすがは石田さま、早くも諸将のあいだに手を打っておられましたか」

「相手は古つわものの徳川家康よ。向こうもさっそく、諸将の抱き込みをはじめておるわ」

「太閤殿下がお亡くなりになって、まだ三月もたたぬと申すに、世のうつろいは激しいものでございますなあ」

しみじみと、宗湛が言った。

思いは三成とて同じである。太閤秀吉が死んだことで、世の流れは、秀吉在世中とは一変している。みな、生き残りのために、必死になっているのである。

なかには、秀吉に恩顧を受けた大名でありながら、家康の切り崩し工作にやすやすと乗っている者もあると聞く。

（だが、わしは変わらぬ。ほかの誰が変節しようとも、わしだけは死ぬまでおのが節を曲げぬぞ……）

三成が黙っていると、宗湛が、

「徳川さまと申せば」

あたりをはばかるように声を低めた。

「伏見の出店の者から聞き及んだのですが、徳川さまはだいぶ以前より、紀州根来《ねごろ》の鉄砲の名手をひそかに雇い入れているとのよし。万が一ということもございますれば、くれぐれもお身の回りにはお気をつけなされませ」

「徳川が鉄砲の名手を集めているか……」

三成はふと、堺の摩梨花に会いに行く途中、何者かに狙撃されたことがあったのを思い出した。二年前の秋のことである。

まさか、そのころから家康が自分を狙っていたとは思いたくないが、家康の野心の前に、三成という存在が目の上の瘤《こぶ》であることは間違いない。

「もう一服、茶をいかがでございますか」

「いや、もうよい。茶も過ぎれば、胃の腑に悪いという」

三成はきまじめな顔で言った。

五

三成が上方へ帰還すると、予想どおり、早くも家康が不穏な動きを見せはじめた。

——諸大名の縁組の儀は、御意をもって相定むべしという故秀吉の禁制を公然と破り、伊達政宗《だてまさむね》、福島正則、蜂須賀家政《いえまさ》（小六正勝《まさかつ》の子）との縁組を、つぎつぎと進めたのである。

諸大名との仲立ちをしたのは、家康に近かった堺の茶人、今井宗薫《いまいそうくん》（宗久《そうきゅう》の子）。

大名家同士が縁組することは、取りもなおさず、強固な同盟関係を結ぶことを意味する。ゆえにこそ、秀吉は大名の勝手な婚姻を禁じたのだが、家康はそれをぬけぬけと反故《ほご》にしてみせた。

（厚顔無恥な……）

秀吉の奉行として諸大名の理非をただしてきた三成の目に、それは豊臣政権への反逆の狼煙《のろし》に映った。

慶長四年一月十九日、三成をはじめとする五奉行、並びに五大老の前田利家は、使者を立てて家康を問詰した。

むろん、素直に罪をみとめるような家康ではなく、

「そのことなら、仲人の今井宗薫が届けを出し、とうに許しが下りているものとばかり思っておった」

と、そらっとぼけてみせた。

一方の宗薫は、

「手前は一介の町人にござりますれば、そのようなご法度《はっと》があるのを、つゆ存じませ

なんだ」

巧みに非難の矛先をかわそうとする。

（のらりくらりと言いわけして、既成の事実を作ってしまおうというわけか……）

三成はあらためて、徳川家康という敵のしたたかさ、手ごわさを痛感した。

（しかし、好き勝手にさせてはおかぬぞ）

相手が強硬な姿勢をつらぬくなら、こちらもまた、手段を講じねばならない。三成は、考えぬいたすえ、

——家康暗殺

という、秘策を用いることにした。

「家康の首を取りますか」

備中島の大坂屋敷で、家老の島左近が目の奥を輝かせた。三成に一万五千石の大禄をもって召し抱えられた島左近は、いくさが三度の飯より好きな老将である。

「左近、声が高い」

「これは失礼を」

島左近は悪びれるふうもなく三成の目を見た。

「聞け、左近」

「は……」

「できることなら、わしも家康に正面からいくさを挑みたいと思っている。しかし、敵は関八州二百四十二万石の太守、近江佐和山《おうみさわやま》二十万余石のわしがまともにぶつかっても、とうてい勝てる相手ではない」

「力をもって倒せぬなら、智恵で倒そうというわけでございますな」

「すべては秀頼さまをお守りするためだ。家康の皺首を墓前に供えれば、草葉の陰で、太閤殿下もさぞや安堵されることだろう」

三成は島左近とともに、家康襲撃の策謀をひそかにめぐらし、機会をうかがった。

やがて――。

ときはおとずれた。

三月十一日、病に倒れた前田利家を見舞うために、家康が伏見の屋敷から大坂へおもむき、藤堂高虎《とうどうたかとら》の大坂屋敷に宿を借りたのである。

勢をもって藤堂邸を押しつつみ、家康を亡きものとする、またとない好機であった。

「動くなら今でございます」

島左近は迅速な行動をすすめたが、三成は首を縦に振らなかった。

「勝手に動いては、小西行長《こにしゆきなが》、長束正家《なつかまさいえ》ら、志を同じくする者たちに対して礼を失する。彼らにも相談のうえ、ことを起こそう」

「ぐずぐずしていては、時機《とき》を逸しますぞ」

「しかし、筋は通すべきだ」

三成が、小西行長邸に同志を集めているうちに、この動きが家康側にもれ、加藤清正、福島正則、池田輝政《いけだてるまさ》ら、徳川に心を寄せる武断派の武将たちが兵を引き連れて藤堂高虎の屋敷に詰めかけた。

事ここに至っては、家康襲撃どころではない。三成の計画は失敗に終わった。

その後、天下に重きをなしていた五大老の長老前田利家が病死すると、加藤、福島、池田ら武断派の武将らによって、逆に三成は襲撃を受けることになった。

事前に身の危険を察知した三成は、伏見の家康邸へ逃げ込んだ。事実上の敗北宣言である。

家康は命を助けてやるかわりに、

――隠居せよ

と、三成に迫った。

(無念だが、ここはやむなし……)

三成は息子の重家《しげいえ》に家督をゆずり、佐和山城へ身を引いた。

佐和山退隠後も、伏見、大坂の情勢は、京畿に放ってある忍びから、刻一刻と伝えられてきた。

三成を追い払った家康は、伏見城に入り、さながら天下人のごとく、号令を下しているという。さらに九月には、大坂城西ノ丸へ入って、諸大名の加増転封を勝手におこないだした。

（許せぬ）

とは思ったが、いまのところ、三成は黙って見ているしかない。

（いずれ……）

と、三成は佐和山城の天守から、漣《さざなみ》の広がる琵琶湖を見下ろした。

いずれ、大坂へもどって、天下の政道をただす――それが、天から与えられたおのれの役目だと、三成は信じている。自分には一点の曇りもない。そのことが、どうしてほかの武将たちにはわからぬのか――。

三成は口惜《くや》しかった。

ふと目をやると、白帆を立てた小舟が一艘、あおあおとした湖面を近づいてくるのが見えた。

六

佐和山城の御殿に、三成は思いもかけぬ客を迎えていた。

摩梨花である。

昨年の太閤秀吉の死去以来、三成は多忙をきわめ、摩梨花に会っていなかった。とはいえ、細かなことに気のまわる三成は、堺宿院町への金子《きんす》の仕送りだけは欠かしていない。

「来るなら来るで、なぜ、使いをよこさなんだ……」

「不意に思い立ってやって来たのです。大津《おおつ》の湊から柴を運ぶ丸子舟に乗ってまいりましたが、ずいぶんと風光のうつくしいところでございますな」

摩梨花は、少し太ったようだった。そのぶん、かつての険のある冷たさが影をひそめ、柔和な女らしさが匂い立つようになっている。

三成がそのことを口にすると、

「そう言うあなたさまは、お痩せになられました」

摩梨花は三成を見返した。

「いい気味と思うているだろう、摩梨花」

「なぜです」

「そなたの恨んでいた男が大坂を追われ、退隠の身となったのだ。そなたばかりでなく、わしを恨む多くの者どもも、それ見たことかと嘲笑《あざわら》っておる」

「もはや、あなたさまに対する恨みはありませせぬ」

「なに」

女の意外な言葉に、三成は目をみはった。

「わしを恨んでおらぬと……」

「はい」

摩梨花は楚々《そそ》たる微笑を浮かべ、

「もしかしたら、ずっと以前から、父が死んだのはあなたさまのせいではないと、わかっていたのかもしれませぬ。されど、誰かを恨まねば、石榴《ざくろ》のように引き裂かれた心を癒すことができなかったのです」

「摩梨花……」

「あなたさまの仰せになることは、いつでも正しい。理にかなっております。それでも、人は筋道の通らぬ思いにとらわれることがあるのです」

「何を言っておるのか、わしにはよくわからぬ」

三成は摩梨花の手を握り、そばへ抱き寄せた。肌理《きめ》のこまかいうなじが、目の前にあった。

「そう、あなたさまには、おわかりにならないでしょう。だから、人に憎まれる」

「わしが嫌いか」

「嫌いだったら、こうしてたずねてまいりませぬ」

摩梨花は木洩れ日の落ちる障子に目をやった。

「私欲のない、ひたすらに真っすぐな三成さまをお慕い申し上げております」

「佐和山で暮らせ、摩梨花。そなたのため、部屋を用意させよう。佐和山には、そなたの義理の兄の舞兵庫《まいひょうご》もおる」

摩梨花の姉婿の舞兵庫は、かつての名を前野兵庫といい、関白秀次事件に連座して浪人暮らしを送っていた。それを、一年前に三成が拾い上げ、五千石の侍大将に取り立てていた。

「それはできませぬ」

摩梨花が小さくかぶりを振った。

「いやか」

「申しわけございませぬ」

「やはり、わしを恨んでいるのだな」

「いえ」

「では、なにゆえ……」

「あなたさまは遠からず、いくさをなさるおつもりでございましょう」

「………」

三成は返答しなかった。

しかし、摩梨花の言葉は当たっていた。じつは、三成は会津《あいづ》百二十万石の上杉景勝《うえすぎかげかつ》の宰相、直江兼続《なおえかねつぐ》と結び、東西で呼応して兵を挙げる企《くわだ》てを押しすすめていた。

（このいくさは勝てる。負けるはずがない）

三成の計算では、豊臣家に恩顧のある諸国の大名は、なだれをうって三成の軍に加わり、味方の勝利は間違いなかった。げんに、五大老の毛利輝元、宇喜多秀家らは、三成と密書を取りかわし、すでに助力を約束している。

「おなごには、いくさのことはわかりませぬ」

摩梨花が三成の襟もとに指先を這《は》わせた。

「しかし、いまのあなたさまの胸のうちには、徳川を倒すことしかない。わたくしの棲《す》む場所など、どこにもないでしょう」

「そなたの申すとおりだ」

女の肩を抱きながら、三成の目は遠くを見ていた。

「しばし、待っていてくれ。わしは徳川に勝ち、そなたを迎えに行く」

三成との別れを惜しみながら、女は堺へ帰っていった。

天下分け目の関ヶ原合戦がおこなわれたのは、翌慶長五年、秋のことである。

会津の上杉景勝征伐のため、家康が遠征軍をひきいて江戸へ下ったすきに、三成は佐和山から大坂へもどり、挙兵した。

徳川家康を総大将とする東軍、八万九千。対する三成の西軍は、八万二千。文字どおり、天下を二分する両軍は、九月十五日早暁、霧の立ち込める美濃《みの》国関ヶ原《せきはら》の地でぶつかり合った。

当初、戦況は一進一退を繰り返した。

両軍は死力をつくして戦い、戦端がひらかれてから二刻（四時間）以上たっても、勝敗は決しなかった。いや、むしろ西軍のほうが、やや押し気味に戦いを展開していたと言っていい。

その西軍有利の流れをがらりと変えたのが、関ヶ原を見下ろす松尾《まつお》山に陣をしいていた小早川秀秋《こばやかわひであき》であった。

秀吉の正室、北政所《きたのまんどころ》ねねの甥にあたる秀秋は、西軍方に属して関ヶ原に参戦していたが、かねてより東軍への内応の気配があり、動きが疑問視されていた。

その小早川秀秋が、最後に裏切った。さきの朝鮮の役での行動を三成にとがめられ、左遷されたことを秀秋は深く恨んでいたのである。

小早川隊の寝返りにより、西軍は一挙に崩れた。

大谷吉継《おおたによしつぐ》隊、全滅。小西行長、宇喜多秀家隊敗走。三成の本隊も激闘のすえ、島左近、舞兵庫らがつぎつぎと戦死した。

戦いは決した。

三成は、生き残った家臣たちと別れ、ひとりで伊吹《いぶき》山中を逃げた。

（負けるいくさではなかった……）

胸に、無念の思いがある。逃げ延びて、いずれ再起を期すつもりだった。

しかし、徳川方の落人狩りの手は、伊吹山中の洞窟にかくれていた三成にも及んだ。

捕らえられた石田三成は、敵将徳川家康の吟味を受け、大坂と堺の辻々を引きまわされたすえ、京の六条河原《ろくじょうがわら》の刑場へ送られた。

『明良洪範《めいりょうこうはん》』によれば、刑場へ向かう途中、三成は警固の役人に、

「喉が渇いたゆえ、白湯《さゆ》がほしい」

と、訴えたという。

役人は三成の望みを聞き入れ、近くの民家へ走ったが、あいにく湯を沸かしている家がない。やむなく、柿を手に入れてもどってきた。これでも食べよと役人がすすめると、三成は生まじめな顔で、

「柿は痰《たん》の毒だ」

と、断った。これから首を刎《は》ねられる者が何を言うと、役人はせせら笑ったが、

「大義を思う者は、死のまぎわまで一命を惜しむ。生きているかぎり、最期の一瞬まで本望を遂げようと願うからである」

三成は毅然として言い放った。

また、異本には、こんな話もある。

柿を拒否して刑場へ着いた三成の面前に、群衆のなかから、妙齢の女が進み出た。女は、警固の侍たちに押し止められながらも、必死の形相で近づき、

「これで手をお清め下さい」

と言って、ふところに納めてきた石鹼《シャボン》を三成に差し出した。

三成は役人に願って縄を解いてもらうと、桶の水を用いて石鹼を泡立て、指の股のあいだまで一本、一本、ていねいに洗い清め、従容《しょうよう》として斬首された。

石鹼を渡した妙齢の女は、摩梨花であったにちがいない。

直江山城守

——直江兼続——

尾﨑士郎

尾崎士郎《おざきしろう》（一八九八～一九六四）

愛知県生まれ。早稲田大学中退。中学生の頃から政治に関心を持ち、東洋経済新聞社や売文社などでジャーナリストとして活躍。一九二一年に時事新報の懸賞で「獄中より」が二位入選したことで作家活動が中心となり、自身の半生をモデルにした大河ロマン『人生劇場』は大ベストセラーになる。歴史小説にも力を入れ、『篝火』、『石田三成』などで関ヶ原の合戦を多角的に描き、『吉良の男』などを通して悪役とされてきた吉良上野介を再評価したことでも知られる。伝説の力士を描く『雷電』を執筆するほどの相撲好きであり、横綱審議委員も務めている。

一

私（作者）が、史上の人物としての直江山城守《なおえやましろのかみ》に心をひかれてから早くも二十余年が過ぎている。その頃、関ケ原《せきがはら》に関する史実について、私は自分の手で渉猟《しょうりょう》し得るかぎりのものを渉猟した。上杉《うえすぎ》（景勝《かげかつ》）と直江との人間関係に重点をおいたことはもちろんであるが、関ケ原敗戦によって、当然、本領没収の上、断絶となるべき上杉のために、戦後、兵をおさめてから上洛して、単身、家康《いえやす》に会見し、景勝を百二十万石の若松《わかまつ》から、三十万石の直江領、米沢《よねざわ》へ転封させることによって、ともかくも主家を安泰ならしめたということは大した器量というべきである。

当時の私の解釈をもってすれば、直江が家康の大軍を東北に誘引したことは、必ずしも石田三成《いしだみつなり》の蹶起《けっき》を予想したからではない。直江山城と三成とのあいだに、もし暗黙の了解があったとすれば、それは大坂城を中心とする家康討伐の挙兵体制が整備し、西軍に号令すべき表面の総帥、毛利輝元《もうりてるもと》が大坂西城に入ってからである。関ケ原合戦は、もちろん一夜にして生じた遭遇戦であるから、この一戦が天下分け目の決戦になるということを直江が予知する筈はなかった。上杉方は、唯《ただ》、武門の誉《ほま》れを全《まっと》うしようとする念願だけで、家康麾下《きか》の全兵力に加うるに、全国に散在する豊臣《とよとみ》系統の諸将六十人を集結した大軍団を向うに廻して、堂々と雌雄を決しようとしていた、――というのが、史家の常識とされているが、直江山城守と石田三成とのあいだに頻繁に密偵が往復して、形勢の熟するのを待っていたという伝説については、これを立証するに足るべき根拠はない。私（作者）もまた、史実に基《もと》づく解釈としては、会津の蹶起と大坂の挙兵とは、まったく偶然の作用が一致したにすぎぬと考えていたが、その後、彼の人物に対する認識を深めるにつれて、この日本全土をゆすぶり動かした大変乱が、短日月に発生したと、あっさり片づけるがごときは、まったく誤りであると考えざるを得ないようになってきた。

二

実証すべき手がかりがないから、歴史的根拠を明示することはできないが、背後に伊達《だて》（政宗《まさむね》）と最上《もがみ》があり、この両軍閥を抑えることさえ容易ではないのに、当時、越後から若松に転封されたばかりの上杉家の財政は極度に窮乏を告げていた。正確な調査によっても、上杉家が戦意をかためたときに、戦費として調達し得べき金は黄金一千三百七十六枚、――これをその頃の金額に換算すると六千八百八十両を数えるのみである。重臣ではあるが一千石どりの一部将である、藩中切《き》っての吝嗇漢《りんしょくかん》として儕《せい》輩《はい》から軽侮の的となっていた岡野左内《おかのさない》が、爪の垢をためるようにして蓄積した永楽銭一万貫を、軍費として気前よく投げだしたことによって士気の昂揚したということが後世の話題として残っているくらいだから、この話は嘘ではあるまい。これは、ひとり上杉だけではなく、新封土の民が、領主に対して親しみのうすいのは当然のはなしである。その上、前年度からひきつづく東北一帯の飢饉は福島全土に浸潤《しんじゅん》していた。着任早々、直江は主君景勝を説いて、民百姓の歓心を買うために雑役免除令を出したばかりのときである。陪臣《ばいしん》ではあっても三十万石の米沢城主であり、前主謙信《けんしん》以来、周到な用意と綿密な計画によって上杉家を守りとおしてきた戦国第一の器量人といわれた直江が、何故、こんな無暴な戦を誘発したのか。いかに巧妙な戦略を組み立ててみたところで、会津一藩の兵力をもって、家康の主力五万、これに加担する豊臣系の五万、これに伊達と最上を加えた合計、十五六万に及ぶ大軍を撃破することができるものではない。

仮りに作戦に成算があったとしたところで、地の利を得ないだけではなく、永年住み古した越後とはちがって、戦陣の地勢に通暁していない新封土に、飢餓に瀕する領民を擁しながら、長期の戦闘に堪え得るかどうか。直江山城守ともあるべきものが一時の快をむさぼることによって上杉家を危殆《きたい》に陥らしめることを勘定に入れないという法はあるまい。バカげた戦争を起す筈のないことは明白である。

してみれば、直江は会津征討軍の編成される前から、上国に変の生ずることを知っていたと考えるべきが至当であろう。至当どころではない。当時の人間関係を中心にして、これを心理的に追究してゆくと、この変乱の張本人は家康でもなければ石田でもなく、実は直江山城守そのものであるという結論に到達せざるを得なくなってくるのだ。

伏見《ふしみ》に残された記録によると、景勝と結城秀康《ゆうきひでやす》とのあいだには親交があり、この二人は直江をはさんで、機会あるごとに酒を呑んだり、連句の会を催したりしている。直江を戦国の器量人とすれば、宇都宮《うつのみや》城主である結城秀康は、正しく戦国第一の、驕《きょう》慢児《まんじ》である。時と時世によっては、秀忠《ひでただ》を圧して徳川《とくがわ》二代将軍となるべき男だ。家康の次子として生れ、秀吉の養子となるべく運命づけられた彼が、覇気と胆勇にめぐまれた豪傑であったことは、世にときめく内大臣の御曹子として、必ずしも父家康の寵《ちょう》遇《ぐう》を受くるに適当な条件を備えているとはいえなかった。

秀康の秀は秀吉《ひでよし》の秀であり、秀康の康は家康の康である。名門の家に生れた彼は、生れながらにして自分の能力に制限を加えられたようなものである。もし、彼が足軽の小倅として生れたとしても、秀吉の養子になるよりは、まだしも、はるかに生甲斐《いきがい》があった筈である。だからといって彼は関白秀次《ひでつぐ》の二の舞を演ずるような無細工な男ではない。

むしろ、自分の運命に、あっさりと見切りをつけた彼は、どこかに骨っぷしのありそうな男を見つけてきては進んで交《まじわ》りを訂《てい》した。直江と彼とが意気投合したのは自然の帰結であろう。石田は彼の意中の男ではなかったが、叛骨稜々《はんこつりょうりょう》たる石田の政治力に対して彼は一目置いている。この三人が、直情径行の上杉を挟んで、一杯機嫌の大言壮語を繰返している情景は、それだけですでに風雲の影を宿していると解釈しても差支《さしつかえ》あるまい。

小早川隆景《こばやかわたかかげ》の存世中、藤原惺窩《ふじわらせいか》が、隆景と直江を比較して、共に戦国第一流の人物であるが、隆景を君子とすれば、直江は奸雄《かんゆう》である。君子は、いかに天下を極むる眼識があったとしても、おそらく一国の主たることに満足するであろうが、奸雄は志の動くところを防ぐわけにはゆくまい、といった言葉は、一面、直江の人物を看破し得たものというべきであるかも知れぬ。

直江は、しかし、三成と結んで会津に烽火をあげたのではない。唯、当然、そうなるべきことを予想しただけのことである。バクチ（賭博）といえば、世にも恐るべき大バクチであるが、形勢が次第に急を告げつつあることは直江の心眼にありありと映った。大義名分は、家康よりも、むしろ彼の方にある。この快挙に奏効することは新領土の民をして上杉の威権に慴伏《しょうふく》させる結果となることも必定である。

直江の作戦は、白河《しらかわ》表に関東の大軍をひきよせ、勝敗を一挙に決した上で、政治的な解決に乗り出そうというところに眼目があった。会津から白河までは十四里である。関東勢が会津《あいづ》に侵入する道は南山口《みなみやまぐち》と背炙《せぶり》の二つしかない。南山口は会津を離れること僅かに四里であるが、天険にかこまれた山間の隘路《あいろ》は大軍の人馬を動かすのに適当ではない。この道を塞いで、此処《ここ》に謙信以来、歴戦の勇将である本庄繁長《ほんじょうしげなが》の軍八千を配置すれば、山岳戦に自信のない家康は、必ず道を白河表、革籠原《かわごはら》に求めるに相違ない。

そうなれば、勝敗の数は先《ま》ず決したと見るべきだ。直江は、その誘引策として簑沢《みのざわ》口の街道を挟む小丘を切り崩し、ことごとく山林を焼き払って三里四方の凸凹を埋めた。その工事の終るを俟《ま》って、革籠原の西につらなる原野をひらいて、六尺の空樽三千個をあつめ、その上に逢隈《おおくま》川の急流を切って落した。

家康は寡兵をもって奇襲を試みるのではない。正々堂々の攻略軍である。多少遠廻りではあっても、先ず会津に迫る拠点として白河城を手に入れるのが順序である。そのとき、先陣を承る秀忠の大軍を、革籠原におびき寄せ、偽って後退するがごとくに装いながら、敵を次第に密林の中へ誘い込むのである。

このとき背炙の絶頂には、要所要所の高地に大砲を備えた鉄砲組が水も洩らさぬ陣形を保っている。敵がこの地点で砲撃をうけ、全軍の統一を失う頃を見はからって、景勝の率いる主力が関山《せきやま》の蔭から出撃すれば、算を乱して白河城の西南、谷田川《やたがわ》の沼に崩れ落ちるよりほかに道はない。谷田川は長さ二里。泥がふかく、人馬が没し去ったら容易に浮きあがることは不可能である。方向を転じて西に逃れた部隊は南山口に待機する本庄繁長の伏兵の追撃をうけ、偽装の川を渡ろうとすれば馬はたちまち酒樽の陥穽に足を奪われる。

全軍潰滅とまではゆかないとしても、大体注文通りの結果になることは、よほどの狂いが生じないかぎり先ず間違いはないと見ても差支えはない。この混乱の隙に乗じて、上杉の友軍、佐竹義宣《さたけよしのぶ》の前隊五万が、越堀《こしぼり》の線に出て、前隊と後続部隊との連絡を絶てば、急を聴いた家康は必ず本隊の全軍を率いて、鬼怒川《きぬがわ》を渡り、力攻めで南山口に押しのぼってくるに相違ない。

このとき、直江は謙信以来の伝統を誇る三万の精鋭を率いて会津を発し、塩原《しおばら》を経由して那須野《なすの》ケ原《はら》に布陣する。敵の作戦は知るよしもないが、丘陵と沼と泥田に囲繞《いじょう》された山麓は、東に佐竹勢、西に景勝の主力がかためている。直江軍と家康軍とは、いよいよ土俵にのぼって雌雄を決することになるのだ。上杉家の浮沈を賭けての決戦に、土俵の相手は家康である。この劃策《かくさく》が意のごとくゆけば、関東軍の大半は鬼怒川に雪崩《なだ》れ、僅かに退路としては那須、湯本《ゆもと》につづく街道を残すのみだ。

偽って関東軍に随従《ずいじゅう》しながら、信州上田《うえだ》に本拠を占めている真田昌幸《さなだまさゆき》から刻々に通報があって、小山《おやま》に集結した大軍が、案のごとく秀忠麾下の前隊を第一陣として、これを指揮する榊原康政《さかきばらやすまさ》の三河《みかわ》勢は早くも下野《しもつけ》国、大田原《おおたわら》に迫りつつあることが報ぜられた。大田原から白河までは十一里。街道の行程は一日である。——会津の辺境をかためる上杉陣地は、この通報によって色めき立ったが、当然来るべき関東軍は、その翌日も、翌々日も白河に迫る気配はなかった。

三

野州、塩原に待機していた直江の陣に、長沼《ながぬま》の景勝陣から前田慶次郎《まえだけいじろう》が戻ってきたのは、八月二十四日である。大坂城に家康討伐の旗幟《きし》がひるがえり、会津攻略の途上にあった関東軍は、算を乱して江戸へ遁入したという通報が入ったのは、その二日前だ。

「これは解《げ》せぬぞ」

通報は景勝の陣から発せられたものであるが、慶次郎の口上を聴きながら、直江はじっと考え込んでしまった。当然、彼と行動を共にする筈の最上義光《よしあき》の向背が一日ごとに不明瞭になってきたばかりでなく、革籠原に集結する筈のその主力は影も形も見えなくなっていた。

「容易ならぬことになり申したのう、西国の形勢は、まったく五里霧中じゃ、それに、伊達の動きが急に活気づいて来おった、上様には、すぐさま、長沼にて軍議評定を開きたいとの仰せじゃ」

樹立《こだち》のふかい陣営は、湧くような蝉の声につつまれている。前田慶次郎は胴巻をとって、素っ裸体《ばだか》となり、つれて来た家来に背中の汗を拭かせた。

「いや、内府も運が強いからのう——、こうなれば成行にまかせるよりほかに致し方もあるまい」

「内府も運は強いが、殿も強いぞ」

慶次郎は、腰に結びつけていた瓢《ふくべ》をとって、紐の先《さ》きにくくりつけてある盃で、二三杯ぐいぐいと呷《あお》った。

「強いどころか、作戦はみごとに裏をかかれる、これで大坂方が敗れたら、天下を家康に献上するために事を起したようなものじゃよ」

「しかし、向うは向う、こっちはこっちだ、——宇都宮のおさえに結城殿が腰を据えたまま、じっと鳴りをしずめておらるるのは大した腹芸じゃ」

慶次郎は小鼻をぴくぴくと動かした。眉が長く、窪んだ眼が何か底深いものを湛《たた》えて光っている。

「殿」

と、慶次郎がいった。「とにかく長沼は、ごった返している、すぐ立たれたら、ど

「うじゃ」

「うん」

直江は、青葉に照りかえす午後の陽ざしを眩《まぶ》しそうに睨《にら》んで、

「遠い道でもない、その方も疲れているであろう、ひと休みしたらどうじゃ、夕風が立った頃、出かけるとしよう」

伊達から媾和《こうわ》を申込んできたのもつい四五日前である。最上義光からはすでに人質をおくるという降伏申込の文書が届いていた。いつ、どう変るかわからぬような形勢ではあるが、とにかくの彼の作戦は、友軍である佐竹の動きに大きな狂いがあっただけで、一方的には着々と予定どおりに進行している。一つや二つの布石の誤りは大きな盤面の戦局からいえば問題とするほどのことでもなかった。


直江は、そのまま、ひょいと腰をあげ、陣営の中へ入っていったと思うと、半刻と経たぬうちに、鎧に身をかためて出てきた。

「早い方がいい、――慶次、すぐ二人だけで出かけようぞ」

「心得た」


慶次郎がニタリと笑ってみせた。この横柄な男は、前田利家《としいえ》の甥であるが、若き日に、阿尾《あお》の城主を棒に振って、諸国流浪の途にのぼった変りものである。彼が結城秀康の肝《きも》入りで、形式だけでも直江と主従の誓いを交わしてから、早くも六年が過ぎて

いた。

間道をゆけば十里に足らぬ道である。途中で二度馬を休めただけで、日の暮れかたには長沼の本陣に着いていた。山峡の盆地は汗みずくになった雑兵の集団がごった返している。

景勝は殊のほか上機嫌で、安田上総《やすだかずさ》、本庄繁長、千坂対馬《ちさかつしま》、等々の将領が、続々とあつまってきた。

例によって、すぐ酒である。直江が鎧をぬぐと、景勝は数人の小姓に命じて、彼のうしろから大きな団扇《うちわ》で風を入れさせた。

「たった今、通報が入ったところじゃ、関東勢は清洲《きよす》に集結して、すぐ岐阜《ぎふ》攻めにかかるらしい、福島《ふくしま》（正則《まさのり》）の阿呆が先陣を承っているというはなしじゃ」

本庄繁長が口を切ると、すぐ、須田大炊《すだおおい》が声をあげて笑いだした。「まだあるぞ、秀忠の大軍が上田の城攻めでドジを踏んでいる、安房守《あわのかみ》（昌幸）もやるのう」

「そこでじゃ」

と、繁長が一座を、じろりと見わたした。

「これで江戸が、がら空きだということがわかった、すぐ、宇都宮を開城させ、全軍、江戸へ乗込む、どうじゃ、これ以上の良策はあるまい」

伊達も最上も眼中にないという勢《きお》い方である。

「そうもゆくまい、宇都宮が開城するなぞとは夢にも考えられぬ、それに結城宰相は、われ等の味方ではないか」

直江は、わざと景勝の方を向いていった。

「それに、会津を捨てて江戸へ入城したところで、天下の形勢が俄《にわ》かに決するものとも考えられぬ、もし、われ等が江戸に向ったと聞いたら、伊達も最上も若松に入城するであろう、天下を望むのはわれ等の仕事ではない、このたびの決戦も白河口に雌雄を決してこそ、上杉家の名分が立つのではござらぬか、上国の形勢は、まだどう変るかわからぬ」

すると、本庄が、

「これは城州殿（直江）のお言葉とも思われぬ、もし、御異存があらば、某《それがし》の一手をもっても江戸攻めの先陣を承ろう」

「それはそれとして、宇都宮をどうされる？」

「先ず理非を明《あきら》かにして開城を迫る、拒絶されたとしたら、もっけの幸《さいわい》ではござらぬか、城代、蒲生源左衛門《がもうげんざえもん》、一戦に及ぶとあらば相手にとって不足はない、揉みつぶすのに一万と人数は要るまいよ」

「本庄殿」

直江の声は低かったが、語気にはするどい響きがこもっている。

「結城宰相との盟約を忘れたら武門の恥でござるぞ、――上国の変は上国の変、われ等の関わるところではない、もし、上杉が時の余勢に駆られて野心を逞《たくま》しゅうしたとあっては家門の誇《ほこり》をけがすものじゃ、一朝一夕で終る戦さではござらぬ」

須田大炊が横合いから何か言おうとしたのを、直江はぐっと睨み据えたまま、本庄の方を向いた。

「佐竹の変心が確実となった今日、伊達が便々として立ち竦《すく》んでいる筈もあるまい、万が一、宇都宮の兵が動いて、伊達と結んで会津を挟撃するとしたら何とされる、結城宰相が宇都宮にいられてこそ、われ等の面目も立ったのだ、本庄殿、長蛇はすでに逸したのじゃ」

「長蛇？」

「敵は内府でござるぞ、――事を構えて世を戦乱に導くことがわれ等の願いではござらぬ、内府との決戦の機会を失った今日となっては、鋒《ほこ》を転じて奥羽全土をかためることが緊急の仕事ではござらぬか」

景勝は黙々として、直江の言葉に耳を傾けていた。

樹木に掩《おお》われた高原にも山峡にも夕闇がふかく垂れこめている。四周に散在している陣営に焚く炊煙が遠く山の襞《ひだ》を縫って空にのぼってゆくのが見えた。

そこへ、戸村豊後《とむらぶんご》が百姓姿に身をやつした味方の密偵をつれて入ってきた。密偵は信濃《しなの》路から宇都宮を通過してやってきたのである。

「唯今、通報が入りましたぞ」

豊後の声が気忙《きぜ》わしく顫《ふる》えている。「過ぐる二十三日、関東勢の先陣、福島、細川《ほそかわ》、加藤《かとう》、池田《いけだ》の諸隊は岐阜城を陥《おとしい》れ、大垣《おおがき》に向って進撃中とのことでござります」

「なに、岐阜が陥《お》ちた」

本庄繁長の眼がギラリと光った。とたんに評議の席は、水を打ったように、しいんとなった。その静寂の底をえぐるように、日ぐらしの声が湧くように聞えてきた。

四

直江の望むところは天下ではない。唯、家康との決戦である。四十一歳の彼にとって、これ以上の生き甲斐はなかった。それがために彼は全能力を傾けて、家康を那須野ケ原に誘いだす作戦を練った。戦場は彼にとって生死の場である。――彼は自分の性能に反する動き方に運命を托したくはなかった。すでに日本の半ばを領有している家康と正々の陣を張って戦うことが無意味なことはわかりきっている。那須野ケ原の土俵においてこそ、はじめて人間家康を相手にして互角の勝負を決することができるのだ。しかし、その機会を逸したとすれば、もはや、ふたたび、彼の注文をつけた土俵に家康を誘い込むときはあるまい。上杉家の安泰を期することは生れながらにして彼に運命づけられた任務である。彼の情熱がこのような日常的な諦観によって湧きかえるべき筈のものでもない。

岐阜城の陥落から、堰を切ったように俄然として戦局が開東方に有利な動きを示してくるにつれて、大坂方の形勢が日に日に悪化してくることも彼の眼にハッキリ映ってきた。

「内府、いよいよ出陣、かねての調略存分に任じ、正しく天の与うるところと祝着至極に存じ申候《もうしそうろう》」という書き出しにはじまる長文の手紙を佐和山《さわやま》の石田三成からうけとったのは、つい半月前であった。その中に、毛利輝元、宇喜多秀家《うきたひでいえ》とならんで無二の味方としるされてあった越後の堀秀治《ほりひではる》が、堂々と会津攻撃の火ぶたを切ったのは八月下旬である。今まで、うすい靄《もや》のようなものにつつまれていた敵味方の人間関係が徐々に明るみにさらけだされてきたのだ。

すると、これに打ってひびくがごとく、伊達と最上も、媾和の嘆願や、人質の起誓文を反古《ほご》にして、何の臆するところもなく会津に向って進撃を開始した。上田城で防ぎとめられていた秀忠の大軍も、ついに兵をまとめて中山道《なかせんどう》を下っていった模様である。九月に入ると各地の戦闘は、いよいよ激烈になってきた。もはや、江戸城攻略どころの騒ぎではない。政宗の率いる二万の精鋭が白河なぞには眼も呉れず、若松を目ざして動きだした頃には、これに符節を合すがごとく最上の軍勢が米沢に迫ろうとする気配を示しはじめた。直江の意をうけた上杉の宿将、甘粕《あまかす》備後守《びんごのかみ》が、三万の遠征軍を率いて、敵の機先を制するために、山形に向って進撃を開始したのはその直後である。上杉の作戦は、直江の手によって再び、あたらしく立て直された。

唯、微動もしないのは宇都宮の結城と蒲生だけである。もし、宇都宮が動いたとしたら、会津の一角は、たちまち切り崩され、時と場合によっては、戦略上、若松城を放棄しなければならぬような結果を生じたかも知れなかったが、結城は、奥羽一帯の戦況を、上杉方に有利なように家康に向って定時的報告を行うだけで、伊達に呼応して動く気配はなかった。白河口は、今や、まったくがら空きである。

直江の主力は、幾つかの遊撃隊に組み変えられ、米沢に迫る最上の城砦を一つ一つ攻略して、二十二ケ所の敵を撃破すると、たちまち合流して一大軍団となり、最上勢の最後の拠点と恃《たの》む長谷堂《はせどう》包囲に移った。

九月十六日の朝であるから、このとき、関ケ原の決戦が終って、早くも十日が過ぎていた。みちのく（陸奥）の秋はふかい。夜気のつめたさは軍兵の鎧の袖にもしみついている。関西と東北をつなぐ情報網は家康の手によって寸断されているので、形勢はどうなっているのかまったく想像もつかなかった。

城を包囲して十数日が過ぎたとき、仙台から政宗の増援部隊が長谷堂に向いつつあるという通報が入った。

それでなくてさえ、遠征軍の将兵のあいだに倦怠と疲労の色がちらついているのだから、援軍が背後に迫ってからではもうおそい。直江は、最後の手段として、ようやく穂をもたげはじめたばかりの稲を刈りとって味方の進撃に有利な進路をつくる決心をした。

いよいよ総攻撃となれば、街道筋にある民家はことごとく焼き払わねばならぬ。そうなれば、全滅する村も出てくるし、家を失って路頭に迷う百姓たちも見殺しにしなければならぬ。そのために、今まで決行を躊躇していたのであるが、九月二十九日になって、全村に退去令を出して、稲田の刈込みにかかりはじめたとき、若松にいた上《かみ》泉泰綱《いずみやすつな》の家臣、岩出重右衛門《いわでじゅうえもん》が、直江の密命を奉じて大坂に潜入しようとしていた前田慶次郎を伴って長谷堂包囲の陣地にやってきた。

使者の口上は、景勝の厳命により、すぐさま軍をまとめて、景勝のいる白河城まで引返せというのである。

「去る十五日、濃州、関ケ原に東西両軍の決戦あり、西軍は一夜にして総崩れとなりたる趣《おもむ》きでござります」

「それは、おれの知ったことではない」

直江は、不機嫌そうに顔をしかめ、視線を横にそらした。そこは、小高い丘の上だったが、所きらわず生《お》い繁った薄《すすき》の穂が風にまかせてゆれている。そのたびごとに白い穂波は新秋の午後の陽ざしをふるい落した。丘のすぐ下が街道で、馬や牛の背に荷物を堆《うずたか》く積みあげた百姓の群れが列をつくって通りすぎていった。

最後の総攻撃を敢行するために、忍ぶべからざる気持を忍んで民家を焼き払う決心をしたのである。それが、このまま包囲陣を解いて退却するとなったら、唯、無意味に農民たちの生活を混乱させることだけに終ってしまう。

直江山城守の面目は戦場のどさくさの中にだけ存在を明らかにしているのではない。まして最上討伐は会津一藩の自衛的な問題に端を発するものであって、上国の変につながるところは微塵もないのである。

「引けといわれたところで、おいそれと引かれるものでもない、この大軍が後退するとわかったら敵はすぐ追討ちをかけてくるだろう、そうなれば味方は戦わずして全滅だ」

「殿」

と、前田慶次郎が、しょぼしょぼと眼をうるませた。

「お言葉、御尤《ごもっと》もと存じます、景勝公におかれては、殿と一期の酒を汲み交わしたきお考えと存じあげます、徒《いたず》らに軍を返せとは申されませぬ、上杉勢の手のうちを見せて、逃ぐる敵を追わず、さっとお引きあげになったらよろしいかと存じまするが」

慶次郎は、いつのまにか髪を剃って坊主頭になっている。世を小馬鹿にした彼の気持が僧形になると一層ぴったりしたかんじでもあった。

「その方、どこまで行ったか？」

直江も、慶次郎の言葉につり込まれて柔和な相貌になっていた。

「どこということもござりませぬ、坊主になってみると、また役得はあるもので」

慶次郎は苦笑いをうかべた。「それにつけても関ケ原は惜しい戦さでござりましたな、決戦は過ぐる十五日の払暁からはじまり、正午近くまでは、西軍の勝利疑いなしと存じましたが、運に拙《つたな》きときは是非もなきことにて、松尾《まつお》山の金吾中納言《きんごちゅうなごん》の、思いがけぬ裏切りによって、全軍、たちまち総崩れとなり、藤川台《ふじかわだい》の刑部少輔《ぎょうぶしょうゆう》（大谷吉《おおたによし》継《つぐ》）殿はみごとに討死、治部《じぶ》少輔（石田三成）殿、小西摂津守《こにしせっつのかみ》殿、安国寺恵瓊《あんこくじえけい》殿は共どもに生け捕られ、宇喜多中納言は行方知れず、島津《しまづ》少将だけがみごとに敵陣を突き崩して戦場を脱出された模様でござります、もはや、大坂に戦意はなく、いよいよ天下は内府の手中に落ちたものと思わます」

「そうか、今まで肩をすくめていた政宗が急に元気づいてきたと思ったら、なるほどのう」

直江の顔には急に生気があふれてきた。彼は、すぐ重右衛門の方を向いて、

「委細承知仕《つかまつ》ったと、御返事申上げてくれよ、戦《いく》さの後始末をして帰るとなれば、早

くとも五日や六日はかかると見なければなるまい、此処《ここ》まではるばるとやってきて、何の手土産《てみやげ》もなしに帰ったのでは上様に合わす顔もない、せめて政宗の首ぐらいはのう」

声を立てて、からからと笑うと、重右衛門が、ハッといって平伏した。

「殿、総攻撃の先手には」

慶次郎が急に真剣な顔をしていった。「是非とも某をお加え下さいますように。前田ヒョット斎、一生の願いでござります」

「勝手にするがいい」

そういって直江が立ちあがったとき、街道はずれの民家には、もう火がかけられたらしい。北西から吹きつける風に煽られて、藁葺の屋根から黒い煙が濛々《もうもう》と湧きあがった。長谷堂の両側は重畳たる山つづきの道である。直江は、すぐさま城をかこむ丘陵の森林地帯に火をかけた。

総攻撃の令が発せられたのは夜に入ってからである。出撃の準備は、たちまち退陣の用意に一変した。反町大膳《そりまちたいぜん》の部隊二千を二《ふ》タ手に分け、城壁をめざして突撃を開始しているあいだに直江の手兵一万五千は、焔《ほのお》に照らしだされた山道を一糸乱れず粛々《しゅくしゅく》として後退していった。

城の最期は目捷《もくしょう》の間に迫っていたが、直江軍の本隊が退却をはじめたことがわかると、最上軍は城門をひらいて追撃してきた。五六千にある大軍であるが、その前隊は反町大膳の前隊によって、たちまち切り崩された。前隊の陣頭には鎧の上から僧衣を纏《まと》った前田慶次郎が馬上ゆたかに采配を握っている。

同じことが幾度《いくた》びとなく繰返されているうちに、直江本隊の先鋒は翌日の正午すぎには、味方の足場の一つである畑谷《はたや》城に入っていた。

五

白河城内で、全将領をあつめた軍議評定は二昼夜にわたって行われたが、直江は、伊達、最上と和議を講ずべしという消極論を一切斥《しりぞ》け、一層戦備を厳にした上で、書を結城秀康に送り、上杉家の進退を明らかにしてから、若松城死守の決意をかためた。さすがは上杉一族である。関ケ原敗戦の噂は、このとき、民百姓の末にいたるまで伝わっていたが、奥羽の辺境をまもる将兵の士気は、それがためにいよいよ昂揚してきた。

三成、行長、恵瓊の三人が六条河原《ろくじょうがわら》で首を打たれ、その首が獄門にかけられたという通報に接しても彼等はそれほど動揺しなかった。

景勝は毎日、城内にいて、軍議評定が終ると、すぐ連歌の席を設け、酒を呷《あお》りながら、次々と伝えられる関西方面の噂に耳を傾けていた。佐和山が落城すると、まもなく大垣城も陥ち、西軍に味方した大小の大名は一人残らず、本領を没収された。今まで行方の知れなかった宇喜多秀家が、薩摩に逃げ帰った島津をたよって桜島に潜伏していることが発覚し、島津から井伊《いい》と本多《ほんだ》を通じて再三の嘆願があったにもかかわらず、八丈島《はちじょうじま》へ流されたという通報の入ったのは、もうその年も終りに近づいてからである。

島津征伐の事がひとしきり伝えられたと思うと、まもなく、それも沙汰止みとなり、伏見以来の行動が厳密な審議にかけられた上で、とにかく本領だけは昔のままに残されたということが確認されたのは十二月になってからである。

家康は大坂から二条城に移って、全国大名の動向を糺《ただ》し、八方から来る嘆願や釈明を聴いた上で次々と処罰、改易を行っていった。主だった首謀者たち、特に太閤直属の、増田長盛《ましたながもり》、前田玄以《まえだげんい》、長束正家《なつかまさいえ》、長曾我部盛親《ちょうそかべもりちか》に対する糾明は厳しかったが、数えきれぬほどリストにのぼっている戦争犯罪人の処罰も、日が経つにつれて、次第にゆるやかになってきた。一日も早く徳川の天下を実現したいという気持に追い立てられたせいでもあろう。唯、上杉に対する扱い方だけは議論百出して容易に決しなかった。十二月に入って和議懇請の任を帯びた本庄繁長が、景勝の代理として会津から京都にやってきたときは、本多正信が面接し、上杉方の意嚮《いこう》を聴取するだけで、処罰の方法については何の示唆をうけることもできなかった。戦犯調査の会議に列席した家康側近の諸大名の意見もまちまちで、景勝、兼続《かねつぐ》の両名は謀反のキッカケをつくった責任者として当然、梟首《きょうしゅ》獄門にかけるべしというものと、直江だけを斬首の刑に処し、景勝は遠島もしくは永世蟄居《ちっきょ》を命ずべしというものとが対立していた。どっちにしてもろくなことはない。本庄のもたらした和議、停戦の条目なぞを審議にかけるなぞという悠長な空気ではなかった。

剣《けん》もほろろな扱いをうけた本庄が、味気ない思いを忍んで会津へ引返してくると、若松城内はごったがえすような騒ぎである。信夫《しのぶ》口に待機していた伊達の軍勢が、国境を乗り越えて山づたいに若松城に向って進撃中であるという通報に昂奮した城内には、ひとたび鳴りをしずめていた主戦熱がふたたび盛返していた。

その混乱の中で、景勝は、米沢から直江を招き、東北の辺境をかためていた安田上総介、甘粕備後守、岩井備中守《いわいびっちゅうのかみ》、大石播磨守《おおいしはりまのかみ》、等々の宿将を呼び迎えて、直ちに本庄のもたらした返答に対する討議を行うことになったが、本庄のつたえる上方の情報は、彼等の考えているような生やさしいものではない。領土改易なぞはおろかなこと、場合によっては景勝の首までも獄門にかけられなければならない形勢なので、もはや評定に時をうつしている場合ではなかった。どうせ、内府の腹が上杉家廃絶にあるとすれば、若松城に立てこもって敵の来たるを待つよりも、むしろ、会津の全兵力をすぐって仙台を急襲すべしという意見が高まってきたが、直江と、甘粕備後が、西国九州の形勢いまだ逆睹《ぎゃくと》しがたく、関ケ原に出陣した島津でさえも、周囲の噂を裏切って、本領安堵となったほどであるから進んで事を構えるにも及ぶまい。特に結城宰相が家康の側近に加わっているかぎり、今しばらく時機を待つべきが至当であると強調してやまなかったので、諸将の意見は次第に政治的解決の方へ傾いていった。

まもなく、伊達の大軍が若松に向ったというのは虚報で、僅かに国境を警備する人数のあいだに小競合いがあったに過ぎぬということがわかった。米沢にいる直江のところへ宇都宮の秀康の使者がやってきて彼に上洛を促したのはその年が明けてからである。

六

慶長六年になっても家康からは何の通告もなかった。恩賞をうけた全国の大名は、それぞれ国替えの支度に忙殺されている。二月も末になると、京洛には早咲きの梅がまっさかりになった。謝恩、謝罪、入りまじった訪客で二条城《にじょう》は毎日のように賑っていたが、二月下旬のある日の午後、家康の重臣、榊原康政が池田輝政《てるまさ》と同道で家康の居室へやってきた。直江山城守、単身にて大樹公《たいじゅ》に謁見を賜わるために参上いたしましたが、いかが取計らいましょうか、というのである。

その日、家康は、内庭の池に献上の鯉を入れ、縁側に坐って眺めているところだったが、康政の口上をきくと、

「そうか」

といって軽くうなずいてから、

「直江が来よったか、通すがよいぞ、珍客じゃ」

格別おどろいたという様子もなく、むしろ淡々たる態度で、彼の眼は水草のかげを縫って泳いでいる鯉から離れなかった。二人が立ってゆくと、まもなく廊下に衣《きぬ》ずれの音がして、襖《ふすま》がしずかにあいた。家康がちらっと振りかえると、正装した直江山城守が敷居際に坐って両手をついていた。

「遠慮はいらぬ、近う寄れ」

腭《あご》で、自分の前の縁側をさし示してみせた。家康の表情にはもはや戦場の翳《かげ》は微塵も残ってはいない。豊かな頰が福々しく光っていた。

「鯉はいいもんじゃのう、井伊が彦根《ひこね》から送ってよこした」

膝行《しっこう》して縁側に坐った直江の顔に、和《なご》やかな視線を投げながら、家康は手に持った南蛮渡来の眼鏡をかけた。

「米沢は鯉の名所と聴いているが、何か変った料理の仕方でもあるか?」

家康に会見が出来るということさえ意外であるのに、この落ちつきはらった態度にぶつかると直江は気圧《けお》された思いで、たじたじとなった。

「格別変ったこともございませぬ」

「そうか、その方とも久し振りじゃ、中納言（景勝）はどうしておる？」

「おかげをもって、無事に過しております」

「謙信公と二代にわたって上杉家をまもるその方には苦労は絶えぬのう」

うしろの床の間に活けてある臘梅《ろうばい》の花から仄《ほの》かな香りが流れてくる。

何故《なぜ》、こんな途方もないことをいうのか、言葉の裏にある意味を汲みとりかねた直江が、

「実はこのたび」

と、四角張って口を切ると、

「今日は公式の席ではない、何なりと遠慮なくいうがよいぞ、その方、何か家康に注文でもあるのか？」

「は」

池の方へちらっと眼をうつしたとたんに直江は、池の鯉をゆびさした。

「何じゃ、鯉？」

「鯉でございます」

直江の顔には微笑がうかんだ。「某が鯉でござります」

「うまいことをいうのう、俎《まないた》の上に載ったら、その方の勝ちじゃ、そうやすやすと庖丁を加えるわけにもゆくまい」

「恐れながら申上げます、このたびのこと、某、主君、景勝を唆《そその》かし江戸城に弓を引かんといたしたる張本人に相違ござりませぬ、何卒、某をいかようにも御処分下されまするように」

「まア、まア」

家康は眼鏡越しに、直江の顔を正面からじっと見つめた。「むずかしいことを申すな、天下の名魚を生きづくりにして、ぺろりと喰べるというわけにもゆくまい」

「恐れながら、兼続一期のお願いでござります、主君景勝には格別の御配慮賜わりとう存じます」

家康はしかし、それには答えないで、

「その方のことについては秀康から再三の申入れがあった。あの虚《うつ》けものが、きつい世話になったそうじゃな」

「いえ、某こそ」

胸がしまり、眼に涙があふれてきた。家康は、ちらっと見てから、すぐ鯉の方へ視線をうつした。

「家康も運がよかったよ、――考えてみれば危い綱わたりじゃ、小山退陣の隙に、江戸の空巣をその方に覘《うかが》われていたら、このわしも本領安堵というわけにはゆくまい」

直江が黙って頭を下げると、

「よし、よし」

と、家康が、たたみかけていった。「その方の所領は何万石であったかな?」

「恐れながら、某、福島領十二万石、米沢領十八万石を拝領いたしております」

「すると合せて三十万石じゃな」

家康の声の調子が、がらりと変った。「滝をのぼるべき鯉じゃ、もう一度、池の中へ放してやろう、上洛の引出物じゃ」

「ありがたく存じあげます」

「沙汰は追って致すぞ」

片手で眼鏡をはずした家康は、そのまま、ついと席を立っていった。直江の視野は曇って、もう前かがみに、よちよちと歩いて奥の部屋へ消えていった家康のうしろ姿を見ることもできなかった。どっとこみあげてくる気持の底に残るのは唯、負けた、――という感情だけである。

二条城を退出した直江が、伏見の旧邸へ入ると、僧衣をまとった前田慶次郎が待っていた。

「どこもかしこも春でございますな、今日の首尾いかがでございましたか？」

「いや、とても勝負にはならぬ、——さすがに天下は、落ちるところへ落ちるものじゃ」

直江は、そういっただけで、すぐ酒の支度をさせ、興に乗じて懐紙の上へ、矢立の筆をとって、さらさらと書き流した。

のぼれば下る逢坂《おうさか》の関、——と読みあげた慶次郎は、すぐ筆をとって、「誰《た》れひとりうき世の旅をのがるべき」と、即座に上の句を書き添えた。

「閑《しず》かじゃのう」

どこかで鶯《うぐいす》が鳴いている。主従、向いあったまま、しばらく黙々として酒を酌み交わしていたが、やがて、慶次郎が、ふと思いだしたように膝をたたいた。

「今朝は、美《うつ》くしいものを見てまいりました」

「何じゃよ」

「それが、ふと思い立って、京都まで馬を走らせ紫野大徳寺《むらさきのだいとくじ》へまいりました、治部少輔の影塔のある三玄院《さんげんいん》へまいりましたところ、墓地の中は紅梅がまっさかりで、小雨のせいか、参詣人の姿も見えませんでしたが、やっとさがしあてた影塔の前に、十八九でございましょうか、小柄な、眉の濃い、眼の澄みとおった女が、無名の影塔の前に、しゃがんで、じっと伏し拝んでいる姿に心をひかれました」

「それは珍らしい、――治部少輔（三成）が身よりのものでもあろうか？」

「私も、そのうしろ姿に心をひかれ、女の立ちあがるのを待って、呼びとめ、もしや、治部少輔がゆかりのものでないかと訊ねましたところ、下ぶくれの頰に切なきほどのおののきをみせ、唯、生前、おなさけをうけたものでござりますと、答えただけで、逃げるように立ち去りましたが、散りかかる紅梅の下に愁いを含んで消えてゆく女の姿は、一幅の絵でござりました」

「うむ、よき話じゃ、――哀れさがひとしお身に沁《し》みるぞ」

直江は盃をつかんだまま、うしろの柱にもたれ、眼を瞑じた。

七

上洛の引出物じゃ、――という家康の口約束だけで、その後、何の音沙汰もなかったが、瞬《また》くうちに春がすぎて、青葉に聴くほととぎすの声に早暁の夢をやぶられる頃になると、伏見に蟄居《ちっきょ》している直江の心にも次第に焦躁の思いが濃くなってきた。その六月がようやく終りに近づいたとき、本多正信《まさのぶ》から呼び出しがあって、二条城に出向いてゆくと、改めて、米沢三十万石拝領の墨付を渡された。

百二十万石の米沢領は没収されたが、三十万石は上杉に対してではなく直江の支配下におかれたのである。その方一存によってこれを上杉領とするも苦しからずという家康の言葉が正信を通じて申し渡された。

その翌日、直江は降りしきる雨の中を、慶次郎を従え、二人とも乗馬で伏見を出発した。今まで戦乱に痛めつけられていた中山道の宿駅にも、あたらしい建築工事がはじまっているところが多かった。民家の軒下にならんでいる町民の顔には早くも和平に落ちついた喜びのかげがちらついている。

長い旅をつづけて、やっと白河口にさしかかったのは七月のはじめだったが、景勝の布陣した長沼のあたりは夏草が所嫌わず生い繁って、青葉の道は眼もはるかに霞《かす》んでいる。

このあたりは京洛とくらべて気温がずっと下っているせいか、鬱蒼《うっそう》と繁る樹立にからむ藤の蔓《つる》が、梢に伸びて、白い花がまっさかりだった。

二人は馬をおりて、繁るにまかせた雑草の中を彷徨《さまよ》い歩いた。照りつける陽ざしの中に薄の若葉がキラキラと光っている。無言のまま際涯《さいがい》もなくつづく夏草の高原に立っている直江の耳に、そのとき、しいんと迫るように伐木の音が聞えてきた。今は怨みもなければ憤りもない、――悠久をこめてひびきわたる斧の音に直江はじっと耳を澄ました。

柳生刺客状

——柳生宗矩《むねのり》——

隆慶一郎

隆慶一郎《りゅうけいいちろう》（一九二三～一九八九）

東京都生まれ。東京大学仏文科卒。本名の池田一朗名義で脚本家として活躍、映画『忍者秘帖　梟の城』、『城取り』、テレビドラマ『鬼平犯科帳』、『破れ奉行』、『隠密奉行』などを担当する。一九八四年に『吉原御免状』で作家デビュー。網野善彦の歴史研究を援用することでリアルな伝奇世界を作った『影武者徳川家康』、『一夢庵風流記』などの諸作は圧倒的な人気で迎えられ、一九八〇年代後半の時代小説ブームを牽引、後世の作家にも多大な影響を与える。人気絶頂の一九八九年に未完の作品をいくつも抱えたまま急逝、多くのファンに衝撃を与えた。

序ノ段

あいつ、嫌いだ……。

少年は心の中で父を『あいつ』としか呼ばない。ものごころついてこの方、膝に乗せて貰った覚えもない父である。なによりも、じろりと見る眼が、異常に冷たい。明らかに邪魔者を見る眼だった。出来てしまったから、仕方がない。我慢して養ってだけはやろう。だがその内、つぐないはして貰うぞ。父の眼はそう云っている。

あいつ、母さまをいじめにしか来ない……。

父の頭には番《つが》うことしかない。母の部屋に来るとすぐ引き寄せ、裾を割って太い手をさしこむ。母が身悶《みもだ》えして、少年がいるからと拒んでも聴くものではない。却《かえ》って見せつけるように細く白い軀《からだ》を大きく割り、荒々しく責めたてるのである。

あいつ、醜い……。

極端な短足のくせに、でっぷり腹が出て、顔ばかり異常に大きい。まるっきりひき蛙《かえる》だった。

でも、あいつ、怖い……。

少年には五歳年上の兄がいた。母親は違ったが、そんなことは気にもかけず、少年を可愛がってくれた。少年以上に父を嫌い、憎んでいた。

「気をつけろ。あいつは怖いぞ」

なんど度もそういってきかせた。

「俺の兄はあいつに殺された。ありもしない罪をかぶされてな。兄の生みの母も、その時、くびり殺された。あいつを呪いに呪って死んだそうだ。でもあいつは、けろりとしてたたりひとつ受けやしない。蛙のつらに小便だ。あいつはそういう奴だ」

やっぱりひき蛙だと少年は思う。

「私たちはどうしたらいいんですか」

少年が訊くと、兄は唇を歪めて応えた。

「くそくらえだ。そう簡単に殺されやしないぞ、ってところを見せつけてやれ。斬人の法を学べ。いざとなったら、躊躇《ちゅうちょ》せずにあいつを斬れ。俺たちの生きのびる道は、それしかない」

兄の幼名は於義伊《おぎい》といい、於義丸ともいう。顔が黄顙《ギギ》魚という魚に似ていたためだという。この魚はギギウともいい、形は鯰《なまず》に似て小さく、渓水に棲《す》み、捕えられるとギギと鳴くそうだ。ひどい名前をつけるものだ、と少年は思う。そんな名前をつけられたら、誰だって父を憎むだろう。

兄は十一歳の年、羽柴秀吉《はしばひでよし》の養子となって大坂へやられた。ていのいい人質だと、少年の母はいった。

「あのお方は激しすぎます。だからこんなことになった。殿は用心深いお方ですからね。後々ご自分に逆らうかもしれないとお思いになったのでしょう」

兄は養家でも、その激しさを露骨に見せた。伏見《ふしみ》の馬場で馬を責めていた時、秀吉の馬丁が馬を並べて来たところ、無礼者と一喝するなり、抜きうちに斬り殺した。疾駆する馬上でのことである。なまなかの手練ではなかった。

「たとえ太閤殿下の御家人といえども、この秀康《ひでやす》と馬を並べる無礼を致す法があるか」

その激烈な威厳に、馬場にいた者ことごとく蒼然となったという。秀吉はその処置をほめたが、翌年養子縁組をとき、下総《しもうさ》の名門、結城晴朝《ゆうきはるとも》の養子として送り出した。秀吉もまた、子の激しさを嫌ったのである。兄が十七歳の年のことだ。

少年はその一部始終を見ていた。生きのびる法について、兄は間違っているのではないか、と少年は思うようになった。古い家臣にきいたところでは、長兄もまた激しい人柄で、武勇にすぐれていたという。

『こっちがうんと強ければ、手を出す奴なんてあるものか』

兄二人の思想はこれである。だが二人共、父を超えるほど強くはなれなかった。だから長兄は死に、次兄はたかが下総結城五万石の養子にされてしまったのではないか。

強く激しく、は生きのびる法にはならない。少年は肝に銘じてそう思った。

あいつの思うままになってやろう……。

弱さと、律儀さと、従順さだけが、この異常な父の下で生きのびる道であると、少年は思い定めた。だがそれは本来爆発を求める青春にとって、忍苦の道でしかありえない。それでも少年は耐えた。覇気がない、とそしられ、凡庸なお子だと嘲《あざ》けられても、黙々として耐えた。やがて少年は親孝行なお子だと評価されるようになった。とりたててすぐれた点はないが、穏やかで親孝行だ、という。それでいいのだ、と少年は思った。いつか老人のように思慮深い顔になっていた。十七歳の年に結婚させられた。相手は於江《おごう》とも於江与《おえよ》ともいわれる六歳年上の女性である。しかも三度目の結婚だった。二番目の亭主との間には、子供までいた。少年は童貞だった。

ひとを馬鹿にしている。

分懣《ふんまん》やる方なかったが、少年は色にも出さなかった。浮気一つせず、年上の女房の尻に敷かれてやった。

父はその少年を永いこと観察していたらしい。或日、ぽつんと云った。

「猫をかぶるなら、最後までかぶり通せよ」

生れて初めて、少年の頭に血が上った。斬り殺してやりたいと思った。いや、ただ斬り殺すだけでは飽きたらない。鼻を削《そ》ぎ、眼を抉《えぐ》り、舌を切り、はらわたを外にひきずり出して、ゆるゆると死ぬ様を、じっくり見ていてやりたかった。
あいつ、憎い……。
それは少年の執念と変った。
あいつ、いつか殺してやる……。
少年は幼名を長松、或《あるい》は竹千代《たけちよ》。元服して徳川秀忠《とくがわひでただ》と名づけられた。

其ノ一　慶長五年九月

旧暦九月十七日の東山道《とうさんどう》（後の中山道《なかせんどう》）は霧に包まれていた。その霧の中、岐阜赤《ぎふあか》坂《さか》から木曾路《きそじ》に向う道を、ただ一騎、遮二無二《しゃにむに》馬をとばす鎧武者がいる。武者の名は柳生又右衛門宗矩《やぎゅうまたえもんむねのり》。剣名をもって識《し》られた柳生石舟斎宗厳《せきしゅうさいむねよし》の五男。時に三十歳だった。

宗矩はこの年の七月、徳川家康《いえやす》の率いる上杉景勝《うえすぎかげかつ》討伐軍の中にいた。誰の家臣でもない、一介の浪人としてである。柳生家は石舟斎の時、将軍義昭《よしあき》に加担して織田信長《おだのぶなが》と戦い、一敗地にまみれてから、一切の扶持・封禄を失っている。以後柳生谷に逼塞《ひっそく》し、僅かに兵法指南をなりわいとして、細々と暮していた。長男の新次郎厳勝《しんじろうとしかつ》は、二度の戦傷（特に腰にうけた鉄砲傷がひどかった）で、世間に出られる身体《からだ》ではなく、二男の久斎《きゅうさい》、三男の徳斎《とくさい》の二人は僧侶となり、従って四男の五郎右衛門宗章《ごろうえもんむねあき》と五男の又右衛門宗矩だけが、なんとかしてよき主君をみつけだし、高禄で召しかかえられることを望んで、漂泊の旅を続けていた。武者修行といえばきこえがいいが、ありようは職さがしの旅だったのである。五郎右衛門宗章の方は、早々と金吾中納言小早川秀秋《きんごちゅうなごんこばやかわひであき》に高禄で召しかかえられることが出来たが、宗矩の方は諸事うまくゆかない。

二十歳の年に家を出て、丁度《ちょうど》十年、時々は故郷に帰ることはあっても、大半を主君さがしの旅に費して来たことになる。いい加減くたびれていた。そこへこのいくさである。最後の機会かもしれぬと思案して、遥々《はるばる》江戸まで下り、家康に懇願して従軍の許可を得た。

宗矩は六年前の文禄三年に、京都鷹ヶ峰《たかみね》の陣屋で一度だけ家康と会ったことがある。父の石舟斎と共に新陰流《しんかげ》の兵法を演じて見せたのである。そんな些細な手づるしか頼るもののない今の我が身が、なんとも寒々しく、なさけなかった。果して家康は宗矩を覚えてはいなかった。父石舟斎の名を出してどうやら認められたが、

「好きにするがよい」

つまりどこに所属しようと勝手だと云われた。これは兵力としてまったく計算の外にあるということだ。

宗矩は屈辱に顔を赧《あか》らめたが、当時の兵法者はこと合戦となると、所詮それくらい

にしか踏まれていなかったのだ。家康の近くにいて手柄を認められたい一念で、本陣の前衛部隊である本多忠勝《ほんだただかつ》隊の与力となった。

七月二十五日、前日下野《しもつけ》小山《おやま》に着陣した家康は、客将たちを招集し、石田三成《いしだみつなり》とその一統が大坂に兵を挙げたことを告げ、各人の自由な行動を保証した。石田方につく者はついたらいい、中立を保ちたい者は国許《くにもと》に帰ったらいい、と云うのである。客将たちの中には迷う者もいたが、豊臣《とよとみ》家子飼いの福島正則《ふくしままさのり》が真先《まっさき》に家康に味方することを宣言したので、全員揃って家康と行動を共にすることを誓った。

勿論《もちろん》、家康の周到な根廻しがものを云ったのである。

事件を知った宗矩は逆上した。待ちに待った機会が到来したのである。このいくさが天下分け目の決戦になることは明白だった。全国の武将という武将、ことごとくが西と東に分れ、雌雄を決することになる。単に徳川家ばかりではなく、全国の武将の命運が、この一戦に賭けられることになる。小なりといえども柳生家も一個の武将であることを証明出来るのは、この時を措《お》いてほかにはない。宗矩は家康の本陣に押しかけ、柳生一族が総力を結集して家康のために起つ用意のあることを告げた。家康は上機嫌でこの申し出を受け、自分が着陣するまでに大和《やまと》で反石田の兵を挙げるなら、柳生の旧領三千石を復帰させようと約束した。

家康はこの一戦に勝つためにあらゆる手をうった。柳生家だけではなく、木曾義昌《きそよしまさ》の遺臣たちや、もと織田信雄《のぶかつ》の家老で、今は浪人中の岡田善同《おかだよしあつ》、豊臣家臣で僅か三百石の平野長重《ひらのながしげ》にまで手紙を送って、一人でも多くの兵をかき集めようとしている。

宗矩は夜を日に継いで柳生の庄に帰り、ことの次第を告げ、一族あげての蹶起《けっき》を促した。集ったのは石舟斎と新次郎厳勝、そして新次郎の嫡男兵介《ひょうすけ》、後の柳生兵庫助利厳《ひょうごのすけとし》《とし》の三人だった。兵介この時、二十三歳。石舟斎の鍾愛《しょうあい》を一身に受けた涼やかな若者だった。生れてから一歩も柳生谷を出たことがなく、石舟斎と新次郎に幼少から仕込まれた新陰流兵法は、精妙の域に達しているという。宗矩は強い嫉妬を感じた。

宗矩が石舟斎から新陰流の正統を学んだのは、十九の年までである。以後、諸国を流浪しながら、幾度かの戦場働きと決闘によって剣を磨いて来たが、その剣が新陰流の正統から次第に離れて来ていることを、宗矩自身が強く感じていた。石舟斎の眼から見れば、恐らく不純きわまる剣になったと云われるだろう。だが不純にならなければ、今日まで生きては来れなかった、という居直りが宗矩にはある。兵法は人を斬るためにある。そこには純も不純もない。とにかく相手を殺し、自分が生きのびることが大事である。目くらましを使おうと、けれんを使おうと、要は勝てばいい。いわば芸術の剣ではなく、実用の剣である。それこそ兵法の原点ではないか。現在の宗矩は、そう信じていた。

長い沈黙があった。石舟斎も新次郎も、宗矩を凝視したまま、一言も発しない。もとより兵介が口を出すことはない。宗矩は焦《じ》れた。重ねて激しく蹶起を促した。柳生家の興廃はこの蹶起にかかっている。このいくさに勝てば、柳生一族の立身出世は意のままであろう……。

石舟斎が話の腰を折った。

「石田方の兵数はどれほどだ」

「八万五千とも十万ともいいます」

「徳川殿の着陣に先だって兵を挙げよというのだな」

「当然でしょう。それでなくては手柄になりません」

「誰の手柄だ」

「誰のといわれましても……それは柳生一族すべての……」

「違うな。手柄は、又右衛門、お前一人のものだ」

「…………」

「立身出世もお前一人のものだ。違うか」

「手前が立身すれば、当然一族の者たちも……」

石舟斎がゆったりと手を振った。

「その時は一族の者の大半は死んでいる。立身も出世もあるわけがない」

「そんな……」

「今、柳生が起つとして、集められる兵はせいぜい五百。それで八万五千とも十万ともいう石田方を討てというのか」

「それは全軍の数です。われらが相手にするのはたかだか千か二千……」

「五千だ。わしが石田殿なら、五千を割《さ》いて短期の総攻めを選ぶ。或は一万。とにかく徳川殿御着陣の前に片をつけたい」

「………」

「それでも柳生一族が生きのびられると、お前は云うのか。本気でそう思うのか」

「………」

「思いはすまい。お前も徳川殿も同じだ。柳生谷の者など、ただの捨て駒にすぎぬと思っている。徳川殿にとって、五百ばかりの手駒など失っても、なんのさし障りもない。しかも三河《みかわ》譜代の精兵ではなく、名もなき地方の一族だ。それによって石田方の兵力を千でも二千でも減らすことが出来れば、なにがしか、いくさは楽になろう。それほどの軽い気持でいるにきまっている。お前も一族の者ことごとく死に絶えても、それで自分の立身の道が開ければいいと思っている。違うか」

「違います。手前は真に一族の繁栄を願って……」

「死んだ者に繁栄も栄誉もない。わしらにとって柳生谷五百の兵は、断じて捨て駒ではない。また、お前の口車に乗って新陰流の道統を絶やすつもりもない」

「手前が世にある限り、道統が絶えることはありません」

「お前の剣では、新陰の道統を継ぐことは出来ぬ」

それで終りだった。石舟斎は柳生谷の一兵といえども動かすことを許さなかった。その上、兵介と試合をすることを命じた。

宗矩は絶望感に歯がみしながら、ひきはだしないをとって兵介に対した。

ひきはだしないとは、上泉伊勢守《かみいずみいせのかみ》の創案になる、新陰流独特の稽古用具である。長い袋状につくった馬又は牛皮の中に、二つ割りないし四つ割りの破竹を仕込み、皮には薬粉をまぜた漆を塗って強化してある。漆を塗ることで皮に皺が生じ、ひき蛙の肌に酷似したところから、ひきはだ、と称されたのである。柄《つか》の長さ七寸、刀身の長さ二尺五寸、あわせて三尺二寸が定寸とされた。

兵介はそのひきはだしないを右手にだらりと下げて立っている。新陰流にいう『無《む》形《ぎょう》の位』である。新陰流では『構え』という言葉を使わない。構える、という観念そのものを否定している。だから『位』という。『無形の位』は、構えた相手の虚をつくものである。なんの防禦《ぼうぎょ》態勢もとらぬ、隙だらけの形に見えるからだ。そのままするすると自然な足どりで間《ま》を詰めて来る。

宗矩は腹の底で、せせら笑った。兵介はそのまま『間境い』を越え、こちらが慌てて一撃するのを待って、後《ご》の先《せん》をとるつもりでいる。だがそれには、『間境い』を越える瞬間に、既に相手の意図を鏡に映すように読んでいなければならぬ。あたかも水が月を写すようにというので『水月』と名づけられた秘伝を、兵介は使おうとしている。だが、たかが道場で学んだ兵法で、戦場を駆け廻って身につけた自分の変化の剣が読めるわけがない。兵介は石舟斎に最も似ているといわれている。体軀《からだ》も剣も酷似していると云う。今の宗矩にとって、石舟斎は憎悪の対象以外の何物でもない。

十年来の野望を、その達成を目前にして、微塵にうちくだいた男。自分を非道の人間として罵った男。新陰流の道統を継ぐに値しないといい切った男。そんな男が何が父か。自分の立身を妨げる仇《かたき》ではないか。そしてその父に愛されているこの兵介も、いわば仇の片割れである。よし。やってやる。宗矩は残忍な気持になった。得物が木刀でないのが残念だが、ひきはだしないでも、打ち手によっては、相手を不具にするくらいのことは出来る。宗矩の脳裏に、新次郎厳勝と並んで歩いている兵介の姿が浮んだ。親子揃って、ひょこたんひょこたん、肩を大きく上下させながら、足を曳《ひ》いて歩く姿が。くるぶしだ。くるぶしを砕いてやる。

宗矩はわざと大きく太刀をあげ、八双に近い構えをとった。それを更にあげる。後年の薬師丸《やくしまる》流にいう『とんぼの構え』に似た形である。この構えからは、脳天唐竹割りか、袈裟にかけるか、二つの斬撃しかありえない。兵介はそう読んだに違いなかった。正統新陰流を学びながら、こんな異風の構えをとる叔父を、内心軽蔑していたかもしれない。

兵介は無造作に『間境い』を越えた。但《ただ》し、足だけである。上体は微妙に『間境い』の外に残している。上段からの斬撃を皮一枚にかわして、その拳《こぶし》を打ち砕くつもりでいる。兵介の予想通り、宗矩の剣が上段から降って来た。凄まじい速さである。それだけなら、兵介は苦もなくかわし、狙い通り宗矩の拳を打った筈だ。だが宗矩の動きは、兵介の予想を裏切った。身体全体が、急速に剣と共に沈んだのである。両膝を床につかんばかりに落し、ふりおろした剣は、正確に兵介の左くるぶしを打った。兵介の剣は、その寸前に、宗矩のむきだしの肩を打っている。

目標までの距離の違いがそうさせたのだ。得物が真剣なら宗矩は即死し、兵介は足一本を失って尚も生きている。そんなことは宗矩は百も承知だ。ひきはだしないだからこそ、こんな攻めをしたのである。宗矩の肩の打撃は耐え得る打撃だった。それに反して、兵介の左くるぶしに対する打撃は、強烈を極めた。距離の差は加速を倍にする。しかも宗矩はこの打撃に渾身の力を籠めている。いやな音と共に左くるぶしが異様な角度に曲り、兵介は横ざまに倒れた。

石舟斎が立った。激怒の眼である。

「又右衛門。相手をせい」

「いや」

新次郎厳勝が、素早く兵介のくるぶしを元の形に戻しながらとめた。
戦慄が宗矩の背筋を走った。宗矩はこの長兄の不具者の刀法の恐ろしさを知ってい
る。この兄は不具という欠陥を、逆に恐るべき武器に変えていた。予測しがたい角度
に身体が傾き、予測しがたいところから剣が襲って来る。常人に受けられる剣ではな
かった。宗矩は素早くひきはだしないを棄てた。
「私がやります」
「即刻退散仕《つかま》つります。至急家康公のもとに馳《は》せ戻り、柳生谷の起たぬ、いや、起て
ぬ事情を申上げねばなりません。公のお怒りを買えば、柳生谷は殲滅《せんめつ》される。それこ
そ五百どころではない。女子供まで悉《ことごと》く殺されますが、それでもいいのですか」
明らかに恫喝だが、実現について一分の可能性が残る限り、石舟斎も新次郎も敢《あえ》て
動くわけにはゆかなかった。宗矩は無事に柳生谷を出た。
だがこのままでは家康の前に出ることは出来ない。宗矩は、有金をはたいて無頼の
百姓を二十人ばかり雇い入れ、家の蔵から持出した胴巻を着せ、槍・野太刀などを持
たせて、家康のもとに馳せ戻った。石舟斎病《やま》いのため蹶起不可能と告げる宗矩の顔は、
冷や汗にまみれていた。家康は口もきいてくれなかった。払いのけるような仕草で、
手をふっただけである。これで三千石復帰の夢も潰《つい》えた。
九月十五日の関ヶ原合戦に、宗矩がどれほどの働きをしたかは、不明である。本陣

に迫った敵を迎え討って八騎まで斬った、と書いたものがあるが、どれだけ信憑性があるものか分からない。関ヶ原《せきはら》関係の史料に、宗矩に関する記述は一行もない。

第一、素姓もしれぬ兵卒二十人ばかりをつれた浪人が、家康の本陣にいられるわけがない。三河譜代の近習《きんじゅ》・使番が、隙間なく家康のまわりをかためていた筈である。

実際は宗矩は本多忠勝の陣内、しかも最後尾にいた。金で雇った無頼たちは、こんないくさに命を賭けるつもりはさらさらなく、勝手に安全な後尾を選んで動かなかったためである。こんな兵卒をつれた指揮官が、手柄などたてられる道理がない。宗矩は戦闘が始《はじま》る前から投げていた。だからはやる気持もなく、いわば傍観者の眼でのんびり周囲の動きを見ていた。まさに戦闘開始という辰の刻（午前八時）近く、その傍観者の眼が、異常な徴候を捕えた。

先《ま》ず侍大将本多忠勝の表情・動作すべてが異常だった。家康の本陣に出かけていったかと思うと、すぐ戻って来た。顔色は蒼白で、言葉さえ吃《ども》りがちである。指先が震えている。そして本陣にとどまる必要が起きたといって、隊の指揮を腹心の部将に委《まか》せた。御先手《おさきて》侍大将のすることではない。異常もいいところである。部将にこれから先の動きようを、こと細かに指示すると、再び本陣に馬を返す。咄嗟《とっさ》の判断で、宗矩は忠勝を追った。

忠勝の供のような顔をつくり、本陣の旗本の面々をかきわけ、どこまでもついてゆく。忠勝はよほど動転しているらしく、宗矩にまったく気づいていない。これもまた異常だった。忠勝は徳川家随一の剛勇で鳴る歴戦の武将である。しかも勘働きが鋭く、そのお蔭で徳川軍団は幾度も危機を乗りこえている。勘働きを生むのは沈着さである。常に平常心を保っていなかったら、勘が働く余地がない。そして平常心を保っていて、こんな明《あか》らさまな尾行に気がつかないわけがなかった。

忠勝はまっすぐ家康のもとにゆき、何事か囁き合っている。床几《しょうぎ》をとりよせ家康と並んで腰をおろし、果てしもなく囁き続けている。やがて福島正則隊の方角で激しい銃声が起こり、戦端の開かれたことを告げた。家康と忠勝は、さすがに顔をあげて、ちらりとその方角に眼をやったが、すぐまた囁き合いを始めた。こうなるともう異常を通り越して、奇怪である。肝心の戦闘が始ったというのに、何をぐだぐだ話し合っていることがあろうか。評議も時と場合による。そんなことは、誰よりも家康や本多忠勝が承知している筈ではないか。旗本たちも焦れている。宗矩でさえいらいらして来た。

その時、ちらりと宗矩の眼を掠《かす》めたものがある。馬だった。馬が動いた。ただそれだけのことだった。現に近習や使番たちも、気にもとめず、じっと家康と忠勝の方を見つめている。だが宗矩はまたしても異常を見た。今動いた馬は何かを積んでいた。二つに折ったような形で馬上に横たえられたその物体には、葵の紋のついた陣幕がかけられ、厳重に縄で縛られている。長さは丁度人の身長ほどだ。宗矩ははっとした。これは死人《しびと》である。生きた人間を、こんな形で馬にくくりつけることは出来ない。だが、戦闘が始りもしないうちに、死人が出るものだろうか。しかもこんな形で馬に乗せているのは、どういうわけだ。本陣の動きに合わせて運んでゆくつもりなのか。死人ならさっさと葬ればいい。まわりは野草の茂る湿地帯である。埋葬になんの手間もかかるわけがなかった。

宗矩は目立たぬように少しずつ足の位置を変え、その馬のそばによった。柳生家には、先祖伝来極秘の裡《うち》に伝えられて来た、裏の兵法がある。忍びの術を基本とし、刀法と組み合せたものだ。人目を眩《くらま》すことなど、宗矩にとっては児戯《じぎ》に類した。馬の右側に寄った。そちらの側が人目に隠れているからである。

小柄を抜き、素早く物体を蔽《おお》った陣幕を切り裂いた。手さぐりでどうやら頭と思われた部分だった。予想通り伏せた頭のうしろ部分が現われた。大きなさいづち頭である。この頭にはどこか見覚えがある。髻《もとどり》を摑むと、思い切って首を捻《ね》じ曲げた。蒼黒い顔色は、死んで暫《しばら》くたっていることを示している。だが硬直度はさほど進んではいない。更に捻った。横顔が完全に視野に入った。宗矩の手がこわばった。かすかに震えた。死人の横顔は、徳川家康その人のものだった。

そんな筈はなかった。家康は今、あそこにいる。本多忠勝とまだ何か囁き合って、あそこに……。突然、真相が見えた。家康と忠勝がこの大事な時に、いつまでもひそひそと話し合っている理由が分った。あそこにいるのは家康ではないのだ。同じ南蛮胴の鎧をつけ、同じ茶のほうろく頭巾《ずきん》をかぶってはいるが、あれは家康ではない。では、誰か。家康には十年来従う影武者がいた。その名は世良田《せらだ》二郎三郎元信《じろうさぶろうもとのぶ》。三河一向一揆以来、永く一向一揆の抵抗を戦って来た男らしいとしか、素姓は伝えられていない。奇怪なほど、家康に似ているということと、この男を推挙したのが本多忠勝であるということしか、宗矩は知らない。だがそれだけで、今の事態の説明には充分だった。

宗矩は更に陣幕の裂け目を拡げて、傷口を探した。あった。左腕のつけ根からまっすぐ入って心の臓を一突きにした傷。槍傷だった。鎧武者の最大の弱点を正確に突いている。

刺したのが世良田二郎三郎だとは思えなかった。これだけの眼の中で、並の人間にそんなことは不可能である。

忍びの仕業《しわざ》だ。忍びならやれる。それも恐らく近習ないし使番を装って近づき、刀仕立の槍の穂で刺したに違いない。宗矩は同種の武器と闘ったことがある。その時は仕込杖だった。杖から抜けば十人が十人とも刀だと思う。そういう常識がある。ところがその刀身は異常に長い槍の穂だった。その柄頭に鞘《さや》をねじこむと、忽ち立派な短槍が出来上った。刀と信じてその間合しかとっていなかった宗矩は、危く串刺しになるところだった。あの得物なら脇差として腰に差していることも出来る。そうだ。霧。先刻まで関ヶ原は濃い霧の中にあった。

夜来の激しい雨が小降りになり、暁と共に霧に変ったのである。忍びは、あの霧にまぎれて家康に近づいたに相違ない。そして正確に家康を刺し、同様に霧にまぎれて逃げた。影武者世良田二郎三郎は驚愕し、本多忠勝を呼んだのではないか。それがあの慌《あわただ》しい密議の理由ではないか。

「前進」

家康、いや世良田二郎三郎の、よく響く声が喚《わめ》いた。金扇と日輪を描いた大馬印が立ち、『厭《おん》離《り》穢《え》土《ど》欣《ごん》求《ぐ》浄《じょう》土《ど》』の白旗が大きく風に靡《なび》いた。近習たちが一斉に乗馬する。宗矩は急いで陣幕を元通りかけると、自分の馬にまたがり、本陣と共に移動しながら、元の本多陣に戻った。雇った二十人の無頼どもの姿はなかった。一人残らず逃げ去っていたのである。だがそんなことはもうどうでもよかった。宗矩は今えたばかりの知識をどう生かすかの思案に、目の前のいくささえ忘れていた。

〈本当にこれでよかったのだろうか〉

今、あの朝と同じように霧に包まれた東山道を馬で駆け抜けながら、宗矩はまだ迷っている。

関ヶ原の合戦は、総指揮官の家康を欠きながら、不思議に東軍の大勝に終った。東軍が勝ったというより、西軍が自ら敗れたのである。吉川広家《きっかわひろいえ》と金吾中納言小早川秀秋の二人の裏切りが主たる原因だった。宗矩は今更ながら家康の根廻しの見事さに感嘆した。

戦勝と共に家康の喪が発せられるものと見ていた宗矩の予想は覆された。影武者世良田二郎三郎は、そのまま家康として、石田方の首実検に臨み、味方の諸侯を引見し、一人一人その軍功を称賛している。

〈どういうつもりなんだ〉

宗矩には二郎三郎の、いや、本多忠勝の意図が分らなかった。そのうちに奇妙なことに気づいた。東軍の諸将は、誰一人として家康の死を知らないのである。退却する島津勢を追って、腕に鉄砲傷をうけた家康の四男、松平忠吉《まつだいらただよし》とその舅《しゅうと》に当る井伊直政《いいなおまさ》さえ知らないようだった。本多忠勝が自分の胸一つにおさめて、発表を控えているに相違なかった。何故それほど家康の死を秘《かく》さねばならないか。答は明白だった。家康が死んでは、関ヶ原の大勝は無意味になるからだ。

関ヶ原で戦ったのは、大半が豊太閤秀吉恩顧の武将たちである。彼等は豊太閤の家臣という点で、家康と同格の立場にいる。それでも敢て家康の指揮下で戦ったのは、

『海道一の弓取り』と呼ばれたいくさ上手の家康を信じたためであり、次代の覇権が家康の手中に入ることを、渋々ながら認めていたからである。その家康が死んだとなれば、彼等には徳川家の下風に立ついわれがない。一片の義理もあるわけではない。秀康、秀忠、忠吉、家康の子のうち誰が徳川家を継ごうと、彼等にとっては所詮青臭い洟《はな》たれ小僧にすぎない。そんな若僧を頼って生きのびられるわけがなかった。世の中はもう一度戦国の昔に帰るしかない。諸侯は改めて覇権の行方を追って、果てしない戦闘に突入することになる。

次の覇権を握るのは、大坂城の秀頼《ひでより》をいただいた加藤清正《かとうきよまさ》か、薩摩の島津か、中国の毛利《もうり》か、誰にも分りはしない。だが確実なことは、この覇権争奪戦の中に、徳川家は加えて貰えないということである。いかに三河譜代の精兵を擁するといっても、いずれも二十代の若い未経験な主君に、この戦いに参加する資格はなかった。徳川家が天下に覇を唱える道はただ一つ、家康が生きているということだ。本多忠勝の思案は、その明白な事実に即している。

この剛直な武将に、徳川家乗取りの陰謀が抱けるとは思えず、たかが影武者風情にそんな大それた野望が抱ける筈がないとすれば、事態はそうとしか解釈しようがない。そして今、本多忠勝が不安な思いで待ち望んでいるもの、それは世子秀忠の到着以外にある筈がなかった。

本隊と道を分って、東山道を進んだ秀忠と三万八千の兵は、呆れたことに関ヶ原合戦に間に合わず、今に至っても尚、到着していなかった。戦場に遅れるとは、武将にあるまじき不覚悟である。並の武将なら、その地位を追われても仕方のない大失策だった。いや、身内に厳しい家康のことである。生きていたら、直ちに秀忠を世子の地位からはずしていたかもしれない。一つ違いの弟忠吉は、立派に戦功をたて、戦傷まで負っている。まさに世子たるにふさわしい若者といえた。この上秀忠の到着が遅れるようなら、本多忠勝とても忠吉と井伊直政に真相をうちあけ、善後処置を相談するしか法がなくなる。いつまでも恣意《しい》をもって秘しておける事柄ではないからだ。

そうなれば、忠吉は秀忠に真相を告げることなく、裏面から世良田二郎三郎を操り、己れに都合のよいように、政策を押し進めてゆくに違いない。忠吉にその気がなくても舅井伊直政がそうさせるにきまっていた。その時、幕閣の中に秀忠の居るべき場所はない。どこか僻遠の地で、禄高だけは多い大名となり、一生日の目を見ることなく朽ち果ててゆくしかあるまい。

宗矩が家康の死という秘事を洩らす相手は二人しかいない。秀忠と忠吉である。どちらに洩らす方が有利か、宗矩は一晩、痩せるほどの思いで思案を重ねた。そして秀忠を選んだ。理由は忠吉には井伊直政という油断ならぬ策士がついていることと、秀忠の律儀な親孝行者という評判だった。律儀者ならこの重大なしらせをもたらした自分に、必ず酬《むく》いてくれる筈である。忠吉では即座に殺されかねない危険があった。そのくせ今、東山道を秀忠の本陣目指して駆けながら、宗矩はまだ自分の決定が正しかったかどうか、迷いに迷っていた。

宗矩が秀忠の軍勢に行きあったのは、美濃《みの》の国境いに近い妻籠《つまご》の宿でである。兵卒たちは木曾路の難路に、疲労困憊していた。重い小荷駄を積んだ車馬をつれて、切りたった崖道を進み、細い懸橋《かけはし》を渡って来たのだから当然といえる。だが秀忠遅参の原因は、難路にはない。信州上田《うえだ》城の真田昌幸《さなだまさゆき》攻略のためである。二十二歳の秀忠はこれが初陣だった。たかが二千の城兵しか持たぬ上田城などひとひねりだと思ったのであろう。

だが真田昌幸は百戦練磨のしたたかな老将である。秀忠軍三万八千の攻撃を受けて、実に八日を持ちこたえ、尚も落城する気配を見せない。秀忠も遂《つい》に諦め、備えの兵を置いて先を急いだ。これでは何のための城攻めか、分ったものではない。そしてこの八日間の遅れが、関ヶ原合戦遅参の最大の原因となった。

宗矩は意外なことに簡単に秀忠に会うことが出来た。秀忠が情報不足によって、家康の動向に過敏になっていたためである。関ヶ原のいくさが十五日に終ったことを告げられると、その顔から一瞬にして血の気がうせた。

秀忠は自分が着陣するまで、戦闘は始らないものと確信していたのである。あの父がこの重大な失態を許す筈がなかった。永年の辛抱でやっと手にいれた世子の地位も、これで終りだ。奮戦して鉄砲傷まで受けた忠吉が、新たな世子になることは明白である。

「なんという無益な辛抱だ。愚かだった。どうしようもない愚者だった、わしは」

秀忠は目の前にいるのが、ろくに顔も知らぬ一兵法家であることを忘れた。思わずかき口説くような口調になっていた。宗矩はこの秀忠の動揺に、というよりその素直さに驚いた。自然に慰める調子になった。

「御心配には及びませぬ。お父上は……」

「その方は父を識《し》らぬ」

「ですが、そのお父上は……」

宗矩はもう一度周囲に人のいないのを確かめてから、低く、お亡くなりになりました、と囁いた。秀忠の表情が、所作が、ぴたりと凝固した。宗矩が自分がそれを知るに至った過程を詳説する間、その凝固は融けなかった。終っても暫くそのままである。やがて微《かす》かに呟《つぶや》いた。

「まことの話か」

「天地神明に誓いまして……」

不意に、まったく不意に、凝固が融け、かん高い笑い声がそれに替った。だがすぐ、それも停まった。異様な問いが発せられた。

「その方は父御《ててご》が好きか」

宗矩の眼の前を、石舟斎の激怒した顔が掠めた。

「大嫌いでござる」

秀忠がにたりと笑った。同類を認めた満足の笑いである。この笑い一つで、宗矩は秀忠の腹心ときまった。

「急がねばならぬようだな」

三万八千の兵は、この妻籠から岐阜赤坂までの道を、昼夜兼行、二日で駆け抜けている。一日十五、六里の強行軍である。赤坂で一泊すると翌二十日には関ヶ原の戦場を抜け、石田一族の滅亡した佐和山《さわやま》城下も抜け、息もつかずに近江《おうみ》草津《くさつ》に着き、大津《おおつ》城にいる家康（実は世良田二郎三郎）に到着のしらせを送っている。

史書は怒った家康が三日の間秀忠に会おうとしなかったと書いている。実はこの三日は、家康の死をどう処置するかの謀議に費やされた日数だった。謀議に参加したのは、秀忠と徳川三人衆、即ち本多忠勝、井伊直政、榊原康政《さかきばらやすまさ》の三将と謀臣本多正信《まさのぶ》の五人である。四男忠吉は鉄砲傷に呻吟《しんぎん》して出席出来なかった。そのため遂に終生父家康戦死の秘事を知らされることなく終った。忠吉にとっては最大の不運であり、舅の井伊直政にとっては一代の痛恨事だったが、事は徳川家の命運にかかわる秘事である。まず絶対沈黙を守る誓紙を入れての上の謀議である以上、口外は許されない。直政は切歯扼腕《せっしやくわん》しながら、今の今までただの律儀な親孝行者と軽んじて来た秀忠の、緻密でしたたかな采配に従うしかなかった。

この謀議できまったことは、あくまで家康を生かしておくことだった。少《すく》なくとも大坂城の秀頼を滅ぼし、天下を徳川家の下に完全に統一するまでは、当代随一のいくさ巧者といわれる家康の力が必要だった。その上、秀頼を滅ぼすことは、いわば一種の裏切りであり、後味の悪さが残る。そういう損な役廻りは、家康にやって貰いたいと、秀忠は平然といってのけたものである。これが律儀な親孝行息子のいうことか。四人のいずれ劣らぬ謀将たちが、茫然として顔を見かわすことしか出来なかったと云う。

秀忠の計画は更に緻密を極めた。妻籠から近江草津に至る三日の間、ただひたすらに思案を重ねて練り上げた計画である。

家康はかねてから、武家の棟梁である征夷大将軍の官職を得て、江戸に幕府を開き、天皇の委任によって天下を統治するという計画を持っていた。関白という形で百官を統《す》べて全国を治めるという豊臣秀吉とは、決定的に違った統治方式である。家康が理想としたのは源頼朝《みなもとのよりとも》の鎌倉幕府だった。

征夷大将軍の官職は、古来源氏の長者でなければ就任出来ないという定めがある。

そのため家康は前の年の慶長四年、吉良《きら》氏の系図を借りて新田《にった》氏の子孫であると称していた。それ程征夷大将軍に執着していたといえる。

征夷大将軍の職のいい点は、関白と違って、世襲出来るというところにある。家康が狙ったのは正しくその点にある。秀忠もまたそこを狙った。まず贋物の家康を征夷大将軍にしよう。そして二年後に、自分がその職を譲り受ける。家康は一応隠居するが、尚、秀忠を助けて政治に関与する。朝廷における上皇である。いずれ何か適当な名前をつければいい。そして首尾よく秀頼を倒したら死んで貰う。秀忠は冷然とそういい放った。事実、豊臣家滅亡（大坂夏の陣）の翌年、大御所と名付けられた（これが上皇のかわりである）家康は器用に死亡している。或は死亡させられている。秀忠の当初の計画との相違は、それまでになんと十六年もの歳月を必要としたという一点だけだった。

柳生宗矩は関ヶ原の恩賞として、家康の当初の約束通り、旧柳生領三千石を貰っている。正確には父石舟斎に二千石、宗矩本人に一千石である。柳生谷に兵を組織することも出来ず、これといった戦功もあげなかったことを思えば、これは破格の処遇といえる。

秀忠が宗矩に払った情報料だったことは、明らかである。

其ノ二　慶長十二年正月

征夷大将軍二代徳川秀忠は、激しい焦《い》らだちの中にあった。

関ヶ原から六年半の歳月が流れている。

この間、ことはすべて秀忠の計画通りに運んで来たが、なんともその速度が遅い。

理由は、家康の替玉となった世良田二郎三郎の、執拗《しつよう》な抵抗にあった。

世良田二郎三郎は元々ささら者の出である。ささら者とは、諸国を流浪し、寺社や祭りの中でささら（竹の先を細かくくだいたもの）をこすりながら、これを伴奏として説経節を語った者たちをいう。『山椒大夫』『小栗判官』などが、この説経節の代表的なものだ。

つまりは中世以来の所謂《いわゆる》『道々の輩《ともがら》』であり、『七道往来人』ともいわれる一所不住の徒、自由な漂泊民だった。彼等は生来『上ナシ』と呼ばれ、主君をもたぬことを生活信条とした自由の民である。その生活信条が二郎三郎を、同じ『上ナシ』を標榜する一向一揆に味方させた。彼は一向宗の信者ではなく、死ねば浄土に行けるなどと一度も考えたことはなかったが、武力を笠に着て常民の生活を支配しようとする侍衆の圧政に抵抗することには、ごく自然に共感出来た。一向一揆は法華一揆とは違って、一宗門の戦いではなく、広く自由の戦いである。だからこそあれだけ激しく、あれだけ執拗に、あれだけ長期間、戦うことが出来た。二郎三郎は三河の一向一揆に始って、北近江一向一揆、長島《ながしま》一向一揆、越前《えちぜん》一向一揆と転戦し、やがて石山本願寺《いしやまほんがんじ》焼亡によって遂に法灯が消える日まで、十六年の長きにわたって休むことなく戦い続けた稀有の男だった。

老年に至って、三河一向一揆時代の仲間、本多正信の口添えで、家康の影武者になったのは、戦いと漂泊の生活に疲れ、絶望したためである。こんな男が家康の替玉になったとは、歴史の皮肉としか云いようがない。

その世良田二郎三郎が、秀忠の意図を悟った。或は本多正信あたりから知ったのかもしれない。どんな男だって、傀儡《かいらい》として操られ、自分の死まで予定された生活を送ることを望む者はいない。まして二郎三郎は本来いくさ人である。それも身一つで戦うことを好む、自由でしぶといいくさ人である。この秀忠の非情極まる計画に対して、猛然と敵意を燃やしたとしても不思議はない。

〈誰が貴様ごとき若僧のいいなりになるか〉

だが二郎三郎には味方が一人もいない。本多正信は旧知の仲であり、秀忠を嫌っていることは明白だったが、徳川家に対しては忠実な家臣である。替玉の二郎三郎に積極的に味方するわけがなかった。

〈味方を作らねばならぬ〉

それには時間が必要だった。秀忠の計画通りに事が運べば、家康＝二郎三郎は一年で征夷大将軍になり、更に二年で職を秀忠に譲る。この間に豊太閤恩顧の大名を、転封移封を繰り返すことで力を削ぎ、且《か》つ事を起すことの出来ぬ僻遠の地へ追いやってしまう。

二代将軍秀忠の地位は、ほぼ三年で安定するだろう。その時、家康＝二郎三郎が秀頼に最後のいくさを仕掛け、これを滅ぼす。つまり前後六年で二郎三郎の役割は終ることになる。出の終った役者を待つものは、栄誉ある死だけである……。

〈何が栄誉ある死だ。只《ただ》の汚ならしい暗殺ではないか〉

二郎三郎はこの計画全体をひきのばしにかかった。関ヶ原の翌々年、慶長七年二月二十日、朝廷は家康に、源氏の長者に補するという内意を伝えた。つまり征夷大将軍にするということなのだが、二郎三郎はこれを辞退している。辞退の理由は不明である。薩摩の島津家との関係が決着を見ていなかったからではないかという史家もいるが、それほど有力な理由とは思われない。

これは二郎三郎のひきのばし作戦にほかならなかった。征夷大将軍になるのが遅れれば、それだけ秀忠に譲るのも遅れることになり、ひいては栄誉ある死も遅くなる道理である。秀忠はこの辞退にさぞ仰天しただろうと思われる。

翌慶長八年二月十二日、二郎三郎は征夷大将軍に任ぜられたが、今度は約束の二年が来ても秀忠に将軍職を譲り渡す素振りを見せなかった。秀忠はやむなく、慶長十年二月、十万余の大軍をひきいて江戸をたち、当時伏見にいた二郎三郎のもとへ急行した。明らかな恫喝である。二郎三郎は折れ、将軍職を秀忠に譲り、自分は大御所と称した。

この大御所時代を象徴するものは、所謂『二重文書』である。二重文書とは、同一事について発せられた公文書が、家康の署名のものと秀忠の署名のものと二通、しかも殆《ほと》んど同文で存在するのをいう。違っているのは日付だけであり、その日付は、或は家康が先であり、或は秀忠が先である。

家康研究の泰斗《たいと》中村孝也《なかむらこうや》博士の発表では、現存するこの種の二重文書は数十通の多きに達するという。秀忠にとってこれほど強烈ないやがらせがあろうか。そして二郎三郎にとってこれほど明白な延命策があろうか。二重の公文書は、家康があくまで政治をとりしきっていることを世間に明示するものである。家康が隠退したわけではないことを否応なく認識させるものである。しかもこの場合、成りたての新将軍秀忠の公文書より、家康の出す公文書の方が重みをもって扱われるのは自明の理だ。二郎三郎は、家康の権威を維持することで、自分の生命を引きのばそうとしていたわけだ。

本来、家康＝二郎三郎がこの間になすべきことは、秀頼への圧迫策の筈である。

秀頼をぎりぎりの瀬戸ぎわまで追いつめ、遂に兵をあげるしかなくする。それしか豊臣家を滅亡させる方法がない。ところが二郎三郎は、秀頼の懐柔に懸命だった。なんとか膝を屈して、徳川家の一大名であることに安んじてくれと、再三再四交渉し、遂には懇願までしている二郎三郎の姿を、私達は容易に歴史の中に読みとることが出来る。淀君《よどぎみ》という異常に誇り高い女性さえいなかったら、この二郎三郎の願いは果たされていたかもしれない。秀頼が自ら徳川家の一大名たることを甘受するといえば、秀忠もこれを討つことは出来ない。討つべき大義名分がない。そして豊臣家がある限り、いつ反徳川の火の手が上がるか分らない。徳川の天下は、いつまでも噴火山上にいる形になる。秀忠から見れば、二郎三郎はみすみす徳川家の不利になる交渉を延々とやっていたことになる。腹を立てない方がおかしかった。

その上、二郎三郎は、この間を縫って蓄財を始めた。それもはした金ではない。慶長八年にイエズス会の宣教師が本国に報告したところによれば、この年、伏見城の金蔵が、貯蔵した金の重みで梁が折れ、陥落したというほどの金銀である。収入源は各地の金銀山の開発と、海外貿易だった。

金銀山の開発には大久保長安《おおくぼちょうあん》という異能者を惣代官に抜擢し、新しい技術、所謂『水銀ながし』（アマルガム法）をとり入れ、それまでに数倍する採掘量を得た。海外貿易では関ヶ原後に初めて対面した英人ウイリアム・アダムスの意見をいれ、従来のポルトガル・スペインの略奪貿易に近い交易法を一新し、新たにイギリスとオランダを交易相手に入れることで、巨額の富を得た。

金が巨大な力の源であることは、今も昔も変りはない。富を握った二郎三郎は新しい側近を集めはじめた。はじめて味方といえる者を持ったのである。本多正信の子、正純《まさずみ》。金座の後藤庄三郎《ごとうしょうざぶろう》。豪商茶屋四郎次郎《ちゃやしろうじろう》・亀屋栄任《かめやえいにん》・長谷川藤広《はせがわふじひろ》。大工頭中井《なかい》大和《やまと》。旧武田《たけだ》家の代官頭大久保長安。伊奈忠次。僧侶の天海《てんかい》と崇伝《すうでん》。儒者林羅山《はやしらざん》。英人ウイリアム・アダムス。この多彩な顔ぶれに共通した特徴は、本多正純と伊奈忠次を除く全員が、どこかで中世の『道々の輩』つまりは自由人とつながっていることである。職人・山師・商人・僧・学者、いずれも漂泊の『七道往来人』だった時期を持つ職業であることは、『東北院歌合』をはじめとする各種の『職人尽絵』に明らかである。

そして当然の事態が起った。いや、起ろうとしていた。今まで一個の傀儡に甘んじて来た世良田二郎三郎が、操り人である秀忠に抵抗し、逆に注文をつけようとしたのである。

二郎三郎の注文は簡単だった。

自分と自分の子供たち、即ち慶長七年以降に生まれた頼将《よりまさ》（後の頼宣《よりのぶ》）と頼房《よりふさ》（いずれも母は於万《おまん》の方）、市《いち》姫（母は於梶《おかじ》の方）の助命である。先ず子供たちには、それぞれ家康の実子として、然《しか》るべき処遇を与え、間違っても死を給うなどということのない旨、改めて誓紙《せいし》を入れて貰いたい。自分個人については、役割の終り次第、異国への船出を許して貰いたい。その際、病死と偽って葬儀をいとなむことは秀忠の自由であるが、出帆の許可については、これまた誓紙が欲しい、というのである。

ことは一見簡単のように見える。だが考えてみると凄まじい難題であることが分る。何よりも子供の処遇が問題だった。慶長七年三月、頼将（長福丸《ながとみまる》）が生れたという報に接した時、秀忠は仰天した。二郎三郎、この年六十歳。六十歳の男に子供が出来るとは秀忠は夢にも思っていなかった。しかも秀忠は江戸にいたため、伏見にいた於万の方の妊娠を知らなかった。二郎三郎が厳しい箝口令《し》を布いたためである。翌慶長八年八月、更に頼房（鶴松《つるまつ》）が同じ伏見城で生れた時には、秀忠は怒りのために卒倒しかけた。市姫に至っては、今年即ち慶長十二年正月元旦に駿府《すんぷ》で生れている。二郎三郎はなんと六十五歳である。

この三人の子供を生かしておくことは簡単ではない。女の市姫はまだいいとしても、男の子二人が厄介だった。秀忠には既に竹千代《たけちよ》、国千代《くにちよ》という二人の男子がいるから、さし当って後継ぎの不安はない。だが将来、なんらかの理由で本家に子が出来なかった場合、この二人の子が将軍職を継ぐことになるかもしれない。

後世に禍根を遺さず、という。秀忠はこの正月、関ヶ原以来陰の腹心として使って来た柳生宗矩に、この二子の始末を命じたところだった。二郎三郎は宗矩の動きを察したのだろうかと、秀忠はうそ寒い気持で思った。二郎三郎が大久保長安の手引きで、旧武田の忍びを警固のために雇っていることは、既に宗矩から報告があった。武田忍者がどれほどの実力を持つものか、秀忠は知らない。それは宗矩の領域である。だがそんなものを雇えるのも金の力だ。二郎三郎にその金の蓄積を許した自分の迂闊さを、秀忠は自分で責めた。

当然のことながら、二郎三郎は注文を出しっ放しにしたわけではない。これが聞き入れられない場合の報復策を用意していた。今日までに至る事実について、一条一条、日時、場所、証人の氏名まで記録した詳細きわまる文書を作成し、その副本を送り届けて来たのである。そして同様の文書を即座に結城秀康・松平忠吉に渡す用意があることを告げた。

これは正確に秀忠の急所を衝《つ》く処置だった。この文書を加藤清正・福島正則のような豊臣家恩顧の武将に渡すというならまだ問題がない。秀忠もこの五年の間に、彼等に対抗するだけの力を養って来ている。徳川家の親藩と譜代大名が既に全国の要地を抑え、たちどころに彼等を抑え込むことの出来る態勢を整えている。だが、相手が秀康と忠吉では話が違う。

秀康は五歳上の兄であり、忠吉は一歳年下の弟である。この文書を読み、秀忠の策謀を知れば、憤然と起って秀忠を糾弾するだろう。またそれだけの権利がこの二人にはある。関ヶ原以後の家康が替玉であるということは、秀忠の二代目相続が違法であり、ぺてんであることを示すものである。徳川家にとって、当時いかに家康の生存が必要であったかという事実も、情状酌量の種にはならない。特に徳川家の力が断然他の諸大名を圧するまでに成長した、今の時点では無理である。

三河譜代の重臣の中にも秀忠に不満を持つ者は多い。戦場での槍働きにすぐれた家臣ほどその傾向が強い。秀忠が家康時代の歴戦の武将たちを敬遠し、自分の腹心である若い、従って戦争経験に乏しい文官たちを重用して来た結果である。秀康或は忠吉が、それらの老臣と組んで抗議を起せば、下手をすると内戦になりかねない。そして内戦となった場合、秀忠には彼等に勝てるだけの自信がなかった。

「結城三河守秀康卿は厳威ある御性質なり」と『校合雑記』にある。慶長九年、家康はじめ諸大名を招いて自邸で角力《すもう》興行をした時、秀康の抱え力士追手が前田利長《まえだとしなが》の抱え力士で大剛の誉れ高い順礼を投げとばした。熱狂した群衆は場所柄を忘れてどよめきわたり、奉行人の制止もきかず騒ぎたてたが、起ち上った秀康が左右を屹《きっ》と見渡すと、その凜々《りんりん》たる威風に圧倒され、忽ち満座声を潜《ひそ》め、粛然として静まりかえったという。家康が「今日の見物ある中に、三河守が威厳驚きたり」と称美したとこの書には記されてある。

関ヶ原合戦の時も、上杉景勝《うえすぎかげかつ》の抑えに残されるときまると、猛然と家康に抗議し、家康が説得に苦労したという。性来武器を好み士を愛して重用した。だから戦国の遺風を継ぐ武将は残らず秀康贔屓《びいき》で、福島正則の如きはむきつけに「卿若《も》し天下の大事あらば、我れ強く左袒《さたん》せん」と語ったというほどの肩の入れようだった。

松平忠吉も武道のたしなみが深く、その領国清洲《きよす》城の東西南北に町を打たせ、間数《けん》に念を入れ、五町目と十町目とに木を植えさせたという。これは城から大鉄砲（大砲）で正確に敵を射つための工夫である。弓を好み、奨励したので、その家臣からは、天下一の名を取った弓道の達人が前後二回も現れた。近世砲術の元祖といわれた稲富《いなとみ》一夢斎《いちむさい》を見出して召し抱えたのも、この忠吉である。

秀忠には、およそこの種の逸話がない。どこまでも『治』の人であって、『武』とは縁遠かったわけである。だから兄弟で合戦ということになれば、十に一つも秀忠に勝ち味はなかった。従って、この二人にだけは二郎三郎の作成した文書を渡すわけにはゆかない。といって二郎三郎の要求通りの誓紙を入れたりしては、益々自分の立場を危くするばかりである。なんらかのことが起って真相が曝露された時、この誓紙は秀忠の陰謀を証明する重要な証拠文献になるからである。

秀忠は窮した。窮したあまり、驚くべき決断を下した。暮夜ひそかに柳生宗矩を江戸城に呼び寄せ、秀康と忠吉の暗殺を命じたのである。大坂城に秀頼がいる限り、まだ家康＝二郎三郎を殺すわけにはゆかなかった。殺すとしたら、実の兄と弟しかいなかった。

其ノ三　慶長十二年二月

柳生宗矩が七人の配下と共に伏見に入ったのは、二月の下旬である。

関ヶ原以来、宗矩は一千石の表扶持《ふち》のほかに、蔭で莫大な金子《きんす》の給与を秀忠から受け、柳生谷から厳選してつれて来た若者たちの鍛練に専念して来た。それは正統新陰流の剣の鍛練ではない。柳生家が古来伝承して来た忍法と刀法の徹底した訓練である。それは一対一の決闘の剣ではなく、衆をもって個を斃《たお》す殺法であり、他家に潜入して家族ことごとくを殺す暗殺と虐殺の法だった。だからこの鍛練では個々の剣技の向上よりも、他との連繋《れんけい》の方が重視される。敢て自分の身を刺させ、素手で相手の刀を握りしめて武器を奪い、或は相手を抱きしめて動かさず、仲間にその相手を斬殺させるのが、この連繋殺法の極意である。

今、伏見につれて来た七人は、いずれもこの恐るべき殺法に習熟した剣士ばかりだった。宗矩自身でさえ、この七人に囲まれては、生きのびることは覚束《おぼつか》ない、と思われるほどの手練《てだ》れである。

死を見ること帰するが如し、とは古来勇者の形容だが、その意味で兵法者は勇者ではない。自分は無傷のまま相手を斃すのが兵法者である。それでなくて、何のために兵法を学ぶか。だから近世における最上の勇者は、一向一揆における門徒衆だった。彼等は死ねば、この苦労だらけの娑婆《しやば》を離れ、浄土へゆけると信じている。生きているより、死んだ方が倖せなのである。死を見ること帰するが如しではなく、理想郷を見るのである。だからこそ、門徒衆の突撃の前に、武士は逃げまどったのである。

だが柳生谷の若者たちは、門徒衆ではない。彼岸に理想郷があると信じさせるわけにはゆかない。宗矩は家への執着心を刺戟することで、この浄土の観念に替えた。戦いの中で死んだ者の家は必ずとりたてて武士にするというのである。

若者たちの多くは百姓であり、せいぜいが郷士である。何の働きがなくとも一生禄米を与えられる武士の身分は、まさに浄土に匹敵した。自分が死ねば、子供が、或は弟が、一生くいぶちの心配のない武士になれる。その思いが彼等を駆って、欣然《きんぜん》と死へ赴《おもむ》かせた。

石舟斎は宗矩のほどこしている鍛練の実相を知って慄然としたが、既に二代将軍秀忠の剣法指南役の地位についていた宗矩を斬ることは出来なかった。現に貰っている二千石の采邑《さいゆう》も宗矩に負うものなのである。慶長八年、正統新陰流第三世の道統を、二十六歳になった孫の兵介にさずけ、伊予守《いよのかみ》長厳《ながよし》と名乗らせたのが、石舟斎のせめてもの慰めといえた。

その兵介改め柳生伊予が、同じこの二月、伏見に来ていたことを、宗矩はまだ知らない。

兵介こと柳生伊守予長厳は、慶長八年正月、肥後《ひご》の加藤清正の家臣になっている。表高は五百石、内高三千石といわれた。その年の八月、肥後山手《やまて》に百姓一揆が起きた。禁止された切支丹宗徒の後押しをひそかに受けた一揆だったと云う。伊藤長門守光兼《いとうながとのかみみつかね》が軍勢をつれて鎮定に向ったが、六日七夜をすぎて尚平定出来ずにいた。一揆勢は高原郷に柵をはりめぐらせ、必死の陣を張っていた。清正は業を煮やし、兵介を助人に送った。

柳生谷からつれて来た十人足らずの腹心をひきつれて、夜半に人立山《じんたつせん》の伊藤長門の本陣を訪れた兵介は、そこに信ずべからざる光景を見た。伊藤長門が敵である筈の一揆の主謀者数人と謀議を開いていたのである。

伊藤長門は切支丹武士だった。だからなんとか穏やかな形でこの一揆を終息させようと懸命に努力していたのだが、もとより兵介が知るわけがない。兵介は語気鋭く長門を問いつめた。窮した長門が兵介を斬ろうとしたのが間違いだった。長門が剣の手練れだったことも、不幸の一つだった。斬人の法を第二の本能になるまで練磨しつくしていた兵介の剣が、一瞬早く長門を斃していたのである。兵介にとってこれは初めての殺人だった。

兵介は一揆の主謀者たちを斬り、そのまま僅かな腹心と共に高原郷に夜襲をかけた。

これは兵介にとって、一生忘れることの出来ない戦闘になった。一揆勢は数こそ兵介たちの数十倍を数えたが、なんの兵法もわきまえぬ只の百姓だった。当時の百姓が、否応なく戦場に狩り出され、いくさ働きに慣れているといっても、十数年の歳月を兵法一筋にうちこんで来た兵介たちに太刀打ち出来るわけがない。戦闘のプロとアマチュアの相違である。戦闘はいきおい皆殺し《ジェノサイド》の様相をとった。

血に酔う、という言葉がある。確かに人血には人を酔わせる効果があるのかもしれない。兵介はまるで天界に遊んでいるようないい気分で、果てしなく人を斬った。理非の分別などとうに消しとんでいる。相手が武器を持っているか、素手であるかなど考える暇もなかった。いや、男か女か、大人か子供かさえ分らなかった。自分の前に立つ者ことごとくに、ただただ剣をふるった。相手の武器が迫って来る場所が、事前にまるで痛みのように感じられ、無意識に身体をくねらせてそれを避け、反射的に刃をふるった。

黎明《れいめい》が来た。

兵介は高原郷の真中に、呆《ほう》けたように立っていた。身には一創《いっそう》もない。村のそこかしこに、腹心の柳生者が、同じように茫々然と立ちつくしている様が見られた。立っているのはそれだけだった。自分と配下の柳生者以外に、この大地に立っている者は一人もいない。

次の瞬間、その大地が見えた。ほとんど足の踏み場もないほど、びっしり地表を埋めつくした屍体が見えた。首のない屍体、両腕のない屍体がある。白刃を握ったためであろう、指をすべて失った手がある。一本だけ立っている脚がある。若者も老人もいた。腹の大きな妊婦も、老婆もいる。三歳ばかりの女の子までいた。声を発する者はない。死者の静寂がこの村を蔽《おお》っていた。

早朝の冷たい風が、兵介の血の酔いを醒《さ》ました。

〈おれは何をしたんだ〉

慄《ふる》えは手の先から来た。指が木の葉のように震え、陣刀が落ちた。その音もきこえない。落ちたのが屍体の上だったからである。やがて腕が、脚が震え、遂に全身に及んだ。膝が折れ、がっくり崩れた。十二、三の女の子の屍体の上だった。胴切りになった腹から、腸がとび出している。そこだけ異様なほど白い股間に、僅かに薄い叢《くさむら》があった。兵介はその叢を摑んだ。

〈動けよ。おい。動いてくれよ〉

むしりとらんばかりの力で、その薄い叢を動かしたが、女の子はぴくりともしない。

〈おれは一体、なにをしてしまったんだ〉

せめて泣きたかった。だが乾いた頬に、一筋の涙も流れはしなかった。

〈おれには涙を流す資格もない〉

兵介はそのまま肥後を後にして、まっすぐに柳生の里へ戻った。


兵介は剣を棄てたように見えた。

柳生谷に戻っても、石舟斎にさえ一言も口をきかず、一室に籠ったきりである。道場に出ることもない。

兵介を理解したのは、意外にも石舟斎ではなく、父の新次郎厳勝だった。戦場でのいくさ働きの数は、新次郎の方が多く、戦場における地獄の様相も知悉《ちしつ》していたからである。今度だけは新次郎は石舟斎に一切口をはさませなかった。加藤清正に対する謝罪だけを石舟斎にまかせ、兵介にぴったりついて離れない。といって話をするわけではない。ただ三歳の赤児に対する如く、身のまわりの世話をするだけである。食事の支度も、誰にもさせない。自分が兵介の前で煮炊きをしてたべさせる。髪をくしけずるのも新次郎、髭を剃るのも新次郎だった。

半年が過ぎた。

兵介について肥後に赴いた者のうち、二人が失踪し、三人が狂った。

兵介は依然として口を開かず、新次郎もまた一言も発しない。兵介は家に籠るのを嫌い、終日野山を歩くようになった。遂にはそのまま野山で眠り、家に帰らなくなった。新次郎も同様に野山で眠り、山川の獲物をとっては兵介に喰わせた。

そして遂にその日が来た。

春だった。一面に名もなき花の咲き乱れた花野に、兵介は立っていた。眼が異様だった。兵介にはその花野が、屍で埋まった高原郷の村と映った。赤は血であり、白は女の肌だった。そして緑は屍体すべての顔色である。

「わッ」

凄まじい叫喚が、兵介の咽喉《のど》から発せられ、次の瞬間、兵介は花野の中に倒れ、指で土をかきむしっていた。

「わっ。わっ。わっ」

指は花をむしり、草をひき抜き、土をえぐった。花が、葉が、土が虚空に散乱する。それが悉《ことごと》く屍体の腕に、首に、臓腑に映った。

新次郎は無言で凝視している。彼には、兵介の見ている物が見えない。だが推測はついた。このまま狂うかもしれぬ、とも思った。それでも動かなかった。狂気もまた一個の救いであることを、新次郎は知っている。それで救われるのなら……やむをえないと思っていたのだ。

四半刻も兵介の狂態は続いた。

やがておとなしくなった。

死んだように倒れて、また四半刻が過ぎた。

不意に口が動いた。

「修羅だったよ」

新次郎は兵介のそばに曲った腰をおろした。

「あれは、まったくこの世の修羅だったよ、おやじ」

噎《むせ》ぶように兵介が云った。

「分っている」

「分ってるって。おやじに分っているって」

兵介ははね起きて云った。野獣の素早さであり、激しい怒りの眼だった。

「嘘だッ」

「嘘じゃない。おれも見たよ」

「嘘だッ。おやじは生きてるじゃないかッ」

「それは……」

新次郎は憐れむように兵介を見た。

「おれはその中にいたからさ」

「なんだって」

「死人の中にだよ。おれは倒れて、死人の中にいたんだ。大方、死人と変りはなかった」

「………」

「腰をくだかれてね、身動きひとつ出来なかった。お前のように、立って見おろしていたんじゃなかった」

兵介が妙な声を出したと思ったら、泣きだした。高原郷で遂に訪れてくれることのなかった涙が、今、兵介の頰をさめざめと濡らしている。

「おれはその時、修羅の中にいるとは思わなかった」

暫くの無言の後に、新次郎がぽつんと云った。

兵介が新次郎を見上げた。新次郎の眼は虚空を見ている。

「おれはね、まさしく仏たちの中にいたよ」

長い沈黙があった。

「だから生きてるんだろうな、今でも」

新次郎の声はききとれないほど幽《かす》かだった。

兵介は旅に出た。

それは廻国武者修行というようなものではなかった。どこの道場に立寄ることもなかったし、木刀もひきはだしないも握ったことがない。まして真剣を抜くことなど皆無だった。それはただの漂泊だった。自然と季節の中に自分を埋没させてしまうことしか心にない、太古からの漂泊だった。何らかの道を求めるための旅でもない。修養のための旅でもない。忘れるための旅でもなかった。ただ歩き、ただ流れた。

高原郷でのことが、忘れられるわけがなかった。いくら歩いても、いくら流れても、兵介は常に高原郷にいた。己の剣が切り裂いた、累々たる屍の中にいた。慣れることも出来なかった。屍体の中の光景に慣れることは不可能である。その光景は、いつまでたっても、生々しく、おぞましく、たとえようのない痛みを伴って兵介の眼前にあった。兵介もまた、その光景を忘れたいとは微塵も思っていない。忘れるようでは、人間ではないと、どこかで思っている。常住、痛みの中にあることこそ、生きていることのしるしではないか。

三年の歳月が、漂泊の中に過ぎた。

時がうつろうという感覚が、兵介の中にはない。ただ、いつ頃からか、兵介は花を供養するのが習慣になった。路傍の花が、しおれていたり、つぶされていたりすると、たまらなかった。なんとか無事に生き永らえられるように懸命に手当し、栄養をやり、移し替えてやった。それを花の『世話』ではなく『供養』と感じたという点が常人とは違っていた。あの春の日の花野の感触は今でもある。花に感じる恐怖は消えることなく残っていた。或は、それだからこそ、花を供養せずにいられなかったのかもしれない。

遥か後半、尾張《おわり》藩剣法指南役になった時、兵介（その頃は柳生兵庫助利厳と名乗っていた）の屋敷は、常に花に満ちていたと云う。人は剣士の風雅といい、武人のたしなみと云ったが、花は兵介にとってそんな余裕のあるものではなかった。常に花の中にいることは、常に高原郷に、屍体の中にいることだったのである。

柳生宗矩が伏見に来た理由は、勿論、結城秀康暗殺のためである。

秀忠は、秀康と忠吉の暗殺を同時に果たすようにと厳しく命じた。間をおけば必ず気づかれ、警戒の処置をとられる。秀康・忠吉いずれの順で殺しても、世良田二郎三郎は秀忠の仕業と見抜く筈である。見抜けば、間髪をいれず、生き残った一人に真相を告げるだろう。例の文書が渡されることになる。その時、天下に何が起るか。秀忠にとっては、予測もしたくないことの筈だ。だから断じて、この二人を同時に暗殺せねばならぬ。それは秀忠の妄執といってよかった。

宗矩は承知した。宗矩にとって、暗殺は初めての仕事ではない。先ず、関ヶ原の二年後、慶長七年に井伊直政を殺している。松平忠吉の舅に当る直政は、家康が替玉であることをいつまでも忠吉に告げずにいることに耐えられなくなった。或日、秀忠のところに来て、正直にその気持を語り、忠吉に真相を告げる許しを乞うたのである。それに対する秀忠の返事が暗殺だった。忠吉に家康替玉の真相を知られた時の危険は、今回と同様であり、秀忠としては刺客としての柳生宗矩の腕を試してみたいこともあったのである。

次いで六年後の去年、即ち慶長十一年五月、宗矩は館林《たてばやし》の居城で、榊原康政を暗殺した。康政は元々秀忠付きだった武将である。裏切って大事を洩らす男ではなかったのだが、悪いことに替玉の家康にいつまでも臣従の礼をとっているのがいやになって来たらしい。そういう潔癖な人柄だった。五十九歳で病《やま》いを得てからは、一層その傾向が強くなり、まさに一触即発の感じになってしまった。『武家事記』という古本にこの辺の康政の心情を伝える記述がある。

『康政病中ニ源君（家康のこと）ヨリ上使来ル時ハ、蒲団ノ上ヲモ下リズシテ、腸ガ腐リテヤガテ死スルト言上アレト云イ、秀忠公ヨリノ上使ニハ、蒲団ヲ下リテ、上ニ礼服ヲ粧《よそおい》テ陣謝ス』

史家は、これを康政らしからぬ所伝だというが、この時の家康が実は世良田二郎三郎だったとしたら、充分うなずける行為ではないか。秀忠から見れば、こんなぶっそうな状態にある康政を放置しておくことは出来ない。それが暗殺の理由である。

この二件とも暗殺という事実は伏せられ、公《おおや》けには病死ということになっている。二人とも居城で殺されたためだ。居城で暗殺されたということは、その藩の武辺不覚悟、つまり警固の悪さを指摘されることになり、最悪の場合、その家はとり潰される惧《おそ》れがある。それを恐れた重臣たちが、病死にとりつくろったのである。

宗矩はこの二度の仕事で、暗殺に自信を持った。なによりも苦労して育て上げた部下の力量に安心していた。無理難題ともいえる秀忠の命令を、簡単に引き受けたのは、そのためである。

正直にいって、当初はたかをくくっていたところもある。忠吉の居城は清洲であり、秀康はこの頃、領国である越前《えちぜん》よりも伏見にいる方が多かった。清洲と伏見なら、たいした距離ではない。せいぜい一日おくれで事は片づく。宗矩はそう読んでいた。ところが思わぬ手ちがいが起った。忠吉が正月二十日に清洲を発し、二月六日に江戸に着いたところで発病したのである。江戸と伏見では、同時暗殺は不可能というしかない。やむなく忠吉暗殺の方は、門弟筆頭の木村助九郎《きむらすけくろう》に委せることになった。暗殺の日時は、秀康は二月末日、忠吉は三月二日ときめられた。この順序は秀忠にとって、秀康の方が忠吉よりも恐ろしかったということを示すものである。

秀康は、暗殺者にとっては楽な相手だった。性剛毅であるだけに、不用心なのである。

関ヶ原以来いくさもなく、大坂城の秀頼はひそかに秀康を頼りにしていたという風説さえある。秀康が嘗《かつ》て太閤の養子だったことから、形の上では秀頼と兄弟ということになるわけだし、何よりも秀康の父家康嫌いが一般に知られていたためだろうと思う。従って大坂方の刺客が秀康を襲うなどという事態は、考えられぬことだった。警固に気を使わなくてもいいほど安全な身の上だったのである。

その上、秀康は傍若無人の男である。

慶長九年九月、越前宰相として初めて江戸城に登った時（この時秀忠はなんと品川まで出迎えに行っている）、『下馬』の札を無視して乗物のまま本丸の門内に入った。明らかな規則違犯であるが、秀忠が黙認したため、これは次の忠直《ただなお》の代まで恒例となり、世人は朱雀門《すざくもん》のことを『越前下馬』と呼ぶようになったという逸話さえある。

供の者をすっぽかして、さっさと単独行動をとるくらいは朝飯前だった。現に、同じ慶長九年、江戸城内で供の者を待たず、宿舎だった二の丸へ帰ってしまったことがある。供頭は危く切腹するところだったが、秀康の一喝で思いとどまったという。だから家臣の方も慣れてしまって、秀康が突然一騎がけで屋敷をとび出していっても、また始ったくらいにしか思っていない。慌てるのはごく側近の近習数名だけだった。

この日もそうだった。雪もよいのまだ六ツ（午前六時）にもならない早朝。秀康は門をあけさせ、ちらちらと降り始めた雪の中を馬でとび出していった。五人の近習が、例によって慌てふためいて後を追ってゆく。門番たちはくすくす笑いながら見送った。殿様が元気のいいというのは、いい事である。

秀康は淀川ぞいに馬を走らせた。ようやく勢いを増して来た雪が容赦なく顔を叩く。風は凍るようだった。近習たちが白い息を吐きながら、やっと追いついて来た。秀康はわざと街道を離れ、川っぷちの雪で化粧した枯蘆《かれあし》の中に踏みこんだ。馬の下手な若い近習たちを困らせるためである。

凍った湿地に足をとられるのか、馬が進みにくそうだった。秀康は人間より馬に対して優しい。

手綱をしぼりながら、馬の首を叩こうとして前のめりになった。

その瞬間、ことが起った。

突然、馬の前脚ががくりと折れ、秀康は前のめりの形のまま、前方に放り出された。咄嗟に身をひねったので、頭を打つまでには至らなかったが、尻は雪と湿地の中に半ば埋まっている。それでも手綱を放さなかったのは流石である。どうしたんだい。そう馬に呼びかけようとして、その首に半弓の矢が一本、つき立っているのに気づいた。いや、胸にももう一本。馬は倒れた時、既に死んでいた。

わあッという喚声に眼を上げると、土堤をこちらへ降りて来かけていた五人の近習が、それぞれ馬から放り出されるところだった。いずれの馬も矢をうけている。

更に眼を上げると、街道に馬をとめた八人の武士の姿があった。いずれも編笠をかぶってはいるが、どこかの藩士らしいきちんとした身なりである。そのうち三人が半弓を握っていた。

〈何を間違ったのだ、馬鹿者めら〉

この期に及んでも、秀康は自分が狙われたとは思っていない。

これは、と思ったのは、恐らく抗議にいったのだろう近習二人が、口を開く間もなく馬上から斬り下げられた時である。斬ったのは、中央に立ったやや年嵩《としかさ》の武士だ。これが宗矩だったが、秀康は知らない。

残り三人の近習も、ようやく異変を感じたらしい。泥を頭のてっぺんまではね返しながら、秀康の方へ走って来た。殿様を守る気でいる。

八人がゆっくり、馬上のまま土堤を降りて来た。八人とも落着き払っている。そのくせ、ここからでも分るほど殺気に満ちていた。土堤を降りると自然に拡がり、秀康たちを半円形に囲むように馬を進めて来た。やがて、同時にぴたりと馬をとめた。

誰が見ても余程の鍛練を積んだ剛の者たちである。声をかけ合うこともなく、こうも一糸乱れぬ動きが出来るのがその証拠といえた。

八人が馬から降りた。これもぴたりと揃っている。

「無礼者。笠をとれ」

秀康が怒鳴った。近習三人は、この見事に統制のとれた武士団の動きに気を奪われて、声も出せずにいた。

八人がまた揃って、編笠をぬぎ、うしろに放った。宗矩が初めて口を開いた。

「結城宰相秀康公とお見うけ致す」

「いかにも。秀康である」

秀康は、一人一人の顔を胸に刻みつけながら応えた。若い。七人までが恐らく二十代だろう。今、口をきいた男だけが三十五、六か。これが棟梁だろうと思われた。

「お主たち、何者だ」

「豊臣秀頼公恩顧の者どもでござる。豊家の御ため、みしるし頂戴つかまつる」

これは秀忠に命じられた台詞《せりふ》である。暗殺の場を選ぶゆとりがないとすれば、当然目撃者が居る可能性がある。その者たちに聞かせるための台詞だった。あわよくば、その暗殺を種に、大坂方と事を構えるもくろみが、秀忠にはある。これを契機にして大坂方と決戦になれば、まさに一石二鳥である。この時すでに徳川軍団の実力は、豊臣家を遥かに凌駕している。合戦となれば勝利は確実だった。しかも『兄の葬《とむら》い合戦』という二つとない名分のもとのいくさである。

「馬鹿を申すなッ。秀頼殿が余を討たれるわけがないッ」

宗矩は憐れむように首を一つ振っただけである。無言で抜刀した。七人も揃って抜刀し、ひたひたと間合をつめて来た。

近習三人はやっと我に返り、罵声を発して迎撃の剣を抜いた。いずれも若く、合戦の経験はない。

〈こりゃあ死ぬな〉

自分も剣を抜きながら、秀康は思った。

〈それにしても、こいつら、何者か〉

だが、思案を続ける暇はなかった。

七人の輪が縮《ちぢま》った、と見る間に、三人の近習が同時に斬られた。これもまた見事な同時攻撃だった。二人の近習には一人宛二太刀ずつ、最も腕のたつ近習には三太刀の斬撃が、それぞれ違った部位に同時に送られたのである。二人は左脚を切断された上に左袈裟に斬って落され、一人は腕一本、脚一本を切断された上で首をとばされた。

七人の剣が、静かに秀康に向けられた。雪が激しくなって来ている。秀康は眉毛の雪を片手で払った。

〈馬が欲しい〉

痛切にそう思った。この手練れたちの輪を破ることは到底不可能かもしれないが、せめて武将らしく馬上で死にたかった。

宗矩が前に出て、手をふって七人を下らせた。貴人に対する、せめてもの礼である。

「ご無礼つかまつる」

降りしきる雪の中に、ゆっくり剣尖《けんせん》が上っていった。

秀康とて、戦場を疾駆した男である。このまま討たれるつもりはない。大刀を眼の高さに真っすぐにあげた。相手の腕が動いた瞬間に、真一文字につっこむつもりでいる。上段からの打ちを防ぎつつ、敵の胸板を突き透《とお》す捨て身の構えだった。

宗矩が微かに笑った。

〈なかなかやる〉

刀を振りおろす速度は修練のものである。だが突きの速さは天性のものだ。秀康はその天性の速さをもっているのではないかと、宗矩は思った。秀康、この時三十四歳。まだまだ足腰も強靱で敏捷さを失ってはいない。

〈だが所詮、戦場の剣だ〉

戦場では鎧兜に身を包んでいる。だから、斬よりも刺がまさる。だが今の秀康に鎧兜はない。捨て身の刺突《しとつ》を守ってくれる防具がないのだ。秀康の剣がこちらに届く前に、その頭は切り裂かれている筈だった。

無造作に宗矩は振りおろした。いや、振りおろそうとした。その一瞬、何か白い危険なものが目前に降って来た。文字通り、雪片と共に天から降って来たのである。

「おッ」

本能的にうしろに跳びながら、その白いものを払った。チーン。鋭い鋼《はがね》の響きが起きた。それは脇差だった。はねられて、枯蘆の中につき立ったその脇差を宗矩ははっきりと見た。その瞬間に秀康の刺突が来た。かわしたが、僅かに肩先を貫かれた。宗矩が咄嗟に背後を見たためである。

天から脇差が降って来る筈がない。何者かが投げたのだ。それを確かめるために、一瞬ふりむいたのが隙をつくった。だが宗矩はその時、恐ろしい速さで土堤を走りおりて来る編笠をかぶった武士の姿を、はっきりと認めている。

〈邪魔が入った〉

もっとも別段気にかけるほどのことではない。背後には七人の部下がいる。余程の手練れでも、この七人にかなうわけがない。ただ急がねばならなかった。

宗矩は枯蘆を蹴って一気に間境いを越えると、身を沈めながら一刀を送った。秀康が倒れた。左脚を大腿部のところから切断されている。

宗矩の第二撃目は斜め横に払われた。秀康の首を狙ったのである。

二回目の邪魔が入ったのは、その時だった。金属音と共に、その刀がはじき返された。堤をかけおりて来た武士が横合からはねのけたのである。まだ編笠をかぶっている。

にした。
〈こいつ、どうして……〉
かすかに痺れた手で刀を持ち直しながら、宗矩は身体を開いて、背後が見えるよう
「………」
宗矩は信ずべからざる光景を見た。頼みとも誇りともした七人の門弟が、ことごと
く地に這《は》って動かないのである。想像だに出来ぬ光景だった。今の世に、あの羅刹《らせつ》の
ような七人を、一瞬で斬り伏せる力を持つ剣士がいたのか。
続いて宗矩を驚愕させる事態が起った。武士が編笠をぬぎながら云った。
「叔父上。どういうことですか、これは」
武士は兵介だった。
前年、慶長十一年四月十九日の暁《あ》け方、柳生石舟斎は七十八歳でこの世を去った。
兵介は放浪先で石舟斎の病い重しと聞いて、急遽柳生の里に帰った。石舟斎は病軀を
押して、道場に降り、兵介に最後の伝授をした。とても命旦夕《たんせき》に迫った人間の動きで
はなかった。己れの創案になる新陰流の秘伝を伝え終えると、
「終った」
と一言いって、床に戻った。それきり立つことが出来ず、黎明を待つようにして、

息をひきとった。

新次郎厳勝は、葬儀の支度を人に委せ、兵介と道場に籠った。石舟斎の口伝《くでん》の仕上げをするためである。否も応もなかった。三年手にとることなく、出来れば以後一生とりたくないと思っていたひきはだしないを、兵介は無理矢理握らされ、無理矢理、いくつもの型を反復させられた。

不思議なことに身体は前よりも軽く動いた。太刀行きも、昔より速くなっているような気がする。何よりも、一つ一つの技の呼吸が、まるで長い潜りの末、水面に出て空気を吸い込んだように、自然にのみこめた。だがまだかすかな反撥《はんぱつ》があった。

〈こんなことをして、何になるんだ〉

高原郷の光景が目前をよぎる。

新次郎が兵介の思念を読みとったかのように叫んだ。

「だからこそやるんだ」

兵介が恐らく不信の目で見返したのであろう。新次郎は不意に優しい口調になった。

「だからこそ、何人《なんぴと》も及ばぬ術を身につけなければいけないのだよ」

云っていることは分らなかったが、父の優しさだけは胸に響いた。

「分らなくていい。だがわしも見たことを忘れるな」

兵介は無言でうなずき、ひきはだしないをとり直した。

将軍家剣法指南役柳生宗矩は、遂に葬儀にも姿を見せなかった。

そして十ヵ月の道場ごもりの末、ようやく柳生谷を出て来た兵介が、最初に見たものが、その宗矩の姿だったのである。

宗矩は狼狽していた。「叔父上」という言葉が、痛みにつき刺さった矢のように感じられた。

〈なんという馬鹿だ〉

だが怒る前にすまさねばならぬ仕事があった。秀康にとどめを刺さなければならない。兵介を無視して、秀康に近づこうとした。

兵介がその前に立ち塞がった。

「越前宰相秀康公ですね」

この馬鹿は、また名前をいう。

「どけ」

「なんのために秀康卿を……」

宗矩は刀を下げた。『無形の位』である。兵介を斬るつもりでいる。こいつはあの七人を倒した……。その思いがちらりと胸を掠めた。あれから六年の歳月が流れている。折角《せっかく》くるぶしを砕いてやったのに、見たところ足を曳きずっている様子もない。

こいつの運がいいのか、自分の打ちが弱かったのか。加藤清正に仕官して手柄を立てたときいたが……。宗矩はじりっと間をつめた。

兵介は宗矩が自分を斬ろうとしていることに気づいた。奇妙に左足がうずく。永年痛んだことのないくるぶしである。嘗《かつ》て砕かれたくるぶしが、兵介とはかかわりなく、宗矩をおぼえているようだった。あの時、父の手当がなかったら、左足は使えなくなっていた筈である。父は自身がひどい傷を負った経験から、なまなかの医者など足もとにも及ばぬほど、外科の術に達していた。薬草の智識も豊富で、結局それが兵介を救ってくれた。だがあの時の宗矩の憎しみは何だったのだろうと、後々まで兵介は思った。深い屈辱の念と共に思った。考えれば考えるほど、恐ろしい剣だった。斬ろうと思えば、どこでも斬れた筈である。簡単にあしらって剣をとばすことも出来ただろう。それをわざわざくるぶしを狙った。あの悪意は一体何だったのか。父に対するいやがらせとしか思えなかった。だが何故そんないやがらせをしなければならなかったのか。

兵介がまったく無意識に同じ『無形の位』をとっているのを宗矩は見た。あの時と同じである。まるで馬鹿の一つおぼえだ。だが、背後の七人をあれほどの速さで倒した男を、嘲っているわけにはゆかなかった。異常なほどに術の速さが増しているに違いなかった。もうけれんはきかない。術の速さには、同じ術の速さで対するしかない。

速さについては、宗矩にも自信があった。『無形の位』のまま宗矩は足を自然に進め、間境いを越えようとした。

その時、兵介が思いもかけぬ仕草をした。悲しげにちらりと微笑《わら》うと、刀をぱちんと鞘におさめてしまったのである。

〈馬鹿か〉

宗矩は一瞬の躊《ため》いもなく、すり上げの斬撃を送った。宗矩の所作には一瞬の遅滞もなかった筈だったが、一瞬虚をつかれたことは確かである。その虚が所作に微妙なおくれをもたらしたのかもしれない。気がついた時は、ふりおろした両腕を抑えられていた。同時に兵介の右手の掌底《たなそこ》が、強く宗矩の心臓を突いた。宗矩は仰《あお》のけに激しく倒れた。刀は奪われている。

「無、無刀取り……」

瞬間に、驚愕の表情で宗矩が叫んだ。更に声を発しようとしたが、出来ない。呼吸《いき》がつまって、今にも気を失いそうだった。意地でその苦しさに耐えた。兵介が首を横にふっているのが見える。

「知りません」

相変らず悲しそうな顔で兵介が云う。

「刀を使いたくなかっただけなんです」

嘘ではなかった。兵介は眼前にまたしても高原郷を見たのである。一瞬に剣気が去った。

〈またおれは刀を使っている〉

激しい嫌忌感《けんきかん》が襲った。半ば無意識に刀を鞘におさめた。もとより兵介はその意味を心得ている。これは自分が斬られるということなのだ。仕方がない、と兵介は思った。ちらりと、父親がいったように、屍体の山の中に倒れている自分が見えた。そこには立っていた時と同じ光景があった。切り裂かれた四肢。砕かれた頭蓋。露出したはらわた。そして夥《おびただ》しい血。どこもかしこも血の海だった。だが、どこかが変っていた。どこかひどく安らかな気分だった。屍が逆に自分を安心させてくれている。父がいったように、それは仏たちに似ていた。胸が開けた。自分は仏の中にいる。

兵介は以後のことを覚えていない。宗矩の腕を抑えたのも、胸をつき、刀を奪ったのも知らない。気がついた時、宗矩は倒れていた。それだけのことだった。実は兵介は宗矩の部下七人を同じやり方で倒している。ただこの時は初めから剣を抜いていない。兵介の眼には彼等の動きがひどく緩慢に見えた。だから自然に一足先に間境いを越え、剣の降って来る遥か以前に急所をついて倒した。充分の余裕がそれを可能にさせた。だが宗矩の時は違う。余裕などあるわけがなかった。だから死んだ。生きているのは、ただただ不思議のなせるわざである。

「だから生きてるんだろうな、今でも」

あの花野でおやじの最後に云った言葉が、不意に甦《よみがえ》って来た。

〈おやじも、間違いなく修羅を見たんだ〉

兵介は初めて心の底から、新次郎の言葉を信じた。

兵介は奪った宗矩の刀を遠くに放って、秀康の足もとに蹲《うずくま》った。切断された大腿部から激しく出血している。兵介は裂いた手拭いでぎりぎりと縛り上げて血脈をとめた。

左肩にかつぎあげて立った。

〈生命は拾うかもしれない〉

かなりの失血だが、秀康はまだ若い。脚をなくしても生きることは出来る。

倒れている宗矩の横を通り抜けようとした。まだ気を失っているものと信じていたのである。

突然、横殴りの剣が来た。脇差だったのが辛うじて兵介を救った。うしろへ跳んだが、秀康をかついだままだったので跳びきれず、尻餅をついた。秀康はまだ無事に肩の上に乗っている。

宗矩がはね起きた。考えられない強靱さだった。無言のまま、脇差をふりおろして来た。この剣はかわしようがなかった。兵介は、いつ自分が剣を抜いたかおぼえていない。宗矩の脇差をさけようとして身体をひねった。同時に剣が抜かれていた。剣は、宗矩の左脚の脛を充分に薙《な》いでいた。脛が切断され、宗矩は横ざまに倒れた。

兵介は謝罪の言葉を発しようとしてやめた。口をきくのがいやになっていた。邪悪という言葉を思った。叔父上は邪悪だ。そうとしかいいようがなかった。叔父を斬ったことに、なんの心の痛みもなかった。

〈やっぱり脚だった〉

転がっている宗矩の脛を見て、なんとなくそう思った。

柳生宗矩が、以後、木製の義足を使用するようになったのは、知る人ぞ知る柳生家の秘事である。

結城宰相秀康は、慶長十二年三月一日、まったく突然に伏見を発って、越前北《きた》ノ庄《しょう》（現福井市）に帰った。理由は不明である。

そして松平忠吉は、同年三月五日、清洲への帰途、芝浦《しばうら》に到ったところで死んだ。死因は瘡毒《そうどく》とある。瘡毒とは今日のいう梅毒である。いかに当時の梅毒が、今日とちがって顕在性（潜伏期が短い）のものであったとしても、二十八歳の若者が梅毒で死ぬものだろうか。しかも忠吉は妻もなく、生れつきその種の女性との交渉など考えにくい身分にいた人物なのである。木村助九郎が見事に仕事を果したということであろう。

結城秀康は北ノ庄で、この年の閏《うるう》四月八日の夜に死んでいる。この死因もまた瘡毒とされている。結局、宗矩による傷の悪化が生命とりになったのである。家臣たちが暗殺の事実を隠した理由は、井伊直政、榊原康政の場合と同様である。

秀康は病中に、当時城内に客となっていた兵法者たちを集め、『無刀取り』について訊ねている。兵法者たちは一人を除いて、この術を知らなかった。その一人はタイ捨流の者だったが、それも往昔《おうじゃく》上泉伊勢守秀綱《ひでつな》が、無刀取りを研究したがどうしても工夫がつかず、柳生石舟斎宗厳に引きつづき工夫するように命じたらしい、ということしか知らなかった。

「柳生か」

秀康は一言そういっただけだったと云う。そして、死に臨んで、徳川家代々の定め通り浄土宗の菩提寺ではなく、結城家の菩提寺である孝顕寺《こうけんじ》に葬れと命じた。家臣が意見をしたが、頑としてききいれなかった。最後に、

「秀忠め」

そういって息絶えたという。年わずかに三十四。

家臣たちは遺言通り秀康の骸《なきがら》を孝顕寺に葬り、

『孝顕寺殿前三品黄門吹毛月珊大居士』

の諡《おくりな》を贈った。

家康は烈火の如く怒り、墓をあばき、改めて浄土宗の寺に改葬し、

『浄光院殿前黄門森厳道慰運正大居士』

と諡したという。徳川家の一族で、二つの戒名を持った者は、秀康しかいない。秀忠が世良田二郎三郎に強要してやらせたことは明らかである。

真田の蔭武者

――真田幸村――

大佛次郎

大佛次郎《おさらぎじろう》（一八九七〜一九七三）

神奈川県生まれ。幼い頃から文学に親しみ、第一高等学校在学中には「中学時代」に「一高ロマンス」を連載。東京帝大政治科卒業後は女学校の教師を経て外務省に勤めるが、書籍の購入費を稼ぐため小説の執筆を始める。一九二四年に発表された「鬼面の老女」から始まる『鞍馬天狗』は四十年に渡って書き継がれ、国民的な人気シリーズとなる。『照る日くもる日』から『天皇の世紀』まで六十一篇の新聞小説を執筆。『ドレフュス事件』や『パリ燃ゆ』などのノンフィクションにも秀作が多い。大の猫好きであり、『スイッチョねこ』という童話も残している。

一

茶臼山《ちゃうすやま》に在る東軍の本営には、味方の敗報が続々と伝わった。寄手が死力を尽したこの日の総攻撃も、真田幸村《さなだゆきむら》の奇計にまんまと陥って四離滅裂になった。幸村が采配を振る下に大阪方の軍勢の行動は真に神出鬼没、この十一月の寒空の下に死んだように閑寂《ひっそり》して見えた森が俄《にわ》かに動くかと見れば六文銭の旗をさっと翻《ひるがえ》して思い掛けない伏兵が大地を割って、逃走《にげはし》っていた東軍の側面に出る。旗を捲《ま》いて逃げる敵を勢《いきおい》に乗じて追えば、轟然天地も覆《くつがえ》る爆音とともに石火四散味方は粉微塵と化《な》って打ち倒される。精鋭を集めた徳川方も全く策の施しようがなかった。

「云うな！　なにとてこの儘《まま》おめおめ怖れようぞ。戦場に屍《かばね》をさらすは武門の冥加」

旗本の老臣達が様々に気づかって退却を勧めるのを、秀忠《ひでただ》頑として肯《き》かなかった。昂奮に蒼ざめた唇を、皓《しろ》い歯がきっと嚙んでいる。目は血走って、硝子《がらす》玉のようにぎらぎら光っていた。

「御諚《ごじょう》なれど、大将軍の御身。御一身の為では御座《ござ》らぬ、もしものことあれば、全軍の士気にも関わること」

「進むのみが武人では御座りませぬ。まして御父君大御所の御事さえ気づかわるる此《こ》の混戦」

安藤帯刀《あんどうたてわき》、成瀬隼人《なるせはやと》が、馬の轡《くつわ》を取って、必死の諫言《かんげん》。

大御所と云う言葉が秀忠を動かした。父家康《いえやす》も今日の戦には自ら加わっていた。幸村の奇計の為に味方の間の聯絡《れんらく》さえ断たれた今はその安否も判らぬのである。目を挙げて、それと思う辺を望めば、砂塵硝煙濛々《もうもう》たる中に、矢叫びの音鬨《とき》の声。

秀忠、鐙《あぶみ》を蹴って叱咤した。

「続け！　父上を殺すまいぞ」

一団になってどっと走る。と、天から降ったか地から湧いたか、忽如《こつじょ》として前面に現れた敵の一隊。砂塵を蹴って殺到し来たる。先頭に立った坊主頭の猛者《もさ》が大音声《だいおんじょう》。

「敵の大将と見奉る。深谷入道《ふかやにゅうどう》兄弟が見参、見参！」

それ！　と命令一下、後に控えた鉄砲隊がさっと左右に散るや、ど、ど、ど、ど、どっと小銃の音。煙の幕が忽《たちま》ち敵味方の姿を隠した。秀忠の周囲の面々が、ばたばたと倒れる。「うぬ！」

豪気の秀忠、鐙を蹴って馬を濛煙の中に突き進めようとすれば、忽ち馬は崩れるように倒れ、自分は埃《ほこり》の中に転がった。帯刀と隼人が素迅《すばや》く駆け寄って扶《たす》け起すや肩に掛けて後に退く。

「してやったり！」

と、深谷入道が大刀を揮《ふる》って殺到する。大将の危急を見て旗本の武士両三人が身を以《もっ》て間を隔てた。

「邪魔するな！」

白刃一閃。先頭に立った一人が血煙あげて倒れる。臆せず次の二人が槍を執って抵《むか》う。その間に隼人と帯刀が三歩四歩退く。旗本の勇士が群《むらが》って肉の壁を築いて大将を蔽《おお》うた。

深谷入道兄弟は、間に立った両三人を屠《ほふ》ってなおも秀忠に迫ろうとする。血汐をあびた凄惨な姿で悪鬼のように荒れ狂い肉迫して来るその勢は、鉄壁をも貫かんずの有様、秀忠の生命は風前の燭火《ともしび》！　と見えた刹那、機転を利いたる矢代《やしろ》某なる武士、御免と云うなり人垣を幸い秀忠の陣羽織陣笠を奪って着るや引き返して大音声。

「下郎、推参！」

切尖《きっさき》鋭く斬込めば、これを秀忠と見た入道、望む敵と雀踊《こおどり》して立ち向う。乱戦混闘に揉まれながら、必死の勝負。

二

矢代某の機転に依《よ》って危い場所から秀忠を扶け出した隼人と帯刀は、秀忠をまったく安全な場所に置いてから、直《す》ぐ引き返して、大御所家康の安否を尋ねた。

同じ頃、家康は幸村の嫡子大助幸安《だいすけゆきやす》の為に散々に悩まされていた。深谷入道が秀忠に肉迫したように大助の槍は家康の袖に及んでいた。甲斐政右衛門《かいまさえもん》、筧頼母《かけいたのも》の二人が中を隔てて大助に斬ってかかった為家康は辛くも馬に鞭うって、逃れたのである。日頃から、怒ろうが悦ぼうが、あまり感情を顔に表わさない習慣の家康もこの日ばかりは血の気のない顔色をして本営に引揚げて来た。秀忠も家康も、お互いに無事な顔を合せた際、直ぐには口がきけぬくらい感動した。

しかし間もなく家康は平常の冷静な気持に帰って胸の算盤《そろばん》をはじくことが出来た。

「いやいや、勝敗は合戦の習い、これからも幾度もあることじゃ。今日の敗北は明日の勝利。気をおとすことはない」

秀忠を前に、例のように微笑しながら口にはこう云ったが、腹の底ではつくづく敵の幸村の智謀を恐れるようになっていた。

「この儘《まま》ではいかん。幸村ある内は、大阪城を陥すのは難しい。……」

秀吉《ひでよし》が死んだら直ぐ自分の手に落ちると考えていた天下も、今の儘ではまだまだ徳《とく》川《がわ》氏のものになりそうもない。こう思うと、自分の高齢《とし》と思い合せて家康は暗い気に成らずにいられなかった。自分がこれ迄《まで》我慢に我慢を重ね、苦労をして来たのが、一体何の為に成るのだろうと云うような疑念も湧いた。

城攻めに掛ってから習慣のように成っている鎧もぬがず無造作に毛皮の上に転がって寝ながら、暫《しばら》くは暗い気持に悩まされてまんじりともしない。本営の夜を警《いまし》めている柝《ひょうしき》の音がこの晩はいつもより五月蠅《うるさ》く耳に響いた。

「そうだ。幸村を九度山《くどさん》の閑居から大阪城へ入れるようにしたのが、そもそも間違いの始《はじめ》であった」

寝返りを打ってこう呻《うめ》いたが、直ぐ思い直した。

「いやいや、それは愚痴だ。今更あの時の手ぬかりを悔んだところで詮方《せんかた》ない。出来たことは出来たことじゃ。大切なのは、それを認めて、こちらがどう云う策を執《と》るかに在る。……」

家康は例のように常識的に頭を動かし始めた。

やがて、何を考えたのか、起き上って近習の者を呼び出した。

「佐渡《さど》と掃部《かもん》を呼べ！」

三

召に応じて本多《ほんだ》佐渡守正信《まさのぶ》、井伊《いい》掃部頭直孝《なおたか》の二人が直ぐ家康の寝所に来た。二人とも鎧腹巻に陣羽織を着ていた。共に、狸爺家康の謀臣である。燃え残った篝火《かがりび》が、額を集めて密談している三人の横顔を明暗に彩った。

「普通《なみ》の手段を用いて幸村めを破ること叶わぬとあらば非常の策に出《い》ずるより他はない。其方《そのほう》達に何か工夫はないか喃《のう》？」

家康はこう云って二人の顔を見た。佐渡も掃部も無言でいた。非常の策と云っても相手は神出鬼没の幸村、まるで走る影を把《とら》えるように至難のことであった。

と、家康が云った。

「佐渡、城中に味方の間者は入っていたのう？」

「はっ、両三名つかわして御座りましたれど何さま城中の警戒が厳重にて、唯今は女子一名のみ残って居ります る」

「女子か？」

家康は考《かんがえ》深い顔をして、佐渡を見た。

「千姫附きか喃《のう》？」

「いや、かねがね御味方に返り忠の底意《したごころ》ある奥女中小車《こぐるま》の下に婢女《はしため》を致して居る様に御座りまする」

「名は？」

「初《はつ》に御座りまする」

家康は再び黙然《もくねん》としていたが、何を思い附いてか膝を乗出して云った。

「その女《もの》に指図を伝える道はあるのじゃ喃《のう》？」

「左様に御座りまする」

「うむ然《しか》らば……」家康は満足げに頷いて、注意深い目で四辺《あたり》を見廻してから低声《こごえ》で囁いた。

「その女の手で幸村を毒害出来まいか？　ならずば次の日の計略を盗み出させるのでもよい。……淀《よど》や内府はものの数ではない。敵らしい敵は幸村一人じゃ。奴一人を除けば天下は我が意の儘じゃ。陣中の混雑にまぎれて毒害出来れば何よりの幸い。ならずば、敵の計略を知って其《そ》の裏をかき味方の主力を集め彼一人を倒さん所存じゃ」

本丸に催された軍議はなが延《び》いて深夜に及んだ。幸村が深谷清海《せいかい》入道、穴山小助《あなやまこすけ》、入江織之助《いりえおりのすけ》の三人を従えて出丸へ戻る途中、九つを知らせる太鼓の音が聞えた。この夜、戌亥《いぬい》の風が烈しく吹いて砂塵を舞わせ、折から地平を離れた月を朱盆のような色に見せた。

幸村はふと足を止めて、耳を澄した。従った三人もこれに倣《なら》って立ち止った。

「弦音がしたようであったが、聞かなんだか？」

三人は聞かなかったと見えて、黙っていた。

「その辺を調べて見《み》い」

三人は直ぐ散った。

入江織之助は傍の土手に登って見た。土手の下は直ぐ外濠《そとぼり》に成《な》っている。織之助は月の光をたよって土手に沿って目を動かしていたが、怪しい人影を見て、つかつか傍へ寄って行った。

「何者じゃ？」

こう云いながら見ると、意外にも人影は若い女だった。織之助は茫然とした。

「迂散《うさん》な者では御座いませぬ。奥女中小車様の婢女初と申す者で御座います」

女はつつましやかにこう答えた。

織之助は女が手に弓矢を持っているのを見て、幸村の云った弦音の主がこの女だったと云うことを知った。

「かよわい女性《にょしょう》の身で、この深夜、人なきところに何の弓矢？」

織之助は鋭く云った。

「は……い」

女の声はやや嗄《か》れていた。夜目にも狼狽した顔色が伺われた。が、織之助は深く怪しむ心も起らなかった。反《かえ》って自分の言葉が、女相手には烈し過ぎたのを悔やんだ。

「あの……女ながら憎い敵に一矢報い度《た》いと存じまして……」

羞かしいのか？　女は袖で顔をつつんだ。

織之助は微笑して優しく云った。

「は、は、それは殊勝。なれど今の弦音を我等の主《あるじ》の殿が聞かれて、調べて見よとの御諚じゃった。役目の上の慮外は許されい。有様は殿の前へ出て云わるるがよい。拙者御案内申す」

「そのお殿様は？」

「御味方の軍師真田様」

「では……あの真田……様？　が」

「如何《いか》にも」

女はいそいそとして云った。

「お伴致しまする」

四

「何？　女ながら敵方関東勢に一矢を報いたいとか……うむ……うわははは……」

幸村は、織之助に連れられて自分の前に平伏した女を眺めて、快《こころ》よげに笑った。

「よいわ。顔を挙《あ》げい」

女は、言葉に従って顔を上げたが、幸村の鋭い目を見て思わず目を伏せた。幸村は、その咄嗟《とっさ》に女の顔に流れた複雑な表情を素迅く読んだが、底意のない朗らかな声で言葉を次いだ。

「よいわ、よいわ。大阪城中の生なき草木たりと云え狸爺めを憎んでいる今じゃ。女ながら万物の霊長その意気あればこそお城は金城湯池《きんじょうとうち》。なれどこの幸村の目の黒き内は、その心配は無用無用。女子は女子らしく、歌になりとも恋になりとも、酔うていられい」

再び哄笑《わら》う。

「織之助、大儀ながら此の女房、主が方へ送り届けい。軍律厳《おごそ》かなりと云え荒猛者揃いの城中、万一《もしも》のことがないとも云えぬ。我等一足先にまいろう」

悠々と歩み出でる。深谷穴山の両人もその後から歩き出した。

「お初殿とやら、然らばお伴仕《つかまつ》ろう」

「あい」

月の光の下で艶《なめら》かに微笑《ほほえ》んだ。織之助はてれた気持を衣服《きもの》の塵を払う所作にまぎらせた。

寒い冬の夜のさせたことであったろうか？　あるいは人間の本能が暗い夜の帳《とばり》をこよない首尾としたものだろうか？　兎《と》に角《かく》、知ってか知らずにか、女はぴったり織之助の肉体《からだ》に身を寄せて歩いていた。

また織之助は、丁度《ちょうど》魔術にかかった人間のように女の肉迫を避ける気力もなく、歩みながら自分の肉体《からだ》に優しく当って衣服《きもの》を隔てて肉の円味と暖味《あたたかみ》を感じさせる女の肩を、腕を拡《ひ》ろげて抱き締めたい欲望を僅かに制御えていた。

二人とも無言だった。是《これ》は言い合せたように不自然に鈍《のろ》く動いていた。二人とも何かを待っている様子だった。そしてまたその気持をたのしんでいる風がある。女は知らず、尠《すくな》くとも織之助はぼんやり夢のような気持で幸福に酔い痴れていた。

血の匂い、埃《ごみ》、硝煙、狂気のような斬合い、雨に打たれ風に吹かれながら寄手を待つ毎日毎日の単調な生活、敵と斬り結びながらも感じている倦怠の味。こう云う無味乾燥な日を、濠をめぐらし厚い石垣に囲まれた城の中で送っていた織之助の情《こころ》は、乾いた海綿のようにかさかさに成っていた。けれど海綿は乾けば乾くほど水を呼ぶ！
それと同じように織之助の情《こころ》も枯れれば枯れるほど、潤いを求めていた。

ところが今、情に餓えていた織之助の傍に一人の女がいる。若い、美しい女だ。はしりの果物のようにしっとり皮の面《おもて》にまで滲み出しそうに水気を含んだ匂いの高い肉体《からだ》だ。織之助は喉の涸きを覚えた。鎧を着た身が、この寒い冬の夜に俄かに微照《ほて》るのを感じた。どこを、どう歩いているのかもさだかでない。ただ冷《つめた》い暗い石垣が際限なく続いているのが目に映っていた。

と、織之助は急に眩暈《めまい》を感じて、石垣が急に流れる。次の瞬間、天鵞絨《びろうど》のように厚い闇のなかから白い女の顔がざっと織之助に近寄って来た。その顔には、情のない石をも熔《と》かしそうに烈しく燃える二つの目が炬火《たいまつ》のように輝いていた。

五

織之助は、女を無事に主のもとへ送り届けたことを幸村の前に報告に出た時、幸村の目を何となく眩《まぶ》しく感じた。幸村は、女が実際に奥女中小車の婢女《こおんな》だったと云うことを慥《たし》かめただけで、それ以上何も言わずに丁度見掛けていた地図の面に目を移した。織之助はほっとして詰所へ戻った。

その夜から織之助の為に幸福な日が続いた。城内の人々の注意が毎日毎日の戦況に集っていただけに織之助とお初の二人が忍び逢う機会は案外にあった。逢瀬を加ゆる毎《ごと》に二人の仲は段々と深くなって行った。

この新しい幸福に酔っていた織之助は、女と自分とが心も身もひとつに溶け合っているのを感じていた。二人は総ての恋人同志がするように、お互いの心の中にあることを何から何まで打開け合った。二人の間に秘密があると云うようなことは好ましくないことだった。だから女が戦争のことについて尋ねても、織之助は「女の知ったことでない」と一概に斥《しりぞ》けることは出来ない。自分で知っている限りは話して聞かせたのである。

今日も二人は、濠端の石垣の蔭で待ち合せて逢った。織之助は次の日の朝、曾根崎《そねざき》方面へ討って出る話をした。

お初は目を輝かせて聞いていたが、尋ねた。

「やはり殿様のお伴でおいでなさるのですか？」

「そうじゃ」

ふと不吉な考《かんがえ》が織之助の頭を、かすめた。

(ひょっと、明日の戦いに自分は武運拙《つたな》く倒れるようなことはあるまいか？)

しかし、その直ぐ後からこの考《かんがえ》を打消した。

(なんの！　そのようなことはない。殿は兵を用ゆるに神のようなお方じゃ。どんな戦《たたかい》でも殿の計画どおりに行かぬことはない。面白いように敵を破るのじゃ。殿に従っている限りは、みじめに負けることはない)

この安心があるから、これ迄も恋人を後に残して出陣することが出来た。これまでにも知らないくらい生きていることの悦ばしさを感じている今日この頃、自分か相手がたかどちらか死なずにはいられない戦場へ平気で出て行けたと云うのも、やはり大将真田幸村の過つことない計略を安心して信じていることが出来たからだった。

六

ところが、当の真田幸村は近頃自分の頭脳《あたま》を疑い始めている。成程《なるほど》、これ迄は万事が目算どおり行って敵を散々な目にあわせて来た。兵を動かせば必ず勝てると云う自信を自分でも秘《ひそ》かに胸に持っていた。

それがこの四五日来、自分のたてた計略が不思議に縮尻《しくじ》る。これならば見事敵の裏をかけると思ってやった仕事が、あべこべに敵に裏をかかれるようなことが多い。前々日も敵を夾撃する考《かんがえ》から一隊の兵に敵のとても想像のつかぬような道を取らせて敵の背後に出でさせようとした。ところが奇怪にも敵はこの計略を悟ったと見えて、その一隊に殆《ほとん》ど全滅に近い敗北を嘗《な》めさせた。

幸村は苛立《いらだ》った。同時に迷った。何者か敵に内通している者があるに相違ない。さもなければ、自分の目算がこれ程酷《ひど》くはずれることはあるまい。こう思って自分の周囲を物色してみるが、周囲にいる者は悉《ことごと》く古くからの家臣で、主人を敵に売るような卑怯者は一人もいない。

(では、やはり自分の計略に、考えの至らぬところがあったのであろうか?)

部下を愛している幸村は、自分の為には身命をも吝《おし》まぬ忠実な部下を疑うことが出来ないで先《ま》ず自分の頭脳《あたま》を疑った。そこで、幸村は次の日の戦術を考案するのにも、今までになく頭を悩まして、寸毫《すんごう》も過ちのないようにした。

それでいて、戦績は日毎《ひごと》に面白くない。

七

夜に成ってから、深谷清海入道は、幸村の内令を受けて秘密な用事で本丸へ行った。その帰りがけ、濠端を歩いて来ると、何所《どこ》かでひゅうと弦音がしたのを聞いて立ち止った。

月の出までには間がある。夜は暗かった。濠端の道の左側は町家に成っていたが、戦争に成って以来大方立退いたので、皆大戸をおろして空屋に成っている。深谷入道は、闇をすかして、そっと前方を偵《さぐ》った。

黒い人影が見える……。

人影は、濠端の柳の立木傍へ寄ったと思うと、手を伸ばして其の幹から何かを抜き取った、枝ではない、矢である。

深谷入道は片唾《かたず》を呑んで、なおも様子を偵《さぐ》っていた。

曲者《くせもの》は、その矢から何か白い紙片を抜き取って、その儘立ち去ろうとした。ここ迄見極めてから入道は、用意していた手裏剣を投げた。

「えい！」

気合を知って曲者はぱっと駆け出した。手裏剣は僅《わずか》に袖を縫ったばかり。

「うぬ、逃がしては？」

入道は直ぐ後を追った。

曲者は傍の露地に飛び込んだ。入道も直ぐその後から続いた。

やがて濠端に乱れた足音があわただしく起った。物音を聞いて巡羅《じゅんら》の兵が馳《か》け寄って来たのである。

曲者は猿のように敏捷な男だった。真田の旗下に名を知られた深谷入道の手裏剣を躱《かわ》したことだけでも尋常でない。それが、この辺の地理を掌《てのひら》をさすように心得ていたと見えて、抜道から抜道を脱兎のようにくぐって、まんまと姿を晦《くら》ました。

入道は切歯して口惜しがったが、重い鎧を着ている身の、所詮、軽装した曲者の足に及ばなかったのである。

八

深谷入道が出丸に帰ってからこの話をすると、幸村は委《くわ》しく様子を聞き取って思案深い顔をしていたが、膝を打って云った。

「よいわ。それでどうやら読めた」

「しかし、曲者をとり逭《にが》しましたのは、入道近頃にない不覚で御座りました」

「いや、いや、それ程の手練の者では、たとえ拷問致したところで、実は吐くまい。城内に敵に通じている者があると判っただけでも手柄じゃ」

「然らば、獅子身中の蟲《むし》とも云うべき裏切者は？」

「大凡《おおよそ》、判っておる。しかし、それも元来がお味方でなかったとすれば、敵の為には忠義者じゃ。しかも女性《おんな》の身空で喃《のう》」

「なんと仰せられまする？　内通者は女性《おんな》だと云われまするか？」

「そうじゃ、しかも花羞しい美しい女じゃ。入道、いつぞや織之助にとらえさせた女を覚えているか？」

「あっ、あの女が？」

「我等の計略を齟齬《そご》させおった張本じゃ」

「しかし、殿、如何《いかが》致してあの女が軍機を嗅ぎ出だしましたかな？」

「それは余に尋ねるよりも織之助に訊け」

「やっ、入江が？」

「だが、織之助は恐らく知るまい。知らずに洩らしたのであろう。悪いのは織之助ではない。織之助の若さじゃ」

入道は無言でいた。その不平そうな顔を見て幸村は優しく云った。

「成程織之助が知らずに犯した罪の為に大勢の味方が死んだのは事実じゃ。だがその為に織之助を殺すと云うことに致せば更に味方の勢《いきおい》を削ぐことに成る。罪の償いは死以外に道がある。豊臣《とよとみ》のお家の為また織之助の為、あたら若い命を無駄には棄てさせたくない」

幸村は口を噤《つぐ》んだ。入道も無言である。陣屋の裡《うち》はしいんとしていた。

と、幕の蔭に、今までこらえこらえいて泣き声を一度に迸《ほとばし》らせて、わっと男泣きに泣く者があった。

深谷入道がつと席を立って幕をしぼれば、そこには入江織之助の正体なく泣き倒れている姿が現れた。

「殿！……」

織之助は血を吐くようにこう云って、地面に額を押しあてるなり、再び狂気のように身を慄《ふる》わせて泣いた。

九

同じ頃、茶臼山の東軍の本営では、本多佐渡守正信と井伊掃部頭直孝とが、忍びの者の帰るのを待っていた。忍びの者は、大阪城内にいるお初からの矢文を受取って帰って来る筈である。

お初が織之助から聞き出しては矢文で知らせる幸村の動静がどの位寄手の利益になっていたか判らなかった。これまでのように総大将が生命からがら逃げると云うようなことは全くない。織之助が幸村の帷幕《とばり》に参して重きをなしていた為に、その口から洩れる戦略上の秘密は、関東軍にとって、作戦上この上ない材料になっていたのだ。

しかし、この晩は、忍びの者の帰りが平常《いつも》より大分遅かったので、佐渡も掃部もかなり気を揉ませられた。その上、忍びの者が危く捕えられるところだったと云う話を聞くといよいよ不安な気がした。

「して、矢文を拾ったところを見られたのであろうか？　ただ怪しい奴ぐらいのところで誰何《すいか》されたのなら心配はないが……」

掃部は忍びの者にこう尋ねた。万一、矢文を拾った現場を見られたならば、城の内部に間諜のいることが判って、お初が嫌疑を蒙《こうむ》らぬまでも、警戒が厳重になって、これまでのように通信が出来なくなるであろう。佐渡も掃部もそれを心配していたのだ。

しかし、忍びの者は手裏剣の気合を知って初めて自分の危急を知ったのだから、何《い》時《つ》から自分の行動を見られていたかは、我ことながら知らずにいる。だが曖昧な点をその通り正直に云うよりも、自分の有利に言っておいた方が得だと思った。

「いや、矢文を拾ったところは見られなかったと存じまする。その場を離れて暫くしてから手裏剣が飛んでまいったので……」

「しかと左様か？」

「へい、間違い御座いません」

掃部も佐渡も、まだ疑念が失せなかったが忍びの者があまりきっぱり云ったので、これ以上訊きただすことも出来ず、その儘男を退かせた。

「如何《いかが》致したもので御座ろう」

佐渡は掃部の意見を求めた。

「何よりも先ずお初の手紙を読むことに致そう。その上で真田の行動を偵《さぐ》って、それがお初の手紙どおりならば、矢文の件が敵に判らなかったと見ては如何《いかが》で御座る」

掃部がこう云うと、佐渡は賛否いずれとも定めかねる顔をして無言でいたが、結局、掃部の意見に随うことにした。

「如《い》何《か》にも、さしあたってそれ以外に途《みち》は御座るまい」

十

翌朝、佐渡と掃部は曾根崎《そねざき》に近い森蔭に六文銭の旗が現れたのを見て、顔を見合せて快心の笑《えみ》を交わした。二人とも「この調子なら大丈夫」と云う気がしたのである。昨夜の矢文には、幸村が軍の主力を曾根崎に置いて、攻勢に出ると云うように書いてあった。

そこで、二人は直ぐ命令を下して、前面の敵を迎え討つ手筈をして、軍の主力をここへ集中した。幸村の奇計には度々苦しめられて来たが、堂々と正面から四つに組んでの戦いなら、充分敵を破る自信があったのだ。やがて、豆を煎るような鉄砲の音が森を中心にして敵の陣地に起った。鉄砲の音から判断すると、敵軍はなかなか有勢らしい。掃部は武者ぶるいをしながら、攻撃の汐時の来るのを待っていた。

一方、佐渡は直ぐ茶臼山に引き返して、家康を安全な場所に置くことを考えた。敵には飽《あ》く迄家康が茶臼山から曾根崎へ出軍するように見せかけて置いて、家康の乗物は旗本三百騎ばかりに守らせて、別の方角に向わせることにした。

掃部は、佐渡から家康のことを気遣わずにいてよいと云う伝令を受けると、直ぐ鉄砲隊に命じて敵に火蓋を切らせた。忽ち激しい銃声が広々とした冬の山に反響を呼んだ。

と、気が附いて見ると敵の陣地は何時《いつ》の間にか攻撃をやめて、ひっそりしている。掃部はやや無気味な気がして、じっと様子を偵《さぐ》っていた。ところが次の瞬間に、ぱっと天地が瞬きをしたように思うと、轟然と耳も聾せんばかりの大きい音がして、味方の陣の一部が嵐に遭った草原のように、算を乱して薙《なぎ》はらわれた。

これなん、幸村得意の大筒である。掃部は切歯しながら、この新武器の威力の前に、手の出し様もなくおし黙った。

十一

家康は乗物の前後を旗本の精鋭三百人に守らせて戦況を遥《は》るか遠くから眺めていた。佐渡の注意に従って、大将だと云うことが判るような旗差物の類は一切隠して、普通の遊軍の体《てい》に見せかけていた。しかし堂々たるこの一隊が戦闘に加わらないでぼんやり佇んでいるところは兎に角迂散《うさん》臭く見えたには相違ない。

「や、いよいよ。幸村めが動き始めたぞ」

家康は乗物から降りて戦争を一目に見渡す高所へ出て立ちながら傍にいた大久保彦左衛門《おおくぼひこざえもん》に云った。

「御意に御座りまする」

彦左衛門も、小手をかざして曾根崎の森を眺めてこう答えた。幸村は大筒を放って敵陣を攪乱して置いて、急に斬って出たものらしい。砂塵の中に六文銭の旗が味方の陣に迫って来るのが見えた。

「段々面白くなってまいりまする。こんな場所にぽつねんと立って見ているなどは辛いくらいで……」

彦左衛門が肩を張ってこう云ったのを、家康は見返りもせずに難しい顔をして、前方を睨《にら》んでいた。

そこへ伝令が馬を飛ばせて来て、報告を齎《もた》らせた。

それに依ると、幸村の軍と掃部頭の兵とは混戦状態に入っているらしい。

その場に立っていた佐渡は、この報告を聞くと手を打って叫んだ。

「よし、註文どおりじゃ。武器《うちもの》とっての戦いなら幸村鬼神なりとは云え掃部守に及ぶまい」

暫くは蜂の巣を突いたように、矢叫びの音鬨の声が原頭《げんとう》を蔽うていた。と、一同は味方の陣に一際《ひときわ》高い歓声が怒濤のように揚《あが》ったのを聞いて、はっとした。何であろう？

間もなく第二の伝令が夢中で馬を飛ばせて来た。

家康は流石《さすが》に黙っていたが、佐渡や彦左衛門は声を揃えて尋ねた。

「何事じゃ？」

「掃部頭が幸村を討ち取りまして御座います」

「なに！　掃部が幸村を！」

「左様に御座ります。首級はおっつけ後より使者を以てお届け致す、とりあえずこれだけ御報告申せと云う主人の命令で御座いました」

一同は思わず顔を輝かせた。委しく話させて見ると、幸村は必死の働きに散々味方を悩ましていたが、最後に掃部と一騎討の勝負に成って、武運拙く首を譲ったと云うことだった。

「それは大手柄じゃ、掃部には家康満足に思うと云っていたと伝えい」

家康も流石につつみ切れぬ喜色を満面にたたえてこう云った。その言葉が殆ど終るか終らないかに突然一同は何かに撲《なぐ》られたような気がした。

轟然たる爆声一発、家康の直ぐ背後に立っていた旗本が三四名朽木のように地に倒れた。

「これは？」

と思う間もなく俄かに側面の森が動いて、堂々たる敵の一隊を吐き出した。風に翻る指物を見れば半月に薄《すすき》、六文銭の大旗。

「やあやあ、敵の大将徳川殿と見奉る。かく申すは真田幸村、御首《おしるし》を給わるべし」

十二

その数凡《およ》そ百騎、面も振らず突いて入る。不意を打たれながらも徳川方も多勢を頼んで構える。忽ち火花を散らす戦闘が起った。

大久保彦左衛門、家来に持たせた槍おっ取って幸村めがけて突《つい》て懸《かか》る。幸村巧《たくみ》に体《たい》を躱して暫く闘っていたが、何思ってか急に馬首を廻らせて住吉《すみよし》の方へ走り出した。

「卑怯未練！」大久保は、血眼になってその後を追った。

この有様を見て真田の兵が、大将の危急とばかり後を追う、徳川方の旗本がまたその後に続く、と云うわけで戦闘の中心は段々家康から遠ざかった、家康は本多出雲《いずも》その他の一騎当千の猛者《もさ》数騎に守られて、安全だと思われる大道《だいどう》村の方角へ逃げ出した。

大道村の入口まで来ると、道の左に在る農家の背後《うしろ》から俄かに躍り出して来た者がある。主従はぎょっとした。

「家康公と見奉る。真田左衛門尉《さえもんのじょう》幸村、見参！」

言葉と共に槍をしごいて突いて掛った。危いところを本多出雲が躍り出して間を隔てる。

「この場は某《それがし》ひき受けた。御主君をお願い申す」

出雲はこう呼ばって、四尺六寸の大刀を揮って、この第三の幸村に向った。

家康は、激しい太刀音を背後に聞きながら、傍の木立の中へ飛込んだ。茨や木の枝に構っていられない、幾度も転びながら無我夢中で、木立の外の畔道《あぜみち》へ匍《は》い出した。と、つるり、足を滑らせたと思うと傍の水田の中に落ちた。冬のことで水は涸れている。しかし泥は家康の膝まで深かった。

背後に迫る敵の刃を襟もとに冷く感じながら泥田の中で跪《ひざまず》いている家康の心細さと云ったらなかった。五寸に足りない掌《て》に天下を握って見度《みた》いと云う平常の野心も見栄も何もない。同じ生物である犬や猫と同じように命の危急を感じて怖れ戦《おのの》いている、一匹のみじめな人間の姿に戻っていた。その上には冷酷なまでに厳かに晴れ渡った冬空が無感情な顔付で、これを見おろしていた。

徳川幕府三百年の基礎を築いた家康が一生にたった一度の大難として思い起す毎に戦慄を禁じ得なかった真田の蔭武者の奇計には、こんな事情《いきさつ》があったのだ。第一の蔭武者として掃部に首をかかれた織之助の奮戦には、幸村の情が与《あずか》っている。

後藤又兵衛

国枝史郎

国《くに》枝《えだ》史《し》郎《ろう》（一八八七～一九四三）

長野県出身。早稲田大学大学中から新進の脚本家として注目を集めるが、学費滞納により中退。大阪に渡り大阪朝日新聞や松竹座の脚本部で働くが、バセドー病のため療養生活に入る。この時、生活費のために書いた『蔦葛木曾棧』が大ヒットし、一躍人気作家となる。『八ケ嶽の魔神』、『神秘昆虫館』などの伝奇小説には定評があり、代表作『神州纐纈城』は三島由紀夫が絶賛したことでも知られる。文壇一のダンス通であり、晩年はダンスホールを経営、ダンス小説『生のタンゴ』を書いたり、ダンス専門誌にエッセイやダンス論を執筆したりもしている。

一

黒田《くろだ》家を浪人してから、後藤又兵衛《ごとうまたべえ》は、次第に零落し、慶長十八年には、乞食のような身分にまでおちぶれて了《しま》った。

愛刀の、保昌貞宗《ほしょうさだむね》を蓆《むしろ》に包んで背負《しょ》い、破れた縕袍《どてら》を着、編笠を冠《かぶ》り、大和《やまと》の地へ這《は》入《い》ったのは、三月の候であった。

藤堂高虎《とうどうたかとら》の家臣で、阿野津《あのつ》城の城代を勤めている、旧友の藤堂仁右衛門《にえもん》を訪ね、昔話でもしようと、この地へ来たのであった。

仁右衛門の屋敷は、阿野津城の附近《ちかく》にあった。

何か行事でもあるとみえ、人の出入りが繁《はげし》かった。

又兵衛は心にもかけず、磨き上げた檜造りの大玄関へかかると、

「仁右衛門は居るかな?」

と、取次の若侍へ云った。

若侍の怒るまいことか、

「我等御主君に対し、仁右衛門などと呼捨てにいたすものは、大殿（藤堂高虎）の他にはない。それを乞食の分際で何事じゃ！　立去れ！　ウロウロいたさば斬るぞ！」

と叱った。

すると、もう一人の侍が、

「空腹のあまり、乱心いたしたのであろう。気の毒じゃ。幸い今日は当家の法事、非人乞食にも斎《とき》をつかわすことになっておる。勝手元に廻って食って行け」

と云った。

「さようか」

と、又兵衛は、アッサリ云ったが、勝手の方へ廻った。広大な台所では、十数人の料理方が立働いており、釜や鍋からは、旨そうな匂いが湯気と一緒に立昇っていた。見れば、土間の莚の上に、三人ばかりの乞食がかしこまっていて、斎をいただいていた。

又兵衛が、その莚の上へ坐わると、使僕《こもの》がやがて斎を運んで来てくれた。又兵衛は、神妙に頂き、つつましく食べだした。勝手口に近く咲いている吉野桜が時々散って、土間へ、鵞毛《がもう》のように舞込んで来、屋敷内で飼っているらしい鶯《うぐいす》が、少し老けた声で啼くのが聞えて来たりした。

又兵衛は、ゆるゆると食べつづけた。

この時、仁右衛門の家老で、関ケ原の合戦へも出、石田三成《いしだみつなり》方の軍師として、一世に鳴った大谷刑部《おおたにぎょうぶ》の老臣で、これも豪勇と智謀とで、天下に名を謳われていた湯浅五《ゆあさご》介《すけ》――その五介を討取ったため、一時に驍名《ぎょうめい》を馳せた北里三郎右衛門《きたざとさぶろうえもん》が、台所へ出て来た。料理方の指図をしていたのである。

土間を見ると、四人の乞食が斎を食べている。それはよいが、その一人が、顔見知りの後藤又兵衛に似ている。

(変だわい。後藤殿ほどのお方が乞食などに……)

しかし、左の耳にある槍傷までが、又兵衛そっくりなのであった。

三郎右衛門は、いそいで客間へ行き、客を接待している、主人仁右衛門の背後へ膝を突くと、耳へ口を寄せ、

「不思議なことがございます。お勝手の土間で、お斎をいただいております乞食の中に、黒田様の旧御家臣、仁右衛門《とのえもん》ともご懇意の、後藤又兵衛殿に酷似《そっくり》の……」

「誠か！」

と、仁右衛門は、片膝を立てた。

「はい、耳の上の傷までが……」

矢庭に仁右衛門は立上がり、台所の方へ小走り、襖《ふすま》の蔭から、土間を窺《うかが》った。四人の乞食の中《うち》一人は、紛《まご》う方もない、後藤又兵衛基次《もとつぐ》であった。仁右衛門は、ころがるように走り出《い》で、跣足《はだし》で土間へ飛下り、又兵衛の前へ坐ると、

「後藤氏！」

又兵衛は、ノッソリと顔を上げたが、

「仁右衛門か」

「又兵衛氏、ソ、その有様は！」

仁右衛門の眼からは涙が落ちた。どんな理由があろうと――芝居で無い限りは、黒田五十万石第一の老臣、一万五千石の知行取り、天下三陪臣の筆頭、後藤又兵衛ほどの人物が乞食となって我家の台所の土間で、斎を食べるとは……泣かないでおられようか。

「ソ、その有様は？」

「何の、先刻《さっき》、玄関へかかると、勝手へ廻って斎を食えとのこと。それで。……旨く食ったぞ」

「何を、トボケたことを。……まず此方《こなた》へ」

と、仁右衛門は、又兵衛の手を取った。

又兵衛は仁右衛門に手を取られたまま、奥へ消えた。

台所は一時に寂然《しん》となった。乞食の一人は、持っていた箸を、ポタリと膝の上へ落とし、料理方たちは、働いていた場所に、杭のように突立って了《しま》った。

桜花《はな》ばかりが、咲くも一時、散るも一時、栄枯盛衰は、生命ある物の世界の、必然的現象というように、むしろ朗《ほが》かに散り、土間へ舞い込み、又兵衛が、食べのこして行った、斎鉢の上へ降りかかった。

二

仁右衛門は、又兵衛を、親しく自分の居間へ通すと、家臣をして酒肴を運ばせ、まず盃を取交わしたが、

「後藤氏、黒田家退身後、永らくの浪人、家計不如意とは察しおったが、そこ迄《まで》の零落とは……」

「坐して食《くら》えば、山も空しいからのう」

又兵衛の態度は磊落《らいらく》であった。

「諸侯から招かれた筈だが」

「さよう。真先《まっさき》にお招き下されたは、細川《ほそかわ》殿（細川忠興《ただおき》）でござった」

「これは、黒田殿より、異議申立てたとか」

「さようさよう、故主、長政《ながまさ》殿、もし細川家に於《お》いて、又兵衛召抱えとあらば、干戈《かんか》に訴えても差止めると、事実、兵を出しはじめたものじゃ。細川殿にも、然《しか》らばお相手仕《つかまつ》ると、これも兵を出すという有様」

「仲際に立たれたのが、たしか肥後殿（加藤清正《かとうきよまさ》）の筈で」

「その肥後殿に、仲裁するよう、内々指図されたのが、内府様（徳川家康《とくがわいえやす》）で」

「名誉じゃのう。人一人を召抱える召抱えさせぬで、それほどの方々が立たれたのであるから……」

「冥加《みょうが》ではあったが仇《あだ》でもあったよ。とどのつまりが、此身《このみ》、召抱えられぬことになったのだからのう」

「次に、召抱えの議申込まれたは、福島殿《ふくしま》（福島正則《まさのり》）と承ったが」

「うむ。……三万石贈《たま》わらば、ご奉公仕ると、我身申した」

「安いくらいじゃ。貴殿ほどの器量人、三万石は愚《おろか》、五万石でも十万石でも……」

「ところが、ご家臣中より、異議が出た。家老の福島丹波《たんば》さえ二万石、当家には、二万石以上の家来は無い。それを、又兵衛、いかほど智謀の武士かは知らぬが、新参の身で三万石とは、となる……」

「腹の小さな。……とはいえ。家々には家風というものがあるからのう」

「その通り。……それでもあろう、福島殿には、この身に、又兵衛、不足でもあろうが、二万石で辛抱せぬかとの御諚《ごじょう》じゃ」

「断ったか」

「うむ。……拙者は武士、商人《あきゅうど》ではござらぬ。掛値は仕らず、三万石と口より出しました以上、それ以下ではとな」

「ちと、頑固だったのう」

「人間は、出所進退が大事じゃよ」

「金吾中納言様《きんごちゅうなごん》（小早川秀秋《こばやかわひであき》）よりも、お招きがあったと聞いたが」

「うむ、三万石での」

「どうした」

「拒断《ことわ》った」

「………」

「一旦、西軍（石田三成方）に味方しながら、関ケ原の役で、東軍（徳川家康方）へ裏切りをした小早川殿じゃ、たとえ十万石下されようと、仕えられぬよ」

「貴殿の心ではのう。いや、わしの心でも、これは仕えられぬ」

「爾来《じらい》、浪人じゃ」

「奥方やご子息は？」

「里へ預けた」

「ご家来衆は？」

「諸所に散り、百姓などをし、何処《いずこ》へも仕えず、わしが世に出るのを待っておる。……仁右衛門、わしが、諸侯方に高禄を要求《もとめ》る理由、わかるかな？」

「さあ、自分の器量に自信があるからで……」

「異《ちが》う。……家来どもが可愛《かわ》いいからじゃ」

「…………」

「零落したわしを捨てようとはせず、飽迄《あくまで》も付き従う家来共、わしは家来共に、たっぷり知行をやりたいのじゃ。それでわしは高禄を望むのじゃ」

「立派な心じゃな」

「武士として当然の心と云ってくれ」

「後藤氏」

と仁右衛門は、言葉を改めて云った。

「当家へ仕えぬか。わしが吹挙《すいきょ》するが」

しかし又兵衛は黙っていた。

「藤堂家が不足か？」

と仁右衛門は、少し不平そうに云った。

「いや、藤堂高虎様は、節義のお方、殊《こと》には猛将、又兵衛の主君と仰ぐに、何《な》んの不足……」

「では、わしの吹挙が不足か？」

「其方《そなた》とわしとは親友、親友の吹挙に何んの不足があろう」

「では何故《なぜ》に返辞せぬ。いや、なぜに仕えると云ってくれぬ」

「駄目だろう？」

「何故じゃ？」

「渡辺勘兵衛《わたなべかんべえ》の例があるではないか」

「………」

仁右衛門は、一言も無く俯向《うつむ》いて了《しま》った。

三

渡辺勘兵衛は、この時代稀に見る、清節の君子であり、智謀の士であった。最初阿《あ》閉淡路守《とじあわじのかみ》に寄食していたが、後、羽柴秀吉《はしばひでよし》に招かれ、摂州吹田《すいた》の合戦に従い、一番首を取った。時に年僅かに十七歳であった。その後の武功数限り無く、後年、益田長盛《ますだながもり》に、賓客として迎えられ、郡山《こおりやま》の城を預かり守った時には、一万石を給せられた。やがて、関ケ原の役起こり、西軍破れ、長盛も高野山《こうやさん》に入ることになった。大事は去ったのである。その時、勘兵衛は、

「事、茲《ここ》に及ぶ。我事終る。お預かりの城、お返し申す」

と云い、長盛に一礼し、一銭の金、一個の品をも私しないで、飄然《ひょうぜん》と城を出て浪人した。将《まさ》に武将に賓客としての武士の、典型的立派な態度であった。

これを知った高虎は、すぐに一万石を以《もっ》て召抱え、老臣の列に加えた。然るに、藤堂家の家臣達の不平いちじるしく、渡辺勘兵衛、どれほど勝《すぐ》れた人物かはしらぬが、浪人を、新参として召抱えるに、一万石の高禄を以てするとは何事。我々、先祖より、当お館に仕え、幾多の合戦へ出、粉骨砕身した者は、どうしたら可《い》いのだと、現在《いま》家中は、鼎《かなえ》の湧くような騒動《さわぎ》を来たしているのであった。

又兵衛は、この事実を知っていた。

(勘兵衛一人を、一万石で抱えてさえ、その騒動である。そこへ、この身を、高禄で抱えたとあっては、藤堂家の家中、どんな騒ぎを演じるか知れない。そうなっては、吹挙人の、仁右衛門に気の毒だ)

そこで「駄目だろう」と云ったのであった。

仁右衛門も、勘兵衛一万石事件で、家中が、動揺していることに就《つ》いては、心を痛めていた。だから、又兵衛から、そのことを云い出されてみると、一言もなく、俯向かなければならなかった。しかし仁右衛門としては、零落した親友を、見殺しにすることが、情に於て忍びず、それに、又兵衛ほどの器量人を、見す見す取逃がして了《しま》うことが惜しかったので、

「後藤氏」

と、ややあってから、顔を上げて云った。

「このわしに任《ま》かせて下され、悪いようにはしない」

「うむ」

又兵衛はアッサリと云い、旨そうに盃ばかりを傾けた。

翌日仁右衛門は登城し、高虎公の御前へ出、又兵衛のことを言上した。

高虎は躍上って喜び、

「名鳥が我家の庭へ降りたというものだ。取逃がしてはならぬ。明日早々登城させよ。余が直々会《あ》見って籠の中へ入れてみせる」

と云い、すぐに家臣をして、又兵衛の許へ、一樽の酒と、二台の肴とを送り、翌朝になると、時服二重《ふたかさね》と、上下《かみしも》とを贈り、馬を以て迎えさせた。又兵衛は盛装して登城した。

「又兵衛」

と、高虎公は、酒半《なかば》となった時、この殿らしい、性急《せっかち》な卒直の調子で云われた。

「不足ではあろうが、一万石で辛抱し、勘兵衛と一緒にわしを護立《もりた》ててくれぬか」

「………」

又兵衛は返辞をしなかった。

先《ま》ず、殿の横手に坐っている、渡辺勘兵衛の顔を見た。然《そ》う、勘兵衛も、この日招かれて、伺候《しこう》していたのであった。その勘兵衛は、大兵肥満、顔赧《あか》きこと渥丹《あくたん》の如しと云われた又兵衛と異《ちが》い、清楚鶴のような風姿の持主であったが、又兵衛と眼が逢うや、意味深い微笑をした。又兵衛も微笑した。意味深い微笑であった。

又兵衛は、眼を返すと、勘兵衛とは反対側の、これも高虎公《との》の横手に坐っている仁右衛門の顔を見た。

仁右衛門は、美貌で、風采が雄偉で、いかにも華冑《かちゅう》の出のような人物であり、平生、自分を持することが厳正であった。いろいろの芸能に達していたが、いずれも風流韻事ばかりで、淫《みだら》なことや、音玉とか、蹴鞠とか、博奕《ばくち》とか、碁将棋とか、そういう方面の業《ぎょう》はたしなまなかった。

そうして非常に人情深い性質であった。だから、又兵衛が、尾羽うち枯らした態で、訪ねて来ても、厭な顔をしないばかりか、何《ど》うかして、その生活を安泰にし、その才能を発揮させようとヤキモキしているのであるが、その仁右衛門は、又兵衛に顔を見られると、如何《いか》にも心配そうに俯向いた。

(又兵衛よ、お前、生活にさえ困っているではないか、あまり贅沢を云わずに、この辺で、往生してくれ)

(又兵衛よ、お前は、過去の功績に自負し過ぎる。それより、現在の世相を認識《みと》め二万石だの、三万石だのというような、高禄を望まずに、一万石ぐらいで辛抱したら何うだ)

と、心配しているのであった。

又兵衛その人も、仁右衛門の然《そ》ういう様子を見ると、当惑したらしく、これも、ちょいと俯向いた。

しかし、すぐ顔を上げた。

四

又兵衛は尚返辞をしないで、座中に居流れている、無数の藤堂家の家臣達を眺めた。家臣たちの間には、動揺が起こっているようであった。或者の顔は怒ってい、或者の顔は嘆息をしてい、或者の顔は怨んでいるようであった。つまり、誰一人として、又兵衛が、一万石で召抱えられることを、喜んでいる者が無いのであった。

(これは不可《いか》ん哩《わい》)

と又兵衛は思った。

(俺には、この籠は小さすぎる哩《わい》)

そこで、はじめて又兵衛はお答えをした。

「福島殿より、二万石を以て召抱えのご諚に接しましたを、辞退いたしました又兵衛、一万石にて、ご当家に止まりましては、福島殿に対し義理立たず。……ご縁無きものと……」

と平伏した。

翌、慶長十九年、冬の初めに、大阪の、豊臣秀頼《とよとみひでより》公から、入城を懇望された時、又兵衛が洩らした言葉は、

「よい死場所が出来たぞ」という一言であった。直ちに諒承し、旧家臣、百八十人を率い、山城《やましろ》、八幡《やはた》の閑居を、馬上で悠々打立ち、同年十月十日の夜、大阪に向い入城した。

大阪、冬と夏の役に於て、又兵衛の現わした武功は、無数であったが、その戦死も壮烈を極めた。

それは元和元年五月六日のことで、又兵衛は、一万四千の兵を率い、平野《ひらの》へ陣を敷いた。この手に向かった関東方は、総大将、上総介忠輝《かずさのすけただてる》、松平下総守忠明《まつだいらしもつけのかみただあき》、稲葉淡路守道吉《いなばあわじのかみみちよし》、徳永左馬助寿昌《とくながさまのすけとしまさ》、遠藤但馬守重利《えんどうたじまのかみしげとし》、西尾豊後守忠政《にしおぶんごのかみただまさ》、水野日向守勝成《みずのひゅうがのかみかつなり》、堀丹後守直寄《ほりたんごのかみなおより》、松倉豊後守重正《まつくらぶんごのかみしげまさ》、藤堂将監高久《しょうげんたかひさ》、伊達陸奥守政宗《だてむつのかみまさむね》等四万人であった。

又兵衛は（味方を分かてば勝利無し）と思い、総勢を一手に纏《まと》め、先陣を片山《かたやま》勘兵衛、山田外記《やまだげき》に命じ、左備を、岩沢三郎兵衛《いわざわさぶろうべえ》、右備を、古沢四郎兵衛《ふるざわしろうべえ》とし、静まり返って待受けた。

真先にかかって来たのは、松倉豊後守の勢であったが、苦もなく打退けた。二番目

にかかって来たのは、伊達家の片倉小十郎《かたくらこじゅうろう》であったが、これも打退けた。つづいて堀丹後守がかかって来たが、これも難無く打退けた。次第に関東方は切崩され、死傷おびただしく、総崩れの相が見えて来た。しかし惜しい哉《かな》、渡辺内蔵助《くらのすけ》の陣が破れたため、二ノ手つづかず、時が経つに従って、後藤勢は疲労を感じて来た。

（今日こそ討死じゃ。……わしが生きていたら、大阪方、まだまだ余命があろうが、わしが死んだら、明日落城であろう）

と又兵衛は呟《つぶや》いた。それほどにも、彼は、自分の器量を信じていたのであった。

「基次、只今討死いたすぞ、命惜しき者は、早々大阪へ引取り候え！」

と、又兵衛は大音に呼ばった。しかし、誰一人、——兵一人も、引取ろうとはしなかった。

「さらば、上総介殿の陣を目掛けて」

と、又兵衛は、自身真先に立ち、本陣の将兵を率いて、突進んだ。

それを横合から、片倉小十郎の勢が、鉄砲百挺を以て撃立てた。一弾が、又兵衛の内兜に命中した。

「吉村《よしむら》吉村」と又兵衛は、静かに地に伏しながら、家臣を呼んだ。

「わが首切って、田の中に埋めよ」

吉村武右衛門《ぶえもん》は、沈着にその通りにした。

又兵衛、享年、四十六歳であった。
果たして、大阪城は、翌七日、落ちた。

獅子の眠り

―真田信之―

池波正太郎

池波正太郎《いけなみしょうたろう》（一九二三〜一九九〇）

東京都生まれ。下谷西町小学校卒業後、株式仲買店などを経て横須賀海兵団に入団。戦後は都職員のかたわら戯曲の執筆を開始、長谷川伸に師事する。一九五五年に作家専業となった頃から小説の執筆も始め、一九六〇年に信州の真田家を題材にした『錯乱』で直木賞を受賞。真田家への関心は後に大作『真田太平記』に結実する。フィルム・ノワールの世界を江戸に再現した『鬼平犯科帳』、『剣客商売』、『仕掛人・藤枝梅安』の三大シリーズは、著者の死後もロングセラーを続けている。食べ物や映画を独自の視点で語る洒脱なエッセイにもファンが多い。

一

老中酒井雅楽頭忠清《さかいうたのかみただきよ》の焦躁は募《つの》るばかりである。

「下馬将軍《げばしょうぐん》」とよばれるほどの権勢を、顔にもかたちにも厳然と誇示している表向きの日常にかわりはないのだが、忠清の心裏は惑乱しつづけていた。

（真田《さなだ》の隠居に奪いとられた、あの密書だけは何としても奪い返さなくては……）

と、このことだけを忠清は思いつめ、たまらなく口惜《くや》しく、たまらなく不安であった。

こんなことなら、真田の騒動に介入すべきではなかったとさえ、ひそかに悔んでいる忠清なのだ。

今年の二月に、信州松代《まつしろ》藩主、真田信政《のぶまさ》が急死したときいたとき、忠清の頭に浮んだのは、妹婿の真田信利《のぶとし》のことだ。信利は、松代十万石の分家に当る沼田《ぬまた》（三万石）藩主である。

自分の力で、信利を分家から本家へ移してやれば忠清が得るものも少《すく》なくはない。

将軍の愛寵もふかく、幕政を自由にあやつっている酒井忠清の一挙一動に、諸大名は警戒と阿諛《あゆ》と媚情を向けているが、その裏面には憎悪と妬みが潜在していることを、忠清は知っている。

彼等を押え、最高の権勢を維持するためには、有力な味方が多いほどよい。

真田信利はその一人となってくれるだろうし、三十余万両という莫大な財産を隠しもっている真田本家が義弟のものとなれば、忠清の狙いは尚もふくれ上ろうというものであった。

忠清が使嗾《しそう》するまでもなく、義弟は眼の色を変えて駈けつけて来、忠清の助力を仰いだ。

「何事も将軍家の命ひとつ、その命令は、老中のわしが左右する。まず安心しておれ」

本家の領土と財産に胸をおどらせている信利に、こう言い放った忠清の自信はゆるぎないものだったのである。

本家では故信政の遺子で当年二歳の右衛門佐《うえもんのすけ》に家督をと願い出ていたが、――年少にして藩政を行うは不当ゆえ、分家より真田信利を迎え家督させよ――と、将軍の名をもって命ずれば、ひとたまりもなく本家もあきらめようと、忠清は、むしろ高をくくっていた。

ところが、真田家にあって稀代の名君とうたわれた伊豆守信之《いずのかみのぶゆき》は、老い果てた隠居の身だから何も口出しはすまいと考えていた酒井忠清の予想を覆《くつがえ》し、起ち上った。

真田の隠居は、たちまちに家臣一同を結束させ、あくまでも右衛門佐を押したて、分家の信利を拒んできた。

隠居にとっては、信利も右衛門佐も同じ孫だ。しかし隠居は、虚飾享楽に溺れやすい信利の性格を見抜いていたものらしい。

忠清は尚も圧力をかけた。

隠居も真田家も、いざとなれば城中に腹を切っても酒井の権力に屈すべからずという決意は牢固たるものがあった。

春から夏にかけて、両派の暗闘はつづいた。

酒井忠清は、騒動が起るとすぐに、家臣の矢島九太夫《やじまきゅうだゆう》を公式の目付として、つまり幕府からの監視役として松代へ派遣したが、これは表向きの名目で、裏側の九太夫は松代城下に蠢動《しゅんどう》する隠密の指揮に当り、絶えず情報を忠清のもとへ送ってきていた。

この最中《さなか》に、九太夫から忠清へ当てた一通と、忠清自筆の九太夫へ向けた一通と計二通の密書が、九太夫配下の隠密、駒井市兵衛《こまいいちべえ》の手から真田の隠居の手へわたってしまったのである。

市兵衛は、忠清の父の代から幕府隠密として働き、忠清と九太夫の信頼は絶大なものがあった。

飼犬に手を噛まれたなどという生易《なまやさ》しいものではない。忠清や九太夫よりも、真田の隠居の方が一枚上だったということになる。

つまり真田の隠居は、何十年もの間、自分の家来である駒井市兵衛を、そっと、こちら側へ潜入させておいたのだ。

忠清が屈辱と怒りに我を忘れたのも、このことであった。

その密書二通を読めば、時の老中酒井忠清が、真田家に容喙《ようかい》しようとする心底に潜む陰謀は、誰の目にも明瞭である。

——この密書の処置は、そちら（忠清）の出方ひとつで決まること……と、真田の隠居は、わざわざ忠清へ書簡をよせてきていた。

これを思うと、忠清の腸《はらわた》は煮えたぎってくる。

汚濁にみちた密書を天下に公表されてしまえば、政治家としての酒井忠清の名声は地に落ちる。

忠清は、隠居の望み通りに、右衛門佐が真田本家の主《あるじ》となるべく手配せざるを得なかった。

しかも密書は、隠居が現在その手に持っているのだ。

まさか返せとも言えないではないか……。

矢島九太夫は激昂のあまり切腹しかけたが、家来に止められた。

昂奮がさめると、九太夫は死ぬのが恐くなった。

　忠清は赫怒《かくど》したが、永年にわたり隠密の行動を掌握し、手腕を見せてきた九太夫を死なせては、密書奪回の工作に不便となる。

「今度仕損じたなら、そちの腹切るを、わしは止めぬ。わかっておろうな」

　忠清に責めたてられ、狡智をほこる矢島九太夫もいまや逆上気味であった。

「はッ――必ず、必ず奪い返して、ごらんにいれまする」

「真田の隠居は騒動落着以来、重病だというではないか」

「はッ」

「死ぬ前に取返せ。隠居め、死ぬときには、あの密書を無駄に遺してはおくまい。だが――だが、今は――今のうちは、わしに黙約したごとく、隠居自身が秘蔵しておるに違いない。これ、九太夫!!」

「はッ。ははッ……」

「あの密書が、真田家に残り継がれてみよ!!　わしは、この忠清は生涯、真田に頭が上らなくなるのだぞ」

「こ、心得おりまする」

「手配は、どうじゃ？」

「すでに二度ほど、隠居の寝所を探らせておりまするが……未だに……」

「手ぬるい!!」

「はッ」

「もしも隠居に死なれては、万事終る。おのれが息絶える前に、あの密書を、隠居が、どう料理するか——それを思うと、わしは……隠居は、恐ろしい奴じゃ」

矢島九太夫に向い合っているとき、権力家が持つ冷酷な沈着をも忘れ、酒井忠清は蒼白な面《おもて》に癇《かん》をたかぶらせ「早く奪いとれ、早く‼ 早く……」と、執拗に九太夫を責めつづけた。

二

夜具に埋れた九十三歳の老軀は衰残の極にあったが、真田信之の聴覚は鋭く、次の間に潜み蠢《うごめ》いているものの微《かす》かな呼吸をとらえていた。

寝所の次の間は信之の書斎になっている。その部屋の中を何者かの手が這《は》いまわっている。

夜更《よふけ》に忍んで来るものの気配を、今までに信之は二度も感受している。今夜は三度目であった。

はじめは寝首を掻きにでも来たかと思っていた信之も、今は曲者《くせもの》の目的を知った。

今夜も黙って見すごしてやるつもりでいたのだが、信之を恐れながら緊張と昂奮とを懸命に押えつつ働くものが哀れにも思え、ふと興味にも駆られ、思わず信之は、いたずらっぽく声をかけてしまった。

「探しものは、見つかったか?」

次の間の沈黙が凝固した。

(この隠居所におるものかな? ……誰であろうか……?)

だが信之は、もう面倒くさくなり、襖《ふすま》一つをへだてた相手に、

「わしも眠る。そちも帰って眠れ」と言ってやった。

曲者は息を詰め、動かない。

苦笑して、信之は寝返りをうった。寝返るだけでも、衰えた信之の肉体は呻《うめ》いた。

松代の城下から北に一里を離れ、鳥打峠《とりうちとうげ》の山腹を背後に構えられたこの隠居所は、侍臣の長屋をふくめ建坪六百坪ほどの簡素なものだが、屋敷を囲む山麓の樹林は、ひろく、深い。

黒い夜の底で、樹林は風に唸《うな》っていた。

わずかに枝へ残った樹葉も、ほとんど吹き払われてしまうことだろう。

やがて……次の間を出て行く隠微な衣《きぬ》ずれの音を聞いたように思ったが、信之は、すぐに眠りの中へ落ちこんでいった。

藩の横目付、守屋甚太夫《もりやじんだゆう》殺害の報を、信之が受けたのは、この夜から二日目の朝であった。

床の中で、信之は眼を瞠《みは》った。

家中千余人。士卒下人をふくめて四千人に近い家来のうち、三分の一は分家の沼田から移したものだが、守屋甚太夫も、その沼田衆の一人である。

信之は、隠退に当り、それまでは分家沼田の主であった故信政を呼び寄せ、本家松代を譲った。そして信政が去った後の分家を、それまで捨扶持《すてぶち》をやっていた孫の信利に与えたわけだ。

故信政に従って松代へ移った沼田衆と、生えぬきの本家の侍達とは馴染《なじ》みも薄いためか、どうもしっくりと溶け合わず、反目が絶えなかった。

あの騒動の最中に、沼田衆の中には早くも沼田の信利へ通じ、信利が乗込んで来たら出世の蔓《つる》を抜目なく摑もうとして、本家の情報を沼田へ持込むものもいたのである。

この沼田衆のうちにあって守屋甚太夫は、本家分家の区別なく、藩士を監察する横目の役を誠実につとめ、その態度には一点の不正も見えず、沼田衆に対しても、かなり厳しい取締りを行ってきていた。

その甚太夫が、昨夜半、人の気配に眼をさますと、枕頭《ちんとう》に男が一人立ち、甚太夫を見下している。

「や!! 伊木彦六殿《いきひころく》……」と、おそらく甚太夫は叫んだことと思われる。何故なら伊木彦六は顔も姿も隠そうとはしなかった。

あわてて身を起しかけた甚太夫を、彦六は抜討ちに斬殺し、その足で、すぐに奉行所へ自首して出たというのであった。

「彦六が、何故に甚太夫を……」

さすがの信之も、これにはおどろいた。

伊木彦六尚正《なおまさ》は、隠居所付の侍臣として信之が撰《えら》んだ近習三十人の中に入っている。

二十四歳の彦六は、子供の頃に小姓として城へ上ったときから、鈍重な性格であった。

信之の衣服に、のろのろと茶をこぼしたり、言いつけたことを忘れたり……鈍重なものが持つ粗忽さを発揮した小さな失敗は数えきれない。

彦六は小柄だが、ふっくりとした顔形で、額の真中《まんなか》に大きな黒子《ほくろ》が一つある。

あまりに気が利かなく、家中でも評判となるし、彦六の亡父三郎右衛門《さぶろうえもん》が、

「お側近くにおいては恐れ多し……」と、退身を願い出たことも何度かあった。

信之は笑って取合わなかった。

彦六には特異の才能が一つだけある。

描画の才があるのだ。

今も尚、彦六が描いた見事な仏画が信州に残存している。彫刻の技にも長じ、模刻した三尺の阿弥陀仏《あみだぶつ》金像なども松代に残っていたそうだが、これは明治年間に焼失してしまったという。

「丑《うし》よ」

と、信之は彦六の幼名を呼んでは、

「今夜は不二《ふじ》の山にのぼる鼠の群を描いてみよ」とか「鍾馗《しょうき》が弓をひいて馬上にある姿を描けるかな」などと、いきなり難題をもちかけてみると、少年彦六は、にっこりとうなずき、たちまちに筆をとって一気に描き終えてしまう。

絵筆をふるうとき、この鈍重な少年の眼は精気をはらんで輝いてくる。

小刻みに首をふりふり、ひたむきな視線を画紙に射つけ、もう楽しくて楽しくてたまらないといったような彦六の弾みきった心身の動きが、信之の微笑をさそうのであった。

これは現在でも、信之と彦六の間に流れている親愛の時間なのである。

「で、彦六は、何と申しているのじゃ？」

信之は腹這いになって、禿げ上った坊主頭が隠れるまで夜具をかぶり、鼻下の白い髭を右の小指で掻きながら、侍臣の師岡治助《もろおかじすけ》に訊いた。

「つまらぬ意趣遺恨があってのこと。存分に処刑を……と、かように申すのみにて、くわしいことは何としても口を割らぬのだそうで……」

「ふむ……おそらく、わしが問い訊《ただ》しても口は割るまい。言わぬと決めたら言わぬやつじゃ。なれど、何故……わからぬ。これには、わしも思い当ることが毛頭ないわい」

侍女の波留《はる》が、朝の薬湯を運んで寝所へあらわれた。

師岡は波留を見ない。波留は甚太夫の娘だからだ。

師岡に助けられ、半身を起した信之に、薬湯の碗を差出す、むっちりと若いあぶらの浮いた波留の両手が、わなわなと震えている。

「波留。大変なことになったの」

信之は茶碗を受けてから、やさしく言ってやった。

ぎくりと波留が顔を上げ、すぐに伏せた。

「よい。退《さが》ってよい」

波留が退ったあとで、信之は彼女を親もとへすぐ帰すように命じた。

師岡は、すぐに戻って来て、

「気丈な女にて、涙ひとつ零《こぼ》しませなんだ。眼を見張り、口をわずかに開け、まじまじと私を見詰めるのみにて……」

「無理もない、動顚しておるのじゃ」

庭で、しきりに、鶲《ひたき》が小石を打ち合せるような声で鳴いている。

信之は沈思した。

信之にわかっていることは、伊木彦六と波留との間に、恋情が芽生え育っていたことだ。これを看取したのは信之のみだろう。

病床の信之をなぐさめる為に絵筆をとる彦六の傍で、波留が墨をすり、絵具を溶く手伝いをする。そのとき波留が彦六の横顔へ走らせる視線には、女の情念が煌《きらめ》いている。

彦六は女を見ない。しかし仄《ほの》かに上気している。

（丑め。これで存外……）

自分が死ぬまでには何とかしてやろうと思っていたことだし、それに波留との恋を父親の甚太夫が撥《は》ねつけでもして、それを恨みに彦六が……とも思えない。

信之が観察したところでは、この恋、まだ二人だけのものだ。

信之は迷った。

（この期に及んでも、まだ、わしに心配をかけるやつが出て来るのか……）

嘆息しつつ薬湯を飲む信之の体は、ここ一月ほどの間に一尺も縮まったように見える。

諸大名のうちでも正に偉観なりとうたわれ、六尺豊かに筋骨たくましかった信之の急激な衰え方は、師岡治助が見ても明白なものであった。

今度の騒動で、酒井老中の謀略と闘い、わが老軀の内へ温存しておいた微少の精根をも騒動解決のために投入してしまった信之なのである。

その精根は、九十を越えて、ようやく自分に許された閑暇《かんか》とやらいうものを楽しむ筈のものであったのに……。

三

伊木彦六は死罪切腹と決まった。

自首後五日目の、万治元年十月十五日のことである。

無分別の喧嘩沙汰にて家中の侍を殺害した罪を逃れよう心は毛頭なし――とのみ応え、彦六は、取調べに当った金井弥平兵衛《かないやへいびょうえ》が懸命に、すべてを自白させようとかかっても、くわしい事情を語ろうとしない。

金井弥平兵衛は、沼田派を代表する只《ただ》一人の家老であった。

「不逞きわまる奴!!　本家のものは、それほどまでに沼田を継子《ままこ》扱いにするのか。一切を白状せぬところを見ると、これはまさに、守屋甚太夫を殺したのは、われら沼田のものへの面当《つらあて》と見える!!」

眼を閉じて端坐のまま、憎らしいまでに沈黙を守りつづける伊木彦六を睨みつけ、金井家老は居並ぶ本家派の侍達へ聞えよがしに大呼した。

あの騒動の折には、大殿の信之みずから陣頭に立ったため、沼田派も本家派も一応は力を合せて難関を切抜けたのだが、信之の病気快癒が困難となった現在では、またも両派の反目が再燃してきている。

隠居ながら、真田信之の声望は天下に鳴り響いていた。

天下の覇権が、まだ誰のものになるとも知れなかった戦国の世には槍をふるって真田一門の先頭に立ち、大御所家康《いえやす》の信頼も厚く、日本が徳川《とくがわ》の統治により平和となった後も、幕府が一目置いている信之であった。

しかし家康が死んでからは、幕府の眼が信之の財力と武力を恐れはじめ、事あるたびに、その力を削殺《さくさい》しようという態度に変ってきている。

信之という巨木が倒れれば、真田の土壌は掘り返され、分家信利を擁した酒井忠清の腕が再び差し伸ばされることは必至だと、家中のものは考えていた。

一月ほど前に、いくらか気分がよかったので信之は床を出て、侍臣と共に千曲《ちくま》川畔を乗馬したことがあった。好きな乗馬もこれが最後のつもりで、無理にも外へ出てみたのだが――。

大殿が、快癒された!!

愕然として、それまでは沼田の信利へ秋波を送っていた重臣が三人、早速に隠居所へ御機嫌伺いにやって来、汗を流しつつ世辞をふりまいていったものである。

間もなく信之の病気が重くなると、この連中は見舞いにもあらわれない。

信之の再起が不可能となれば、見舞いなどして、もしも信利に睨まれでもしたら大いに困るというわけなのだろう。

こんな情勢を見ては本家派のものも黙ってはいない。口論や対立が日毎《ひごと》に露骨なものとなっていたところだ。

それにしても、いくら分家派だからといって、温厚誠実な守屋甚太夫を斬ったことは伊木彦六にとって不利であった。

分家派は挙《こぞ》って怒りの叫びをあげる。

本家派にしても、寡黙で人づき合いも下手な彦六を庇《かば》ってやろうという感情が、もう一つ盛り上ってはこないのだ。隠居所でも友人がなく偏屈者で通っていて、何時《いつ》も独りぽつねんとしている彦六なのだ。

（それが、あやつ、女を得てから、とみに顔つきが明るうなってきておったのに……）

信之は、哀しげに首を振って、

「何より彦六が、おのれの罪をじゃ、みとめおる以上、こりゃ、どうにもならぬ」

金井家老の裁決により、彦六の切腹は、早くも翌十六日と決定した。

藩主が幼児なので、祖父信之が後見となっている為、その裁可を得に、金井弥平兵衛が隠居所へ伺候《しこう》した。

信之は金井に会わず、師岡治助をもって許可をあたえた。

その日は朝から肌寒い曇天であったが、午後になって雨が降り出した。

その雨の中を、老臣の鈴木右近忠重《すずきうこんただしげ》が隠居所へやって来た。老臣といっても、右近はすでに家督を一子治部左衛門《じぶざえもん》に譲り、信之同様隠居の身である。

鈴木右近が伺候とあれば、信之も会わぬわけにはいかない。

主従というよりも友人——いや、もっと奥深い人間と人間との関係。つまり信之自身の人生が、歴史が、そのまま鈴木右近であると言ってもよい二人であった。

右近は、信之より八つ下の八十五歳。信之の苦楽も秘密も、信之と同じ肉体となって知覚している、と言ってよい。

信之の傍へ来て、右近は重い声で言った。

「彦六が死罪と決まりましたようで……」

鈴木右近は、まだ矍鑠《かくしゃく》としている。体の肉もあまり落ちてはいない。

柚子《ゆず》の皮のように毛穴がひらいた太い鼻の頭を、若いときからの癖で、左の中指を曲げて撫でながら、右近はもう一度信之に、

「大殿。彦六が切腹を……」

「わかっておる」

床の中から、信之は、やや苛立《いらだ》って答え、頭から夜具をかぶってしまった。

右近は、付添っている師岡治助に言った。

「ちょと外してくれい」

「は……」

師岡が退るや否や、右近は、いきなり夜具を引きめくった。

「何をする、忠重……」

「まずお聞きなされませい」

「何……？」

「右近。彦六の命乞いにまいってござる」

「馬鹿な……」

「御不審とは思われませせぬか？」

「むむ……自首をしたくせに殺害の理由ものべず、ひたすらに死罪を望むほどならば、何故、甚太夫を斬って後、すぐさま自決せぬのじゃ、彦六は……」

「そこでござる」

「彦六にしては可笑《おか》しいことをする。あやつは鈍なやつじゃが、性根は坐っておる筈じゃ」

「そこでござる」

「殺害の原因は明かしたくはない。なれど、おのれが他愛《たわい》もない喧嘩沙汰で死んだのではないことを、彦六め、わしにだけは知って貰いたかったのであろう」

「いかにも……」

「……それ以上のことは、わしにも、わからぬ。そちには、わかるか？」

「わかりませぬ」

「わしにも不明、そちにも不明……しかも彦六はおのれの罪をみとめておる。これでは、どうしようもないわ」

「そこを押して、助命を……」

「忠重。そち、どうかしておるのではないか。七十年も、わしと共に暮してきて……今となって、わしというものがわからなくなったのか？」

「彦六が、哀れに思《おぼ》し召されませぬか」

「言うな……すでに、わしは裁可を与えた」

「そこを曲げて……」

「くどいやつ。そち、老いぼれたのか」

「大殿――」

右近は両手を突き、白髪頭を信之の顔前につと寄せてきた。

右近の団栗《どんぐり》のような眼が、チカリと光った。

「……？」

「伊木彦六は、大殿のお子でござる」

「何!!」

沈着無類の信之も、このときは慌てた。

皺に刻まれた信之の面上へ、緊迫と昂奮とが青黝《あおぐろ》く浮いた。

「お静かに、お静かに……今更もってお心を騒がせ、申しわけありませぬ」

「まことか？」

「はい」

「誰に生ませた子じゃ？」

「おわかりになりませぬか？」

「おぼえ、ない……」

「おぼえなきお子が、まだ一人や二人はござりますぞ」

「この、真田の家にか？」

「御家には、彦六のみにござる」

信之は唸った。

右近に、そう言われれば、納得が行かぬともいえない。

信之の正妻小松《こまつ》は、三十八年前の元和六年に没している。

当時五十五歳であった信之は、以後も再婚はせず、何人もの侍女に手をつけてきていた。子を生んだ女もあり、生まなかった女もいる。

生んだ子の行先を信之が知っているものもあり、知らぬものもある。いや、あったとしても不思議はない。

大名の家の妾腹の子の運命は、無惨なものであった。

ただ真田家には、信之の意を暗黙のうちに了解する鈴木右近のような重臣がいて、閨怨《けいえん》の政治へ介入することを防ぎ、これを捌《さば》き、しかも侍妾や庶子の行手に幸福をもたらすべき処置を遺憾なく行ってきている。このことについて絶対の秘密が保たれていることは勿論《もちろん》である。

信之が気づかぬうちに城中から消えた侍妾も確かにいた。伊木三郎右衛門の妻が彦六を生んだという嘘を真実にしてしまうことなどは、右近にとって易々たる工作だったろう。

戦乱の時代に、信之を助けて右近が行った謀略は凄《すさま》じいものであった。

「彦六の出生は、たしか寛永……十二年の、夏であった……すれば、彦六を生んだ女は……雪《ゆき》か？　波津《はつ》であったか……」

ややあって、信之は茫然と言った。

「それを確めてどうなりまする。昔のことにて……私めも、忘れまいた」

淡々と右近は答える。

「……わしの子をあれまでに育てくれた伊木三郎右衛門に、こうと知ったら礼を言うておくのであった。三郎右衛が死ぬ前に……」

「今となっては」

「手遅れじゃな」

うつろな淋しい笑いが、信之の唇に洩れた。

「あの床の間の置物のような彦六を、はじめて見たときから、わしは、異様なまでの愛着を、あやつにおぼえた。あやつが、絵筆の動きに没入している態《さま》を見ることは、わしが何よりの楽しみであった。その……そのわけが、今わかった……」

「恐れ入ってござる」

「あやつ、わしに少しも似ておらぬ」

「母親似かも知れませぬ」

「ふむ……」

「彦六の顔から母親の顔が思い浮びませぬかな」

「浮ばぬ。わしも老いぼれたの。その女は、一体誰であったのじゃろ……ときに忠重。

このことは、むろん彦六は知っておるまいな？」

「はい」

「そうじゃ、知ってはおらぬ。あやつが知っておれば、わしにも何かが感じとれた筈じゃ」

けれども伊木彦六は、何故あのようなことを仕出かしたのだ、殺されたものと殺したものの間には、いささかも不和反目の匂いはなかったではないか……。

信之は嘆息を吐きつづけるばかりであった。

冷雨の音が強くなってきた。

侍臣が灯を捧げて来、雨戸をくる音が静かにおこった。

信之は右近の為に酒を命じてやり、侍女が差出す薬湯を飲んだ。

病気というよりも痩身だと言うべき信之なのである。薬湯によって恢復《かいふく》するものではないことを承知しているが、薬湯は信之の感覚を、心想の動きをさわやかに保持する役目をしてくれるようだ。

（わずかに、このときに至って、はじめて得た閑暇なのだ。わしは大切にせねばならぬ）

信濃の秋にも感覚を澄まして別れを告げ、次第に深む冬の気配を迎えつつ、信之は一碗の茶、一椀の粥にも、よくよくの訣別《けつべつ》がしたいのである。

陽の光り、草のそよぎ、風の声——すべての事象や生活の片々が、このように心界を領してきたのは、信之にとって、むしろ意外であった。

何を見ても聞いても、すべては限りなく美しく思われ、（わしは幸福な男じゃ……）と、安楽に身を横たえ、この明け暮れのうちに沈潜して来《きた》るべきものを待ち、自分の病状の起伏に騒ぐ人びとのすべてを捨て去り、夢のような日を送っていたのに、伊木彦六事件は、意外な衝撃を信之にもたらしてしまったのだ。

「忠重。そちも、ひどい男じゃ」

薬湯の碗を持った侍女が退ってから、信之は右近になげいた。

「なればこそ、こうして恐れ入っておるので……」

「よい……もう、よいのだ」

「では、彦六助命の儀は……」

「わしが定めた法を、わしが曲げるわけにはゆかぬ」

四

翌十六日の朝を迎えた信之のもとへ、まだ隠居所に戻ってはいない波留の書簡がとどけられた。

波留自身が、城下に住む信之の侍医、横田則庵《よこたそくあん》の家へ来て、朝の御診察の折にお手渡し頂きたいと頼みに来たのだという。

その書簡を一読した信之は、則庵が仰天するほどの勢いで床の上に跳ね起きた。

「左門《さもん》！ ただちに守屋甚太夫邸へ行き、波留を引立ててまいれ。早くせよ」

侍臣の玉川《たまがわ》左門が急ぎ出て行くのを見送り、信之は、

「おそらく間に合うまい」

こう呟《つぶ》やいたが、すぐに、もう一人の近習へ、

「切腹の時刻には、まだ間があろうと思うが、ともかくも伊木彦六の処刑を待つよう、手配せよ」と、力のこもった声で命じた。

そして信之は、横田則庵の制止もきかずに起き上り、居間へ出て来た。

信之の好みで田舎《いなか》風にしつらえてある炉の炎が、久しぶりに主人を迎え溌溂《はつらつ》と燃えはじめた。

雨は降りしきっていた。

柴村《しばむら》の隠居所と城下町を結ぶ道を、騎乗の藩士が泥濘《でいねい》の飛沫《ひまつ》をあげて慌《あわ》だしく行き交った。

急遽、金井弥平兵衛と大熊正左衛門《おおくましょうざえもん》が隠居所へ駈けつける。

隠居所へ戻って来た玉川左門の顔を一眼見ると、信之は、すぐに言った。

「間に合わなんだようじゃな」

「は——見事、自害を……」

則庵邸から戻った波留は、亡父甚太夫の帯刀の下緒で膝をくくり、一突きに急所を抉《えぐ》って死んだ。

波留の母は数年前に病歿《びょうぼつ》している。

沼田の分家で、信利の近習をつとめている兄の太十郎《たじゅうろう》も、父の死を聞き松代へ駈けつける道中にあることだし、家来小者は、主の急死につづく変事に驚愕して目も当てられぬ有様だという。

邸内に波留の遺書は無かった。

死にのぞみ、彼女が書きのこしたものは、先刻届けられたばかりの信之宛の書簡一通があるのみだ。

「大殿!!」

「これは、何といたして……?」

居合せた大熊も金井も顔色を変えた。

信之は人払いを命じた後に、この本家分家両派の二人の家老の前へ、波留の遺書を放ってやった。

「まず、読んでみよ」

二人の家老は、これを読み終えて言葉も出ない。

ことに金井家老は生色もなく信之の前に頭をたれてしまった。

「金井。そち、自分を責むるなよ」

「恐れ、入りたてまつる……」

「あの場合、彦六に対し死罪を申しつけたことは正当じゃ。わしが裁いても、そうなったであろう」

「恐れ入り……」

「よい、よい。なれど金井。こうなれば彦六の罪も……どうなろうかな？」

「申すまでもなく無罪にございます」

「手配を頼む。ついでに、伊木彦六を此処《ここ》へよこしてくれい」

「心得ましてござります」

金井弥平兵衛は倉皇《そうこう》と退出して行った。

信之は、もう一度、波留の筆跡を辿ってみた。

——ひたすらに、大殿さまの御憐憫《ごれんびん》にすがりたてまつり、書き遺しおくことの……

と、手紙は始まっている。

波留の父、守屋甚太夫は、分家の秘命を受けた隠密であったのだ。

沼田派のものを疑えば切りがないというのが現状なのだが、しかし甚太夫が分家を通じて公儀の、酒井老中の命を受けて働いていたとは、信之も気づいていなかったことであった。

波留と彦六は、身を許し合っていた。

酒井から出た秘命を受けた父に強要された波留が、あの密書を探索しはじめたときには、すでに彼女は彦六にすべてを与えた後であったらしい。

故信政の松代入封に従い、父と共に沼田から移ってすぐ、波留は隠居所付の侍女となった。

娘の修行の為、ぜひとも御高徳のほまれ高き大殿のお傍に仕えさせたく――と甚太夫は真情を披瀝《ひれき》して、大熊家老に願い出たのである。

信之は、すぐに許可をあたえた。

何故《なぜ》父親が自分を信之の傍に仕えさせたかという本来の意味を、まだ知ってはいなかった波留の、忠実な奉仕と感情の動きの強い、明るい性格は、老いた信之をよろこばせた。

「大殿さま。今日は御庭の花をいけてみたく存じまするが、どの花がよろしゅうございましょう？」

朝の茶を運んで来て、こんなことを甘えるように言ってのける。

他の侍女達の中には、あまりにも馴れ馴れしいと眉をひそめるものもいたが、信之はこだわらなかった。

今度来た守屋の娘は、掘出しものじゃ——と、鈴木右近にも洩らしたことがある。

やがて、波留は彦六との恋に酔うようになった。

父から命を受けたとき、波留は驚くとともに、きっぱりと拒絶をした。

そして彦六との恋を打明け、父の翻意をうながしさえもしたのだ。

甚太夫は、逆に、娘のこの恋を利用したようである。

父の意に従わなければ、この場を去らせずにお前を討果《うちはた》すまでと、甚太夫は波留を威《おど》した。

……わが命に従わずば、彦六さまのお命も刺客の手により必ず絶たれる、とまで申されて、よんどころなく……と、波留は記している。

(さぞ思い悩み、苦しんだことであろう。哀れなやつめ……)

哀れとも馬鹿馬鹿しいとも、信之は呆れ返っている。

三度目に潜入して信之に声をかけられ、とっさに逃げることも適《かな》わず竦《すく》み上ったあの夜——波留は伊木彦六に捕えられた。

彦六は当夜の宿直《とのい》番であった。

別棟になっている信之の居室から、ようやく逃れ出ると、大廊下へかかる納戸《なんど》傍《わき》の小廊下で、待ち受けていた彦六の腕が波留を摑んだ。

そのまま宿直の部屋へ連れ込まれ、ついに波留は、白状してしまったものらしい。

父に威されては主人と恋人を裏切り、恋人に詰問されては父を裏切り、その両方に於《お》いて自分自身をも裏切りつづける——寝所へ忍んで来たときには、かなり心得ありと見てとった信之なのだが、波留は、どこまでも若い女であった。

無垢な女の感情のままに、おろおろと迷い、強く耐え、耐え切れぬままに弱く、脆《もろ》く……。

（わずか十八の娘に……なれど波留のような女が、訓練を経、甲羅を経たときには……）

煮ても焼いても食えぬ根性を身につけてしまうだろうことも考えられる。

感情の強い女は、逆に感情を殺し切れる女になるものだ。

けれども現在の波留に隠密の任務がつとまるものではない。こんな小娘を、わしの相手にさせようとは、酒井も下落したものだと、信之は憫笑《びんしょう》した。

それだけに、密書奪還を目ざす酒井忠清の執念は急迫しているのだろう。その焦りが、忠清らしからぬ幼稚な手段となって現われ、やすやすと失敗を露呈してしまったのだ。

権勢が世にうたわれているだけに、陰謀の一点をも証拠として他人に握られることが、老中酒井忠清にとっては計り知れない苦痛となる。

(謀略に溺れるものの、弱さじゃ)

昔からそうであったが、信之は、わが領国へ入り込む幕府隠密などは歯牙《しが》にもかけていない。

真田の政治は、経済は、こういうものだぞと、隠密が探るままにしてやったつもりである。

真田の百姓は日本一の幸福者《しあわせもの》だと領民すべてが、自負しているほどに、信之は、わが領国の育成に政治家としての情熱を注いできた。

領国が富めば富むほど幕府の眼は光る。

大名達の富力が増すことは、幕府にとって脅威以外の何物でもない。だから大名の取潰しや改易は絶えず行われている。

信之の苦心は止むことがなかったが、

(わしは九十年余も、ただもう忙しく頭を働かせ、体を動かしつづけてきたので、わが身の不安や恐怖を感ずる暇がなかった……)

と、こう述懐している。

信之の領国は富み、人心は明朗であった。

それだからこそ、酒井忠清のふところに三十余年もの間忍ばせておいた隠密の働きが物を言うのである。領国の為に我慾《がよく》を押え捨てた政治であればこそ、その為の謀略であればこそ、成果をもたらすのだ。

幕府や酒井は、他人が獲得したものを奪いとろうとする。

信之は、苦労して築き上げ、領民家来と共に獲得する。

この二つの違いであった。

こうして何十年もの間、真田家は幕府に隙を見せず、安泰であった。

だが信之の隠退するや、たちまちに暗雲は頭上に殺到した。最後の力をふりしぼり、二人の孫の争いを解決した信之だが、これから先のことは、わかったものではないのである。

信之は、大熊正左衛門に向って、

「わしは、大坂御陣の折、父と弟を敵にまわしてまでも、大御所に従った。わしの眼には豊臣《とよとみ》方の負けは明らかであった。なればこそ、大御所に味方したのじゃ。大御所のみが乱世を統一出来得る唯一人の御方だと、わしは信じておった。わしが父も弟の幸村《ゆきむら》も、血の気が多すぎての。弱きを助くる義俠のものたちであった……なれど、わしは、義俠の血よりも、何千という家来、何万という領民の方が大切であっただけのことよ」

大熊正左衛門は、涙ぐんでいた。

「大御所亡き後の公儀は、わしを信じてはくれなかった。わしを恐ろしがり、それが癖になってしもうた……は、は、は……真田の家ほどに隠密が入込んだところは、他の大名にも、余りあるまい」

「そ、それゆえにこそ……」

「駄目じゃよ、大熊――わしは、もう役に立たぬ」

「なれど……」

「そちも恐いのか？　わしが亡き後に、やってくるものが……」

「…………」

「よし。大いに恐れを嚙みしめよ。恐れなき勇気はない。恐れなき愛もないのじゃ。勇気をふるいおこせ、正左衛門。わしは今まで、真田の家の土には懸命に水をあたえ、肥料もまいてきておる。これが後になって物を言うてくれねば、それまでのことではないか。な、そうであろう」

「は……」

「わしが死ねば、大御所の頃よりの戦国大名は、ほとんどこの世に居なくなる。そうなれば、公儀の警戒も解けるやも知れぬし、この後には良き将軍、良き老中が生れ来て、公儀の政事も、垢ぬけてこようときが来るやも知れぬしな」

「は……」

「先のことは、すべてわからぬ。右衛門佐は何とか物になりそうに思える。いや、ひとかどのものに育て上ぐるが、そち達の役目じゃ」

「はッ」

「頼むぞ。わしは、もう知らぬよ」

　昼すぎになって、伊木彦六が隠居所へ来た。

　信之は、寝床へもぐり込んでいた。

「近う寄れ」

　彦六が寝所へ入るのを待ち、信之は夜具にすっぽりと顔も頭も隠したまま、彦六の顔を見ずに、もそもそと言った。

「波留の遺書を読ませてもろうたか？」

「は……先程、大熊様より……」

　彦六の声が、うるんでいる。

　飛び起きて抱いてやりたいと思ったが、信之はやめた。

「何故、甚太夫を殺した？　うむ……？」

「鈍根にて御役にもたたぬ私……せめて、御家の為になることならばと……」

「馬鹿者。甚太夫一人を殺したところで何になる」

「他の、怪しげなるものの心が、引締まろうかとも存じまして……」

「波留を何処《どこ》で抱いたのじゃ」

「は……」

「言え」

「は……」

「この隠居所でか？　——宿直の夜にか？」

「はい」

「不作法な——怪《け》しからぬやつ」

「申しわけ、ござりませぬ」

「そちには、そういうところもあったのか」

「………」

「うむ？　どうじゃ？　言え」

「た、たまりかねて……」

「不埒者め」

「お許し下さいましょう」

彦六の顔は、おそらく涙でぐしょぐしょになっているだろうと思いながら、信之は、

「甘え者めが……波留が隠密に不向きなのと同様に、そちも、武士には向かぬ男じゃ。刀を抜く前に、何故、わしに打明けなんだ？」

「甚太夫の娘と、不義をいたしおりました私ゆえ……」

「ばかもの」

「はい」

「女を助くる為、隠密と心中するつもりでおったのか」

「………」

「おろかものめが……なれど女は死に、そちは生き戻った。これから、どうする？」

「お暇《いとま》を、頂戴いたしたく……」

「それもよかろう。で、何をするつもりか？」

「絵を描いて生くるつもりにございます」

「絵を売ってか？」

「売れるようなものは、とうてい、私には描けませぬ」

「では乞食でもするか？　……そちには算盤《そろばん》もはじけまいからの」

「はい」

このとき、信之の声が、わずかな震えをおびてきた。

「ともあれ、そちにはまだ、愛をかたむけるものが一つ残っていたのじゃ。そのことを幸せと思え。ただ必死に、そのものへしがみついて行け」

彦六の号泣が、どッとおこった。その泣声が納まるのを待ち、信之が言った。

「我家へは戻ったのか?」

「いえ。金井様締り所より、ただちに、これへ……」

「よし。早く帰れ。帰って、母を、よろこばせてやれ」

母ひとり子ひとりの伊木彦六であった。

その母を養母とも知らず、信之を実父とも悟らぬ伊木彦六が退出する気配に耳を澄ましつつ、信之は夜具の中に、ひっそりと身を縮めた。

五

翌十七日の朝になると、信之は床を払い、入浴を行った。侍医も侍臣も懸命に制止したが、聞き入れない。

信之の体は、すっかり肉が落ち、窪んだ眼窩の上の広く出張った額が鉛いろになっていて、しっかりと引結んだ唇には、微かな震えが間断なく起っていた。

けれども信之の声や足どりには、毅然たる生気がみなぎっている。浴室へもひとりで入った。

「気分がよいのじゃ」

元気よくこう言い、信之は家来達の不安を追い払ってやった。

――これは、不思議でござる。大殿は、もしやすると、このまま御快方の道へ……

と、横田則庵が侍臣に囁いた言葉を裏書するかのように、信之は衣服に身を正し、炉端に坐り、悠々と一椀の粥を喫した。

居間の障子を払わせ、侍臣も遠ざけてただ独り、黙念と炉の前を動かない。

雨は昨夜のうちに上っていた。

広縁の向うにひろがる庭園は、雨を吸って重く密集した朽葉に埋まり、山腹の樹林に抱かれて、信之の視線を迎えた。

裸になった樹林の上の空は冷んやりと澄み、わずかな巻雲を浮かせている。

居間に流れ込む大気は、もはや凜冽とした信濃の冬のものであった。

ようやく、陽が樹林の切れ目から射し込む頃になって、鈴木右近が訪れて来た。

酒が運ばれる。

「今日は、また、いかが遊ばされました?」

「床を払った」

「それは……?」

「まあ、飲め」

酌をしてやる信之の顔を、右近は凝視した。

「忠重」

「はあ……」

「わしは、今日、死ぬるぞ」

「……左様で……」

「たぶん、死ぬると思う。今朝眼ざめて、そう感じ、今もまだ、感じておる……」

「左様で……」

「そちは、わしの後を、追うつもりなのであろうが、それは……」

「それは、私めの勝手でござる」

「殉死など、古臭いわ」

右近は笑った。

「何が可笑《おか》しい？」

「私めは、生きすぎました。大殿の体が消滅すれば、この後、生きてあるは無意味と相成ります。私が、これ以上、生きておるなどということこそ、古臭いので……」

「わしは、今朝に至るまで、薬湯を飲んでおる」

「それは、大殿が、今朝に至るまで生きてあらねばならなかったからでござる。つまり、今の今まで、お忙しくあられたからで……私めは、すでに生きてあるが退屈となり、もはや……」

「ともかく、ならぬ」

「ま、よろしゅうござる、そのことについては……」と、右近は盃を差出し、

「御返盃を……」

信之は盃をほし、苦笑した。

鈴木右近忠重は、早くから父を失い、九歳の幼童時代から信之股肱《ここう》の臣となった。

信之の歩んで来た道が、そのまま自分の人生であったからには、信之の死も、また自分の死であると、右近は何十年も前から自然に考えていた。すでに切腹の立会人として、家老職では年若だが遠縁に当る木村渡右衛門《きむらとえもん》に立会を頼み、藩士羽田某に介錯を依頼してある。

そこまでは信之も知らぬことだが、一応釘をさしてみて、とても納得する右近でないことは、すぐにわかった。

「死ぬな」と止めてみても、止める自分が先に行くのだから止めようがない。

信之は、放念することにした。

「彦六が許されましたそうで……」

「波留の手紙を、そちにだけは見せるよう、正左衛門に言うておいた。見たか？」

「はい。まるで気違いじみたことでござる」

「狂うておるのは、酒井忠清じゃ。あれほどの権謀家にして、この始末だ。思慮も分別も忘れ、他愛もない隠密工作に溺れるまでに、逆上しておる……陰謀の皮一枚をへ

だてて虚栄がある。権勢の底には絶えざる不安がある」

「不安があればこそ、威張《いば》ろうとする……」

「若い頃のわしにも、それはあった」

「私めにも……」

ここで主従は眼と眼を見合い、微笑をかわした。

「それで、大殿。例の密書は、まだお手許に？」

信之は、首を振った。

「え？　……では、何処にござるので？」

「尻をふいて、厠《かわや》へ捨ててしもうた。まだ、わしが寝こむ前のことよ」

「何とおおせられる」

「なまじ後へ残しては悪い。証拠というやつはな、握ったものをも、握られたものをも狂暴にするものじゃから……ああしたものを使いこなすには年期がかかるわ」

「御意」

「じゃがな、忠重。酒井は、おそらく、あの密書を狙い、わし亡き後も、蠢動しつづけるであろう。ところが、いっかな見つからぬというわけじゃ」

真田家に、わが汚点の一つを握られていると思い込んだままに、何時《いつ》かは酒井忠清も死を迎えることであろう。それでよいのだ。

それが一番、あの密書を有効に役立てることになるのだと、信之は思っている。

あたりに、昼近い陽の光が温くみなぎり、今日も、しきりに鶸が鳴いている。

師岡治助が居間へ現われた。

「領内四郡の百姓総代として五十二名。只今、御門前へまいり、蔬菜《そさい》を献上し、尚も去らず、大殿の御本復を祈りおりまする」

「また、来てくれたのか……」

今夏、信之が倒れてからというもの、門前にひれ伏して祈念をする領民達が絶えない。

この日——隠居所の門前に祈念を捧げる百姓達は、開き放たれた門の彼方から、侍臣に護られ姿をあらわした信之を見ると、一瞬声を呑み、ついで抑制しきれぬ歓呼をあげた。

信之は、玄関から五間のところで立止り、両手をかかげ、領民達に応えた。

そばへ行ってやりたかったが、信之は、憔悴しきった自分を見せて、彼等を哀しませたくはなかった。

すぐにまた居室へ戻った。

信之は、激しく喘《あえ》いでいた。

薬湯が運ばれ、侍臣達は信之を寝所へ戻らせようとした。

「構うな!!」

と、鈴木右近が叱った。

「大殿の思召《おぼしめ》しのままにいたせ!! みなは、退っておれ」

異様なものが室内にたちこめていて、侍臣達は狼狽《ろうばい》を如何《いか》に押えたらよいものか、戸惑うばかりだ。

「退れ。よいから、退れ」

右近は起って両手を激しく振り、一同を遠ざけてしまった。

「忠重。そちも帰れ」

「はい」

右近は手を支《つか》え、白髪頭を低く、低くたれ、しばらくは動かなかったが……。

「では、これにて……」

「おう……」

後も振向かず、鈴木右近は退出したが、廊下へ出たとたんに、ぐらりと一度よろめいたようであった。

信之は、赤々と燃える炉の前に、ゆったりと胡坐《あぐら》を組み、積み重ねた布団に背をもたせていた。

陽は、いよいよ明るく室内に充ちてきて、信之は今まで煙のように体内にとどまっていた最後の力が、すべて、その陽の温みのうちに吸いとられ溶かされて行くような気がした。

このとき、信之の耳は百姓達の唄声をとらえた。

右近が命じたものか、百姓達が我から唄い出したものか――それは松代の田植歌なのである。

碁の目田に
通りをよく植えろ
しやり田に
戸隠山《とがくし》で、鳩が鳴く
何となく
つきこよ、つきこよと言うて鳴く

信之が田植歌を好むことを、百姓達は知っていた。

多忙な時をぬすみ、まっ青に晴れわたる初夏の空の下、蹄《ひづめ》の音も軽く、田植に励む百姓達に会釈しつつ、領内を廻り歩くことが……。

（わしの、大きな愉楽であった……）

夢のように、ただ田植歌の唄声のみが信之の感官をとらえていた。

思念は全く消え、徐々に、最後の眠りが信之を浸しはじめた。


真田信之の葬儀は、約一ヵ月後の万治元年十一月十三日に行われた。

この日——松代には珍しい烈風が吹きつけ、戸隠・飯縄《いいづな》の山々から風に乗ってきた雪が乱れ飛び、葬列を包んだ。

長い葬列の中央にある信之の棺は、十六名の近習によって両側から護られている。

その近習の中に伊木彦六も特に許されて加わっていた。

彦六は、托鉢《たくはつ》の僧衣をまとっていた。

棺のすぐ後ろには、大納戸、坊主頭、御茶道などを両側に率いて鈴木右近が従っている。

伊木彦六は、信之死去の後に城下の願行寺《がんぎょうじ》へ入り、剃髪して、信西《しんぜい》と名を改めた。

僧侶となり、画業に励むという生き方が、これからの彦六をどういう人間に育て上げて行くことか、それは鈴木右近にも計りかねる。

昨夜、伊木邸を訪問した右近は、彦六の母に、

「こうなってみると、大殿が御実父であったことを、彦六殿に知らせてやりたいような気になり、毎日毎夜、心がたかぶって困るのでなあ」

母の貞《てい》は、このとき眼を輝かせ、自信と愛情が溢れる声で、はっきりと答えた。

「彦六は、わたくしの子でございまする」

「むむ……」

「今の彦六に、大殿様が御実父であられたことなどを聞かせて何の意味がありましょう……大殿様は大殿様のまま、あの子の胸に在るが、まことにござります」

鈴木様にも似合ぬことを――とたしなめられた。

右近は、急に涙もろくなっている自分に気づいて狼狽したものだ。

（こりゃ、いかぬわい。早く大殿の傍へ行かぬことには、どんな恥をさらすやも知れぬ）

明後日の朝に、城外西条《にしじょう》村、法泉寺《ほうせんじ》の境内を借りて殉死することに決めた鈴木右近である。

彦六の母も、間もなく息子の後に従い、剃髪することになっているという。

真田家の菩提所、長国寺《ちょうこくじ》へ向う葬列は、沿道にくろぐろと伏し、声もなくうずくまる領民達の中を割って静謐《せいひつ》に進んだ。

雪は飛び、風は鳴った。

風の中に聞えるものは、伊木信西が烈しく唱える念仏の声のみであった。

編者解説

末國善己

二〇一四年の大河ドラマが、豊臣秀吉の軍師・黒田官兵衛を主人公にした『軍師官兵衛』に決まった。山本勘助を描いた二〇〇七年の『風林火山』、直江兼続の実像に迫った二〇〇九年の『天地人』に続く、ここ一〇年で三度目の軍師ものとなる。

考えてみると最近の歴史小説は、織田信長、豊臣秀吉といった天下統一に向かって進んだメジャーな武将ではなく、軍配者を目指す三人の若者を軸にした富樫倫太郎〈軍配者〉三部作、大坂の陣で活躍した毛利勝永に着目した中路啓太『獅子は死せず』、悪しき主君・上杉顕定を討つために立った長尾景春の半生を追った伊東潤『叛鬼』、蘆名家の執権・金上盛備を描いた吉川永青『時限の幻』など、軍師として有力な武将を支えたマイナーな人物を取り上げる作品が増えている。この流れは、大河ドラマの原作にもなった火坂雅志『天地人』あたりから顕著になったように思える。

火坂は、織田信長の革新的な政策に憧れていた少年時代の兼続が、武田信玄と何度も局地戦を繰り広げるうちに天下に号令する機会を逸した主君の謙信を愚将と考えていたとする。

兼続の不満を知った謙信は、天下統一など些事に過ぎず、それよりも〝義〟を貫いて生きることの方が大事であると兼続を諭す。やがて謙信の真意を理解した兼続は、謙信から受け継いだ〝義〟を守るための戦いを開始するのである。

といっても、火坂の作り出した兼続は、決して清貧を重んじるような抹香臭い人物ではない。財務に精通していた父の影響もあって内政にも詳しい兼続は、換金性の高い青苧《あおそ》の栽培や金山の開発を奨励する殖産興業に励み、越後《えちご》経済圏をますます発展させていく。

戦国乱世は、文字通り弱肉強食の世界。武術の腕や知謀といった卓越した才能があれば、自分を高く売ることも可能だった。フリーエージェント制のスポーツ選手のように、次々と主君を変えることでステップアップし、一国一城の主になった藤堂高虎のような武将もいるのだ。

実力次第で立身出世ができた戦国時代は、労働市場が流動化した現代社会と驚くほど似ている。だが過度な競争社会は、成功者よりも多くの〝負け組〟を生み出すことも、また事実である。

上杉家の軍師として辣腕を振るった兼続は間違いなく〝勝ち組〟に属するが、ありあまる資産を私利私欲のために使うのではなく、民を安んじるため、国を豊かにするためだけに使った。兼続は、富を背景にして、人と人が信頼関係で結ばれ、正しく生きている庶民が真っ当な人生を送れる社会を作ろうとしたのである。

軽輩の頃は周囲への気配りを忘れなかったのに、天下人になると諸大名に城普請を命じ、美女を集め、誇大妄想ともいえる明の征伐にまで乗り出した秀吉のように、権力の〝魔〟に魅入られた武将は少なくない。ところが軍師は、自分の立てた戦略がライバルを上回ることだけに喜びを覚え、出世や金銭に恬淡《てんたん》としている人物も多い。こうした無私無欲の姿が、〝勝ち組〟になろうと必死になっている現代人の価値観を揺さぶり、人生には様々な選択肢があることを示したからこそ、軍師が人気を集めているのではないだろうか。そして、軍師が現代社会を批評する〝まなざし〟を秘めていることも、『軍師官兵衛』が大河ドラマの原作に選ばれた大きな要因になったように思える。

本書『軍師の生きざま』は、『軍師官兵衛』と同じく、戦国時代に活躍した軍師を主人公にした時代・歴史小説の傑作をセレクトした。収録作はそれぞれの作家が、自分の生きた時代を分析し、読者にメッセージを伝えるために書いた力作ばかりである。エンターテインメント小説のアンソロジーなので、理屈なく楽しめることを第一義に選んでいるが、作品のテーマにも想いを馳せながら読んでいただければ幸いである。

なお本書は、武田晴信《はるのぶ》が初陣《ういじん》を飾った一五三六年から、真田信之《さなだのぶゆき》が死んだ一六五八年までを、一〇の短篇でたどっている。収録作は基本的に年代順に並べたが、エピソードの重複などを考慮して多少の入れ替えを行っている。

新田次郎「異説　晴信初陣記」（『武田三代』毎日新聞社）

武田晴信（後の信玄）の初陣から、武田勝頼《かつより》の死に至る武田家の興亡を、全七作の短篇でたどる連作集『武田三代』の一篇で、板垣信形《いたがきのぶかた》の視点から晴信の初陣を描いている。

信形は、晴信の父・信虎《のぶとら》に仕えていたが、家臣や領民を平然と虐待するようになった信虎を見限り、晴信を担いで信虎を駿河《するが》に追放するクーデターを指揮。その後も晴信家臣団の筆頭として活躍、晴信が信濃《しなの》攻略の拠点となる諏訪《すわ》氏を滅ぼすと、占領地の諏訪郡代に任じられている。諏訪氏を率いて晴信の信濃平定に尽力するが、村上義清《むらかみよしきよ》を攻めた上田原《うえだはら》の戦いで、甘利虎泰《あまりとらやす》、才間河内守《さいまかわちのかみ》、初鹿伝右衛門《はじかでんえもん》ら重臣と共に討死にしている。

本作のテーマになった晴信の初陣は、名将・平賀源心《ひらがげんしん》が守る海の口《うんのくち》城攻め（一五三六年）とされる。『甲陽軍鑑《こうようぐんかん》』によると、厳寒期の一一月、信虎率いる八〇〇〇の武田軍は、三〇〇〇の兵が守る海の口城を完全包囲するが、天然の要害に守られた城はなかなか落ちない。信虎は一カ月城を囲んで敵を兵糧攻めにするが、冬の寒さと食料不足は武田軍にもダメージを与えていたため、ついに撤退を決意する。この時、晴信は最も危険な殿軍《しんがり》を率いることを願い出たという。次男の信繁《のぶしげ》に家督を継がせることを考えていた信虎は、この戦いで晴信が死ぬことも期待して晴信の願いを聞き入れるが、殿軍を率いる晴信は武田軍の撤退を見た源心は油断していると考え、撤退と見せかけて一気に反転、一夜で海の口城を落としたとされる。

武田軍が海の口城を攻め、それが晴信の初陣だったことは史実のようだが、晴信が奇策を用いて城を落としたというのは、武田信玄を神格化するために後世の歴史家が作った虚構との見方が強い。ところが新田次郎は、後世の歴史家ではなく、既に暴君と化していた信虎の追放を画策していた板垣信形が、反信虎派を一つにまとめるために、晴信の武功を〝演出〟したとすることで、晴信の海の口城攻略は実際に起こった事件としている。

物語は、晴信を名将にするために緻密な設計図を書き上げる信形の知謀と、信形の手足となって働く忍びの活躍を軸に進んでいくが、海の口城の攻略戦が、『甲陽軍鑑』にある武田軍八〇〇〇、源心軍三〇〇〇は誇張で実際はその一〇分の一程度の動員だったことを指摘するなど、史実と虚構をきちんと峻別しているので、伝奇小説と歴史小説の両方のエッセンスが楽しめるはずだ。

雪に残された足跡から忍びの存在を指摘したり、寒風吹きすさぶ中で露営を強いられる武田軍の苦労を活写したりするところは、気象学者であり、山岳小説の名作を数多く残した新田次郎の面目躍如たるところ。新田次郎は、長篇『武田信玄』の中でも、第四次川中島《かわなかじま》の合戦（一五六一年）の前に、信玄と謙信の双方が主戦場近くの農民を雇い、当日の天気を予報させる場面を書くなど気象を重視しているので、本作と読み比べてみるのも一興である。

坂口安吾「梟雄」（『坂口安吾全集』第一四巻、筑摩書房）

謀略の限りを尽くして美濃《みの》一国を盗み取った斎藤道三《さいとうどうさん》は、戦国時代の下克上を象徴する人物であり、北条早雲《ほうじょうそううん》、松永久秀《まつながひさひで》と並んで戦国の〝三大梟雄〟とも称されている。斎藤道三は、京の油売りから成り上った美濃の戦国大名という印象も強いだろうが、美濃の守護・土岐《とき》氏を軍事、内政両面で支えた参謀として活躍した時期も長い。拙編著『軍師の死にざま』で取り上げた松永久秀も、四国の名門・三好《みよし》家の右筆から戦国大名に成り上っているので、二人は似た境遇だったといえる。ちなみに宇月原晴明『黎明に叛《そむ》くもの』は、道三と久秀がイスラム教暗殺教団の秘儀を受け継いだ義兄弟だったとして戦国史を読み替えていたが、この作品も道三と久秀が似ていることから生まれた奇想と思われる。

道三は守護職の土岐氏を追放して美濃を手中に治めるが、源頼光《みなもとのよりみつ》を祖先に持つ名門・土岐氏は、美濃の土豪や領民から支持されていた。領国経営に悩まされた道三は、自分に逆らう地侍や農民を徹底的に弾圧し、残酷な方法で処刑したとされる。そのため道三は、直木三十五『斎藤道三殺生伝』に見られるように、悪役とされることが多かった。これに対し安吾は、道三の〝悪〟を、権威や常識にとらわれない柔軟な思考の源であるとして評価。個人戦闘では不利な長槍を「槍ブスマ」を作るという新戦術で有利な武器に変え、連発ができないため無用の長物と思われていた火縄銃を、三段に構えて次々と弾込めすることで連射を可能にするなどのアイディアで、新たな時代を切り開いていった革命家としている。

今でこそ、中山義秀『戦国史記　斎藤道三』や司馬遼太郎『国盗り物語』など、道三をポジティブに捉えた作品は珍しくないが、その先鞭を付けたのは恐らく本作である。安吾は『鉄砲』や『信長』を通して、『絵本太功記』など歌舞伎の世界では、貴族的な美貌を持つ武智《たけち》（明智《あけち》）光秀《みつひで》をイジめる悪役とされることが多かった信長を、近代的な合理主義者に変え、後世の歴史小説家に圧倒的な影響を与えた。本作でも、道三の独創性を理解、継承し得る武将は信長としているので、本作は一連の信長ものと対をなす作品と考えて間違いあるまい。

道三を中世的な権威の破壊者であり、道三の精神的な後継者を信長と明智光秀とした司馬『国盗り物語』の展開は、驚くほど本作に似ている。司馬はまったく無名だった自分をいち早く評価してくれた海音寺潮五郎を尊敬し、海音寺の書いた史伝系の作品に影響を受けたと語っているが、実は海音寺よりも安吾の歴史認識に拠るところが大きいように思える。今後、安吾と司馬の関係は、さらに検討する必要がある。

宮本昌孝「紅楓子の恋」

（『将軍の星』徳間書店）

隻眼で片足が不自由だったとされる山本勘助《やまもとかんすけ》は、日本人が知る最も有名な軍師だろう。諸国を放浪して各国の情勢と軍略を学んだ勘助は武田信玄の目に止まり、三度の訪問を受けたことから信玄の軍師となることを決めたとされるが、これは劉備《りゅうび》が諸葛《しょかつ》亮《りょう》の家を三度訪れた『三国志』の〝三顧の礼〟の換骨奪胎なので、信憑性は低い。そもそも勘助は『甲陽軍鑑』くらいにしか記録がなく、『甲陽軍鑑』は史料というよりも軍記読物としての側面が強いので、信玄の家臣団に山本勘助なる軍師がいたことさえ疑問視されていた時期があったほどである。一九六九年に発見された「市河文書《いちかわもんじょ》」には、信玄が第三次川中島合戦（一五五七年）の後に市河藤若《とうじゃく》に宛てた感状があり、その中に「猶可有山本菅助口上候」という一文があったことから、山本菅助なる人物が実在したことは確認されたが、菅助が『甲陽軍鑑』の勘助と同一人物なのか、本当に軍師として信玄に仕えていたのかについては、今も議論が続き、確かなことは分かっていない。

ただ勘助は、歌舞伎や講談の世界では江戸時代からヒーローとして語り継がれていた。近松門左衛門《ちかまつもんざえもん》の浄瑠璃『信州川中島合戦』（一七二一年初演）では、信玄の子・勝頼と長尾景虎《ながおかげとら》の娘・衛門姫《えもんひめ》が恋仲になるが、村上義清の横恋慕のために両家が争うことになり、この騒乱を止めるために奔走するのが山本勘助で、〝恋の調停者〟としての勘助像は、『信州川中島合戦』の筋立てをより複雑にした近松半二《はんじ》らによる合作狂言『本朝廿四考』（一七六六年初演）で、決定付けられる。諏訪頼重《よりしげ》の娘・由布姫《ゆぶひめ》の美貌と才気に魅了された勘助が、由布姫と信玄に武田氏の未来を託そうとする井上靖『風林火山』も、史実というよりは、歌舞伎の世界に近い勘助を描いたといえる。

　本作は、若き日に自分の醜い容貌を恐れなかった少女が、信玄の正室・三条《さんじょう》の方になっていたことを知った勘助が、三条の方への恋心を募らせ、三条の方のために信濃を平定すべく戦う姿が描かれていく。身分の違いから絶対に告白できない勘助のせつない心情は、純粋に恋愛小説としても楽しめる。勘助が想いを寄せる女性を、諏訪御寮人（名前は伝わっていないが、井上『風林火山』では由布姫とされている）ではなく三条の方としたのは、『風林火山』への挑戦状のように思えてならない。

　第四次川中島合戦で、勘助は別動隊を率いて上杉軍を攻め、本隊の前に追い込んで挟撃する「啄木鳥《きつつき》の戦法」を献策、信玄もこの作戦を受け入れ実行に移している。だが索敵が十分でないのに別動隊を仕立てたり、各個撃破の危険も高かったりする「啄木鳥の戦法」は、決して理想の作戦とはいえない。勘助が無謀な作戦を立てた理由が、三条の方への恋を軸にして解き明かされるラストは、ミステリー的な楽しさもある。
宮本昌孝は、戦国時代の軍師が、作戦を立案する近代的な参謀でなく、戦場での吉凶を占う術者として認識されており、だからこそ勘助の無謀な作戦を、誰もが名案として信じたとしている。こうした参謀と術者の区別は、小和田哲男の論考『軍師・参謀』に詳しい。

海音寺潮五郎「城井谷崩れ」（『三河武士』六興出版）

播州の小寺《こでら》氏に仕えていた黒田職隆《くろだもとたか》の嫡男として生まれた孝高《よしたか》（如水）は、荒木村重《あらきむらしげ》が信長に叛いて有岡《ありおか》城に立て籠った時（一五七八年）、村重を説得するため城へ向かうが、捕らえられて土牢に一年間幽閉され、さらに主君の小寺政職《まさもと》が村重に同調して織田信忠《のぶただ》に討たれたことから、秀吉に仕えるようになる。それからの活躍は目覚しく、信長に中国地方の攻略を命じられていた秀吉に因幡《いなば》の鳥取《とっとり》城の兵糧攻め（一五八一年）、備中高松《びっちゅうたかまつ》城の水攻め（一五八二年）を献策。京で明智光秀が謀叛を起こしたことをいち早く察知し、中国大返し（一五八二年）という離れ業を成し遂げたのも、孝高の緻密な計算によるところが大きいとされる。一五八七年、秀吉の九州征伐に軍監として従軍した孝高は、戦後、豊前中津《ぶぜんなかつ》に一二万石を与えられるが、新領主に対して自治権を要求する地侍に悩まされる。

本作は孝高の知謀を描いているが、敵を打ち破る華々しい活躍ではなく、領国を安定させるため、天然の要害に守られた城井谷《きいだに》を支配する反対勢力・城井谷友房《ともふさ》を調略するための謀略戦が中心となっている。まず孝高は娘の八重《やえ》を友房に嫁がせる。政略結婚ではあったが、友房と八重の仲は二人の子をもうけるほど良好。六年の時を置いた孝高は、満を持して友房との会談を申し込むが、その席で友房一行を謀殺、父の仕打ちに激怒した八重は自ら磔台に登って説得を試みるが、孝高は娘を見殺しにしてまで城井谷を平定する道を選ぶので、軍師としてのダークな一面をクローズアップした作品となっている。

この作品は、実際に起こった〝城井谷崩れ〟をモデルにしているが、史実では城井谷の支配者は、城井谷友房ではなく城井《きい》鎮房《しげふさ》。事件も孝高が豊前中津に移封された翌年、本領安堵および孝高の嫡男・長政《ながまさ》と鎮房の娘・鶴姫《つるひめ》の婚姻を条件に和議を申し込んで城井氏をおびき寄せ、そこで鎮房一行を暗殺、鶴姫を磔にしているので、孝高が自分の娘を城井谷に送り六年かけて相手を油断させたというのはフィクションである。このアレンジは、孝高に娘を見殺しにさせることで、軍師の非情さを強調するために行われたと思われる。

本作で孝高の暗黒面を描いた海音寺だが、『武将列伝』所収の「黒田如水《じょすい》」では、孝高を「如水は不運な人である。一流中の一流の人物であり、稀世の大才を抱き、運と力量さえあれば、立身出世思うがままであったはずの戦国のさなかに生まれながら、一二万二千石の小大名でおわらなければならなかったのだ。その大才のゆえに秀吉の在世中には秀吉に忌まれ、家康の時代となってはまた家康に忌まれた。秀吉や家康と時代を同じくし、ややおくれて出発したことが、彼の不運であったのだ」と絶賛している。孝高を「一流中の一流」としたのは、孝高を『二流の人』と呼んだ安吾への皮肉であろう。ちなみに「黒田如水」では〝城井谷崩れ〟のエピソードは省略されているので、二作を続けて読むと孝高の人となりが、よりクリアになるのではないだろうか。

本作が書かれたのは一九三九年。海音寺は、千利休《せんのりきゅう》が文禄・慶長の役を批判したため切腹に追い込まれたとする『茶道太平記』を、「時局」や「軍部」に「抵抗」するために書いたと述懐している（『海音寺潮五郎全集』第八巻の「あとがき」）。新領地の経営に苦しむ孝高の姿は、植民地経営に手を焼く日本政府を皮肉っていたのかもしれない。

火坂雅志「石鹼《シャボン》」（『壮心の夢』徳間書店）

戦国ものの歴史小説は合戦が中心になるので、加藤清正《かとうきよまさ》、福島正則《ふくしままさのり》、毛利輝元《てるもと》、伊達政宗といった武闘派の武将の人気は高い。文官派の武将は総じて評価が低いのだが、中でも秀吉の天下統一がほぼ完了した時期から秀吉に厚遇され、武闘派の武将を冷遇してきた石田三成《いしだみつなり》への歴史作家の風当たりは強い。三成に人望がなかったから関ヶ原《せきがはら》の合戦（一六〇〇年）で西軍に多くの寝返りが出たとされることも多く、長く三成は知識だけは一流だが、それを実際の政治や合戦の場で活かせなかった〝頭でっかち〟の武将とされてきた。

これに対し火坂雅志は、有能な商人を輩出してきた近江《おうみ》出身の三成は常に合理的な判断ができる才人だったとする。戦乱が終わり、戦闘ではなく政治や経済が重視されるようになった戦国末期に最も求められたのは三成のような人材であり、既に不用になっていた武闘派武将を地方に押し込めることで中央集権化を進めるなど、豊臣政権を安定させるために辣腕を振るった有能な武将だったとしている。

なかなか実子が授からなかった秀吉は、甥の秀次《ひでつぐ》を後継者に考えていたが、淀殿《よど》との間にお拾《ひろい》（後の秀頼《ひでより》）が生まれたため、秀次を疎《うと》ましく思うようになる。秀吉は、謀叛を理由に秀次を切腹に追い込み、秀次の妻妾、子女をことごとく斬首、秀吉の最古参の家臣で盟友ともいえる前野将右衛門《まえのしょうえもん》も、秀次を弁護したとして切腹させている。物語は、父に詰め腹を切らせた三成を恨む将右衛門の娘・摩梨花《まりか》が、父の仇である三成の高潔な人柄に触れ、三成の真意を理解するようになるプロセスを丹念に追っているので、よほどの三成嫌いでも、三成の政治手腕や私欲のない公正な態度には、一定の評価を下せるようになるのではないだろうか。
タイトルにある「石鹸」は、何ごとにも潔癖な三成の性格を象徴的に表現したもので、家康暗殺という謀略を用いるにも根回しをしなければ気が済まない融通の利かなさが、結果的に関ヶ原の合戦の敗退に繋がったとしている。大政治家には〝清濁併せ飲む〟度量が必要とされるが、三成は〝清〟ばかりを追い求めたため、結果的に家康に破れたというのである。〝濁〟を嫌った男として三成を描いた火坂雅志の中には、〝濁〟にまみれた現代の為政者への批判が込められているようにも思える。

（「オール讀物」一九五六年七月）

尾崎士郎「直江山城守」

火坂雅志『天地人』などと同じく、直江兼続を主人公にした作品。関ヶ原の直前から、上杉軍による山形攻略とその撤退戦がメインとなっており、兼続の盟友で人気の高い武将・前田《まえだ》慶次郎《けいじろう》の活躍も縦横に活写されている。

直江兼続の父は長尾政景《まさかげ》（上杉謙信の姉・仙桃院《せんとういん》の夫）に仕える重臣で、兼続も謙信に命じられ、政景の息子・景勝に近侍していたという。景勝が謙信の養子になると、兼続も謙信の近くに仕えたとされる。この時、兼続の美貌と才気を認めた謙信が衆道の相手に選んだともいわれているが、生前の謙信と兼続が接触を持っていたことを示す史料は見つかっておらず、青年期の兼続には不明な点も多い。謙信は景勝のほかに北条氏康《うじやす》の七男・景虎《かげとら》を養子に迎えていたが、どちらに家督を譲るか遺言状を残す前に急逝したため、景勝と景虎は家内を二分した泥沼の内戦「御館《おたて》の乱」（一五七八年）に突入していく。この時、景勝を支えて奮戦したのが兼続で、景虎を滅ぼした景勝が越後を掌握すると軍事、内政の両面で上杉家を支えている。

一五九八年、上杉家は秀吉の命令で会津《あいづ》一二〇万石に加増移封。秀吉の死後、家康と三成の対立が深まると、兼続は家康を激怒させ、会津征伐の切っ掛けとなった直江状を執筆（現在伝わる直江状は後世の創作との見方が強いが、兼続が家康を挑発する書状を書いたことは確かなようだ）、そのため兼続は陰謀家とされることも多かった。

兼続が直江状を書いたのは、上杉軍が家康をおびき寄せ、その隙に三成が大坂で挙兵、家康を挟撃するという壮大な戦略だったとする説と、上杉軍の挙兵と三成の挙兵は偶然の一致、あるいは示し合わせていたわけではないが上杉軍の挙兵を見た三成が好機と判断して家康討伐を目論《もくろ》んだとの説に大別される。藤沢周平『密謀』は兼続と三成の謀略説を採っているが、尾崎士郎は挟撃策を裏付ける史料はないとして、これを否定している。

では、なぜ兼続は家康と戦おうとしたのか？　尾崎士郎は、兼続が一度家康と干戈《かんか》を交えた後、有利な条件で和睦し、上杉家の安泰を図ろうとしたのではないかとしている。つまり兼続には、三成と手を結んで天下を取る野望などはなく、主家と領民を守るために、外交戦略の延長として家康との決戦を望んだというのである。彼我《ひが》の兵力、国力を比べれば絶対に勝てない相手なので、短期決戦をして和睦に持ち込むという兼続の戦略は、日本軍が対米宣戦布告前に描いていたシナリオを参考にした可能性も高い。

『忠臣蔵』によって賄賂を要求する汚い男とされてきた吉良上野介《きらこうずけのすけ》の旧領にあたる愛知県吉良町出身の尾﨑士郎は、地元では名君として慕われている吉良の復権と再評価を積極的に行ったことでも知られている。兼続を策士ではなく、無私で高潔な人物としたのも、吉良と同様、歴史的な弱者にシンパシーを感じていたからかもしれない。

隆慶一郎「柳生刺客状」（『隆慶一郎全集』第一巻、新潮社）

柳生《やぎゅう》家は徳川将軍家の剣法指南役として知られているが、柳生宗矩《むねのり》は二代将軍秀忠《ひでただ》の側近として、将軍家の汚れ仕事を一手に請負った〝影の軍師〟だったともいわれている。

恐らく柳生家を将軍直属の隠密組織、宗矩をそのリーダーとしたのは五味康祐『柳生武芸帳』が嚆矢《こうし》だろうが、隆慶一郎も最も巧みに柳生家を使った伝奇作家の一人である。

本作は、家康が関ヶ原の合戦の日、島左近《しまさこん》の放った刺客に暗殺され、それ以降は影武者が家康を演じていたという奇想で江戸幕府黎明期の歴史を読み替えた『影武者徳川家康』の外伝。徳川家康が二人いたことを初めて指摘したのは、明治時代の郷土史家・村岡素一郎が書いた『史疑　徳川家康事跡』だが、村岡は家康が謀殺され世良田《せらだ》二郎三郎《じろうさぶろう》なる男と入れ替わったのは青年期としている。南條範夫『願人坊主家康』と『三百年のベール』も家康＝二人説を描いているが、基本的に村岡説をベースにしているので、やはり家康が別人と入れ替わったのは青年期となっている。

これに対して隆慶一郎は、家康が暗殺されたのは関ヶ原の合戦の時だったとする。本物が死んだため家康を演じることになった世良田二郎三郎は、自分が征夷大将軍になり、秀忠に将軍位を譲った時点で暗殺されることを察知、仲間を集めて幕閣に逆らい始める。隆慶一郎によると、老齢の家康が関ヶ原の合戦後、三年も征夷大将軍にならなかったのも、駿河に城を築いて大御所政治を始めたのも、すべて影武者の抹殺を急ぐ秀忠に抵抗し、時間を稼ぐためだったというのである。本作では偶然、家康が影武者と入れ替わったことを知った宗矩が、その情報をいち早く秀忠に伝え、秀忠の側近となることで出世を果たそうとする。宗矩の上昇志向には、柳生谷に隠棲して剣の研鑽のみに生きる父・石舟斎《せきしゅうさい》への反発があり、剣の才能に恵まれなかったコンプレックスと父への恨みが、宗矩に柳生新陰流には存在しない暗殺のための集団剣法を考案させるに至るのである。

人を殺す技術を磨く修羅の道を生きる宗矩と対比されているのが、石舟斎の孫で、宗矩の甥にあたる柳生長厳《ながよし》（後に尾張柳生を開く柳生利厳《としよし》）。加藤清正に仕えていた長厳は、キリシタン一揆の鎮圧を命じられる。一揆勢に斬り込んだ長厳は、人を殺すことに酔ってしまい虚脱状態に陥ってしまう。戦場で負傷し障害を負ったことから、人を殺すことの無益を悟った父の助けもあり立ち直った長厳は、人を斬ることを悔い、ついに「無刀取り」の境地にたどり着く。出世のため暗殺剣に磨きをかける宗矩と、時流に乗らず己の道を切り開こうとする長厳の対照的な生き様は、出世のためなら手段を選ばないような人生が幸福なのか、金や名誉などとは別の価値観を見つけた方が幸福なのかを、現代人に問い掛けているように思えてならない。

大佛次郎「真田の蔭武者」（「ポケット」一九二四年一〇月）

初出誌に、阪下五郎のペンネームで発表された作品で、大坂夏の陣（一六一五年）の最終決戦場となった天王寺口の戦いをクライマックスにしている。

博文館発行の雑誌「ポケット」は、大佛次郎が『鞍馬天狗』の第一作「鬼面の老女」を発表したことでも知られているが、専業作家となった直後の大佛は、同じ号の「ポケット」にいくつものペンネームを使って作品を発表しており、さながら大佛の個人誌といった趣があったほどである。「真田の蔭武者」が掲載された一九二四年一

○月号にも、「鞍馬天狗　刺青」（大佛次郎名義）、「月の輪お熊」（浪子燕青名義）、「村雨の清次」（元野黙阿弥名義）、「玉虫のお兼」（瓢亭白馬名義）の計五本の短篇が掲載されている。

真田幸村《ゆきむら》を希代の軍師としたのは、一六七二年に書かれた『難波戦記』とされる。『難波戦記』は豊臣贔屓《びいき》の気風が強い上方で人気を博し、元禄時代には、真田昌幸《まさゆき》、幸村、大助《だいすけ》が八人の家臣を率いて徳川家と戦う『真田三代記』が書かれている。この八人の家臣が後の真田十勇士の原型とされているが、この時は猿飛佐助《さるとびさすけ》と望月六郎《もちづきろくろう》の名は見られない。一連の真田ものは上方の講釈師によって広まり、明治三〇年代には、忍術を使って敵を翻弄する幸村配下の忍者・猿飛佐助や霧隠才蔵《きりがくれさいぞう》が人気となり、幸村と十勇士の活躍は大正時代の初期に大ブームを起こした立川文庫とその映画化によって、全国区になっていく。

本作は講談ネタとして当時の読者にはお馴染《なじ》みだった『難波戦記』をベースにしており、忍者も登場するのだが、破天荒な忍術が描かれるアクションとは無縁。幸村配下の武将・入江織之助《いりえおりのすけ》が、徳川方が大坂城に潜入させていた女忍びの〝ハニー・トラップ〟に掛かり、自分の作戦がことごとく徳川軍に破られることに不信を抱いた幸村が、自分の未熟さによる失敗なのか、敵忍者の謀略なのかに悩みながら、打開策を模索する息詰まる頭脳戦が描かれる。

名将・幸村を翻弄する女スパイ初《はつ》は、第一次大戦中にイギリスとフランスの二重スパイとして暗躍、一九一七年にフランス軍に処刑されたマタ・ハリ（マルガレータ・ヘールトロイダ・ツェレ）をモデルにした可能性もある。実際のマタ・ハリは、戦況を左右するような重要な情報を入手できなかったとされるが、その美貌によって活躍が誇大に報道され、女スパイの代名詞になっていた。初が当時の大衆ものでは大胆ともいえる〝ハニー・トラップ〟によって情報を入手するところも、高級娼婦としての手管を使って将校に近付いたマタ・ハリを思わせる（『鬼面の老女』、『女郎蜘蛛』といった鞍馬天狗の初期作品は、英国政府からの依頼を受けることもある謎の義賊〝夜の恐怖〟を主人公にしたイギリス人作家ジョージ・ゴフの『夜の恐怖』の翻案といっても過言ではない。大佛はデビュー当時には海外ミステリーの翻訳も手掛けているので、本作も海外のスパイ小説の翻案である可能性が否定できない）。

関東大震災後に本格化する大衆文芸運動は、講談と同じ題材を選びながらも、そこに海外作品のテイストを導入したり、史料を重視する歴史小説風の展開を持ち込んだりすることで、講談の通俗的な物語世界を批判、革新的な作品を作ろうとした。バタ臭い女スパイものであり、猿飛佐助といった架空の人物を排し、実際に幸村に仕えた武将を軸に物語を作った本作は、初期の大衆文芸が講談のどの部分を切り捨て、どの部分を発展させたかを知るうえでも重要な作品なのである。

国枝史郎「後藤又兵衛」　（『成田不動縁起』近代文芸社）

初出誌不詳のため拙編著『国枝史郎伝奇短篇小説集成』（全二巻）への収録を見送った作品。発表時期は不明だが、晩年の単行本『成田不動縁起』には初期短篇が収録されていないので、一九四〇年前後に執筆された作品と思われる。

後藤又兵衛は、黒田孝高に仕えた武将で、荒木村重が謀叛を起こした時、叔父が村重に味方したため、謀叛に連座したとして黒田家から暇を出されている。後に罪を許され、朝鮮出兵や関ヶ原の合戦で武功を挙げるが、孝高の嫡男・長政との折り合いが悪く出奔。又兵衛には細川忠興《ほそかわただおき》、福島正則、前田利長《としなが》、結城秀康《ゆうきひでやす》など名だたる大名から召し抱えの打診があったものの、長政も他家への出仕を禁じる奉公構を出したため仕官ができず、長い牢人生活が続いたため、家族も家臣も困窮したという。物語は、仕官先を探す又兵衛が、旧友で藤堂景虎《とうどうかげとら》の家臣でもある藤堂仁《に》右《え》衛門《もん》の自宅を訪ねるところから始まり、大坂夏の陣で討死にするまで、又兵衛の最晩年の心境を綴る静かな物語となっている。

国枝は『蔦葛木曾棧《つたかずらきそのかけはし》』や『神州纐纈《こうけつ》城』といった破天荒な伝奇小説を得意としたが、短篇では、長篠の合戦（一五七五年）が、織田・徳川連合軍の鉄砲三段撃ちが武田騎馬軍団を打ち破ったとする俗説を否定した「長篠の戦」などリアルな歴史小説も書いており、本書も史実を踏まえた史伝系の作品となっている。晩年の国枝は、小説の依頼が減り、友人が経営する国策雑誌にエッセイなどを書いて糊口を凌いでいたので、落魄した又兵衛に自身の姿を重ねていたのかもしれない。

又兵衛は、利を求めず、「よい死に場所が出来たぞ」の一言を残して大坂城に入る。毅然とした態度で死を受け入れる又兵衛の姿からは、戦中に書かれた時局の影響も垣間見える。


池波正太郎「獅子の眠り」（『完本池波正太郎大成』第二四巻、講談社）

信州の小豪族ながら、軍略に優れた策士、軍師を数多く輩出した真田家。信玄に仕え、武田家滅亡後は秀吉の配下になった昌幸と次男の幸村の人気は高いが、昌幸の嫡男ながら家康に仕えた信之の評価はそれほど高くない。これは滅び行く豊臣家に忠誠を誓って討死にした昌幸と幸村が、判官贔屓の感情もあってロマンをかき立てるのに対し、〝勝馬〟に乗って出世した信之が、卑劣な武将に映るからかもしれない。だが真田家の興亡を描くことをライフワークにしていた池波正太郎は信之を高く評価しており、長篇『獅子』では信之を主人公にその生涯に迫り、大作『真田太平記』でも信之の活躍をクローズアップしている。

信之は、関ヶ原の合戦後、父・昌幸の旧領に三万石を加えて上田藩主となり、豊臣氏滅亡後は信濃松代《まつしろ》藩に移封され一三万石を与えられている。一六五六年に次男の信《のぶ》政《まさ》に家督を譲って隠居するが、二年後に信政が急逝。すぐに信政の息子で二歳の幸道を三代藩主にして信之が後見人になることを幕府に届け出るが、これに信之の長男・信吉《のぶよし》の息子で、分家として沼田藩主となっていた信利《のぶとし》が異義を唱える。本作は、幕閣の介入によって混乱した所領を守るため、再び壮絶な諜報戦を開始した信之の最後の戦いを描いていく。

信利に妹を嫁がせていた幕閣の要人・酒井雅楽頭忠清《さかいうたのかみただきよ》は、妹婿を松代藩主とすることで、真田家の隠し財産を手に入れ、自らの権勢を維持しようとしていた。ところが、その陰謀を記した密書が、信之の手に渡ってしまう。信之の知謀を恐れる酒井忠清は、密書を奪い返すため非情な手段に出るが、酒井忠清が私利私欲のために政治を行うことが明らかになると同時に、信之が領民の平穏な生活を守るために酒井忠清に戦いを挑んだことが浮かび上がるようになっているので、二人のコントラストも面白い。陰謀の限りを尽くして戦国乱世を生き抜いた信之に、酒井忠清の「隠密工作」を批判させたラストは、目的のために手段を選ばないという行為の醜悪さ、自分を律することの大切さを問い掛けているように思えてならない。

作中には「一月ほど前に、いくらか気分がよかったので信之は床を出て、侍臣と共に千曲《ちくま》川畔を乗馬したことがあった」との一節があるが、この場所は一二二年前に武田晴信が平賀源心を討ち取ったのと同じ場所。その意味でも、本書の掉尾を飾るのに相応しい作品ではないだろうか。

【編者略歴】

末國善己《すえくによしみ》

一九六八年広島県生まれ。明治大学卒業、専修大学大学院博士後期課程単位取得中退。時代小説・ミステリーを中心に活躍する文芸評論家。新聞・雑誌などに書評・評論を発表。著書に『時代小説で読む日本史』（文藝春秋）、共著に『時代小説作家ベスト101』（新書館）、『名作時代小説100選』（アスキー新書）などがある。編書に『国枝史郎探偵小説全集』、『国枝史郎伝奇風俗／怪奇小説集成』、『野村胡堂探偵小説全集』、『山本周五郎探偵小説全集』（全六巻＋別巻一）、『探偵奇譚呉田博士【完全版】』、『岡本綺堂探偵小説全集』（全二巻）、『短篇小説集義経の時代』、『戦国女人十一話』（以上作品社）、『軍師の生きざま』『軍師の死にざま』（作品社・実業之日本社文庫）などがある。

＊本書は二〇〇八年一〇月に単行本として、作品社から刊行されました。

実業之日本社文庫 ん21

軍師《ぐんし》の生《い》きざま

2013年6月15日　初版第一刷発行
2013年11月5日　初版第三刷発行

著　者　新田次郎《にったじろう》、坂口安吾《さかぐちあんご》、宮本昌孝《みやもとまさたか》、海音寺潮五郎《かいおんじちょうごろう》、火坂雅志《ひさかまさし》、
尾崎士郎《おざきしろう》、隆慶一郎《りゅうけいいちろう》、大佛次郎《おさらぎじろう》、国枝史郎《くにえだしろう》、池波正太郎《いけなみしょうたろう》

発行者　村山秀夫

発行所　株式会社実業之日本社
〒104-8233　東京都中央区京橋 3-7-5 京橋スクエア
電話 [編集]03(3562)2051 [販売]03(3535)4441
ホームページ http://www.j-n.co.jp/

印刷所　大日本印刷株式会社

製本所　株式会社ブックアート

フォーマットデザイン　鈴木正道(Suzuki Design)

ISBN978-4-408-55133-3（文芸）